岩　波　現　代　文　庫

遠い声

管野須賀子

瀬戸内寂聴
Jakucho Setouchi

文芸 325

岩波書店

目　次

遠い声

まだ夜は明けない。重苦しい目覚め。今日もまた生きていた。いつまでか……。

獄衣がしぼるほど寝汗で湿っている。乳房の下側と渓《たに》にいちばん汗が滲《にじ》み冷たい。見ていたともいないとも定かでないような曖昧《あいまい》な夢が深い霧の中の物影のように次第に形をとってよみがえってくる。ここにも闇が隙間もなく私を抱きしめていた。乳房の奥に夢のつづきの激しい動悸《どうき》が打っている。闇に閉じこめられ、泣き叫んでいた夢の中の幼い私の恐怖が、まだ咽喉《のど》のあたりに固いかたまりになって残っているようだ。

片掌で首を撫《な》で、咽喉元を押える。拇指《おやゆび》と人差指で、顎《あご》の裏側の柔らかい咽喉首を押えつづける。指がどこまでも肉の奥へ喰い入っていく。無気味なほど咽喉首は柔らかく指を吸い込みつづけるのだ。いつのまにか、もうひとつの掌も重ね合せている。両掌で、首を締めあげると、げっと、咽喉の奥から突きあげるものがあって、掌を放す。涙が目頭に滲み、またしても動悸が急調子になった。指先で軽く咽喉首を撫でる。そこをそうやって愛撫《あいぶ》されるたび、目を細める私を猫のようだといった男。

闇に目が馴れ、次第に闇の中から物の象《かたち》がおぼろげに滲みだす。三帖《じょう》たらずの独房を囲む壁、天井、高い鉄窓……。窓の外にも闇が濃い。闇に全身をゆだねきっていると、夜の海に天を仰ぎながら波に揺られているような不思議な安堵感《あんどかん》がある。死後の冥界《めいかい》とは、やはりこういう昏《くら》さに満たされているのだろうか。どうせ私の行方は天国ではなく無間地獄《むけんじごく》のどん底に決っている。死ねばこういう闇に永劫《えいごう》に包まれているならば、いっそ早く死が訪れてくれる方がいいようにも思う。

上をむいたまま、手さぐりで枕元に置いてある手拭いをひきよせ、汗を拭きとる。しめった手拭いを嗅《か》いでみる。蘭の花の腐る時のような匂い。まだこんな女くさい体臭が汗にしみ出るのが不思議なこと。秋水《しゅうすい》と最後に肌をあわせたのは、忘れもしない昨年の五月十日。湯河原から秋水が上京して、千駄ケ谷の増田家へ訪ねてくれた時のことだ。秋水の身替りになって、換金刑で入獄するため、私はそこで準備中だった。秋水の汗は、いつでも乾草《ほしくさ》が腐ったような頼りない匂いがした。その夜は、もう血を吐いて死んでもいいと思って……。

朝、目が覚める時、どうしていつもこんな肉感的な追想に襲われるのだろうか。よく人がいっていたように、私という女は、常人より肉欲的な女なのか。

今日はもう明治四十四年一月二十四日。昨年五月十八日、入獄してから八カ月が経つ。獄内で迎えた今年の正月で私はようやく数え年三十一になったばかりだ。健康で、社会に生きているとしたら、まだまだ恋の火も燃え、男と快楽に身を焼きつくしていて当然のこと。

あんまり指に力を入れすぎて、首に爪あとがつく。いつものように、夜明けまでの時間を、たった今見ていた夢を反芻《はんすう》し、時を忘れようとする。この頃、何故だか、子供の頃の夢を見ることが多い。そう、今朝の夢の中でも私は母といっしょにいた。私は堺《さかい》さんのまあさんくらいに幼く、よくまあさんが着ていたような花模様の紫縮緬《むらさきちりめん》の被布を着せられ、頭に大きな桃色の木目《もくめ》繻子《じゅす》のリボンをつけてもらっていた。宝塚《たからづか》の中山寺へ、母の腹帯をもらいにいった時のことのようだった。夢の中で、門前町の屋台店で飴《あめ》と風車を買ってもらったのは、現実の思い出と重なっている。あれは私の五つの年。高い石段を母といっしょに長い時間をかけて上っていった。中山寺で腹帯を受けると、安産だというので、母は私のお産からその習慣を持った。あの時はたぶん弟の正雄が母のおなかに入っていた頃だ。

境内の一隅に山肌をくりぬいた暗い洞窟《どうくつ》があった。母が何と思ったか、怯《おび》える私の手をとって無理矢理その洞窟の中へ連れこんだ。思ったより深い穴の中には大きな灰色の石棺がひとつ寝かされていた。母の腰にしがみついている私の手をもぎとるようにして、母は石棺の肌にふれさせた。石棺は湿っぽく、ぞっとするほど冷たかった。

「ちべたいやろ、須賀ちゃん、この中にはなあ、むかあし、むかあし、生きてはった、きれいなお后さんが仏さんにならはって、入ってはるんでっせ。おとなしゅう、かしこうしてんと、かあさんかて、死んでしもて、この中に入れられてしまうさかい、須賀ちゃんもよう、気いつけや」

母は、軽い気持で私をさとすつもりだったのだろうが、私は湿っぽい洞窟の薄暗さの中で、今にも石棺の重々しい箱が口をあけ、自分たち母子を呑みこんでしまいそうな恐怖にかられ、急に、泣き声をあげて母の腰にしがみついてしまった。泣き声は、洞窟の石の壁にこだまして、無気味に響きあい、思いがけない大きさになって私に襲いかかり、私はいっそう泣き声をつのらせた。死の怖ろしさにはじめて脅《おび》えたのはあの時ではなかったかと思う。もともと病身だった母は、あの時、すでに本能的に早い死期を予感していたのかもしれない。今朝の夢に、私はひとり、石棺のある洞窟にとじこめられていた。いつのまにか入口も大きな岩でふさがれ、一筋の光もさし入ってこない。どこへ逃げても湿っぽい、吸いつくように冷たい岩肌が手に触れるばかりなのだ。私は声の限りに泣き叫び、石に軀《からだ》を打ちつけて、人を需《もと》めつづけていた。夢の中の泣き声で目を覚ますことは、ここへ来て珍しくない。秋水の足にとりすがって泣きながら、覚めたこともあるし、寒村《かんそん》と抱きあって、濡れた頰をあわせ、すすり泣きに息をつまらせて目覚めた朝もあった。

濃淡もなかった闇の中に、ほのかに物の象が滲みはじめてきた。

そのおぼろなものをしっかりと見定めようと目を凝らすと、額の奥から鼻柱にかけて、しくしく錐《きり》でもみこむような痛みがおこる。毎年冬になれば、この痛みは執拗《しつよう》にあらわれてくる。隆鼻術の手術の後遺症とわかっていても、やはりこのしつこい痛みに襲われる時、気持はいやが上にもいらいらする。私の生のあらゆる屈辱と汚辱の固りが、目と目の間に凝り固まっているような重苦しさと鬱陶しさ。平家蟹《へいけがに》のようなあの憎らしい巡査の顔が、眉根の痛みの間にあらわれてくる。

赤旗事件の時の、野卑で乱暴な警官の取扱い。いきなり、立っていた私を突き倒し、倒れたところを踏みつけんばかりにして襲いかかり、腕をねじあげ、有無もいわさず、ずるずる神田署に引きずりこんだ。留置所に押しこめようとするのに抵抗したら、またしても突きとばし、殴りつける。

「ふん、お前なんか、それでも女の面しているつもりか。へっ、鼻べちゃでしゃくれてやがって、それで男に抱かれて、どんな顔してみせるんだ、え、おいっ、その鼻べちゃで鼻息たててみな、おいっ、何だその目付き、痛い目に逢いたいのか。ここはな、お前たちのような非国民の女にはどんなことをしてもいいところなんだぞ。箒《ほうき》の柄でも突っこまれたいのか。え、おい、こいつ、しぶといあまだ」あんな蠅《はえ》みたいな男に、鼻の低いだけで侮辱された口惜しさから、出獄したその日のうちに、手術をうけてやった。

「ええ、もちろん、大丈夫ですとも、保証しますよ。もう、何人もしていますからね。患者のことは秘密になっていますから決して名前は申しあげられませんが、名前を聞けばああ、あの方がというような女優や、芸者や、伯、子爵の令嬢だって、手術していますからね」

女のような節の目だたない細い指をした、金縁めがねのえらの張った医者の、ねとついた声。何が、大丈夫なものか。夏になれば注入したパラフィンはとけて、形はくずれるし、冬になれば、こちこちに固まって、紫色に脹《ふく》れ上る。異物感もはなはだしい。いつでも、鼻から額の裏、はては脳を貫いて後頭部に鈍痛がひびきつづけている。たしかに鼻は高くなったけれど、そのかわり、両方の目がひき攣《つ》ってしまって、険《けわ》しい顔つきになってしまった。昔の、いつでも甘えたような、年より若く見えるそら豆みたいななつかしい私の顔はもう永久に失われてしまった。器量は悪くても、あのしゃくれた、目と目の間ののんびり開いた昔の顔を私は好きだった。

しかし、それに気づいたのは、自分の生れつきの顔を失ってからだったかもしれない。私は物心ついた時から、自分の顔を不器量だと信じこみ、容貌に対しては極端な劣等感を抱いていた。私が生れた時は、父が鉱山師としての全盛時代で、美濃の山を当て、生涯で最も羽振《はぶ》りのいい時だった上、初めての女の子だというので、大変な祝い方をされたのだそうだ。

「それなのに、生れた須賀ちゃんが、あんまりみっともない顔の女の子だったさかい、かあさんは、姑《しゅうとめ》や小姑《こじゅうとめ》にそれは肩身のせまい思いさせられましたえ。こんな子が生れるのは、あんたが前世でよっぽど悪いことしやはった報いやないかなどいわれて、も少しで乳が上りそうになったものや」

母のそんな述懐も幼い心に沁《し》みこんで辛かった。その上、兄も、弟の正雄も、まるで女にしたいような器量好しだったからたまったものでない。女中たちが、ぼんといとはんと顔が替ってはったらと話しあっていたのも何度耳にしたかしれない。私の気の強さや、負けず嫌いの性質が培われたのは、この容貌コムプレックスが大いに預かっていただろう。

宇田川文海《ぶんかい》はそんな私の顔を彦根屏風《ひこねびょうぶ》の女の顔だといった。平たくいえば女郎顔というのだというから、私がむくれたら「ばかな、宿場女郎で一番の売れっ子というのは、みんな美人顔じゃなくて、お前のようにしゃくれたおかめ面なんだよ。天は二物を与えぬものだ」もっとあからさまなことをいってひとりで嬉しがって笑っていた。

文海は私より三十五歳も年上だし、逢った時はもうすでに五十も半ばをこしていたせいか、今になって考えれば、私はどの男との時より気分が楽だったかもしれない。上背もあり、脚が長く、顔立は役者にほしいような美男なのに、十二、三の時、夜道で辻斬りに逢い、顎を斬られ、下手な手術をしたため、刀傷が醜く残り、しかも顎が歪《ゆが》んで、正視出来ないようになっていた。普段は毎朝神経質にとりかえる真白の大きなマスクで、顎を掩《おお》い、耳から吊っていたが、眠る時にはさすがに外した。そんな顎にも鬚《ひげ》が生え、それを剃《そ》る役もいつか私のものになっていた。つぶれた顎の鬚は剃り難《にく》く、毛抜きでとらなければならないのもあった。小説の手ほどきをして貰うというより、小説を売ってもらいたさに近づき、結局は貞操と交換で、生活費をもらうというはめにおちいったのが、私の堕落の第一歩だと寒村はののしったけれど……あれが堕落だっただろうか。あの頃、私は文海を少なくとも尊敬し、愛していた。世の中のことを何もしらなかった私には、大阪で関西文壇の大御所《おおごしょ》的存在だった文海は、その足元にも近づけないほどの高い峰に見えたし、私の育った環境には見当らないインテリ臭さが、当時の私にとっては、何よりの魅力だった。その上、近づいてみて、はじめて、文海が十歳そこそこで両親に死別し、一家離散の憂目に逢い、子供には辛すぎる苦労をして、恥と屈辱の中に生い育ったと識《し》って、私は自分の境涯にひきくらべ、文海が急になつかしい人のように思えてもきた。

文海は私に、文章の書き方から句読点の打ち方まで教えてくれた。床の間の飾り方から、掛け軸の読み方、芝居の観方や音曲《おんぎょく》の聞き所。およそ人前に出て恥ずかしくない程の教養らしいものは殆《ほとん》ど文海の手ほどきを受けている。チブスで私が入院した時にも三日にあげず見舞ってもらった。あの頃から、むしろ、私の方が恋していったのだ。身を投げかけたのは私からだ。

はじめて逢った時、文海は大きな紫檀《したん》の机の向うから私を見つめ、何か骨董《こっとう》でも見るように、目を細めてしばらくうかがっていた。切れ長の眼が魚の腹のように冷たく光った。私は二十帖もある座敷の広さと、床の間の上のおびただしい到来品と、机の大きさに圧倒され、いつになく胸がときめき、顔が上気してくるのがわかった。自分の着ている亡母のきものの仕立直しの、市楽《いちらく》の地味すぎる袷《あわせ》と、メリンスのそれひとつしかない帯の貧しさが、突然気になってきた。膝《ひざ》の上に揃《そろ》えた右手の中指の爪の根にインキのしみがしみこんでいて、爪がどれもみんな少しのびていることも、気になった。心の中は波だち、もうその場からすぐにも逃げて帰りたいのに、表面はかえって、顎をつきだすようにして、相手を正視し、背をのばしていた。いつでも、心が弱っている時や、軀の悪い時にかぎって、居丈高《いたけだか》な気負った姿勢と、向ういきの強そうな顔付きになるのは、私の小さい時からついてしまった悲しい癖のひとつだ。心の内部を決して継母にのぞかれまいとして、全身で心を鎧《よろ》うのが、非力で、傷《いた》めつけられることばかりに耐えなければならなかった私の、ただひとつの抵抗で、自己防禦《ぼうぎょ》の方法だった。

あの日の私のことを文海は後になって「絞首台にでも上るような思いつめたごつい形相《ぎょうそう》をしていた」とからかった。まさか、あれから十年もたたないうちに、本当に私が絞首台に上る女になろうとは、文海だって夢にも思いはしなかったにちがいない。私の今度の死刑の判決の号外を、あの大広間の紫檀の机の上で広げた文海の顔が目に浮ぶ。自分と一度でも寝た女が絞首刑になるような女だったと知った時、男はどんな気持がするだろうか。

別れた夫とあの意地の悪い姑、立命館の中川小十郎、牟婁《むろ》新報の毛利柴庵《さいあん》、六大新報の清滝智竜、伊藤銀月、荒畑寒村……その他思いだしたくもない……私の上を通りすぎた屑《くず》のような男たち……。号外を広げた瞬間の、彼等の肌によみがえる私の肉の記憶。笑いがこみあげる。声をだして笑う。一度笑い出すと、笑いはしゃぼん玉のように後から後からふわふわわき上ってくる。あの判決を聞いて以来、私は時々、突拍子もない時に、笑い声を出すようになっている。最初、自分の笑い声に気づいた時は、ぞっとして、気が狂ったのかと思った。でも今は馴れた。自嘲《じちよう》の笑い、軽蔑《けいべつ》の笑い、愉《たの》しいことの想いだし笑い、よくもこんなに笑いの種があると思うくらいだ。まるで三十一年の私の生涯に笑い惜しんだ笑いも、残された限られた僅かの時間に、笑いつくしておこうとでもしているようだ。

それにしても私は社会に生きていた間に、何と笑いの少ない人生を送ったことか。生母に十二歳で死なれて以後の私の記憶はすでに地獄だ。あの暗い少女時代から、私は素直な笑い方や可愛らしい笑顔というものを忘れてしまったのにちがいない。死相というのがあるなら、死刑の宣告を受けてしまった私の顔には、もう死相があらわれている筈《はず》だ。死相とは決して険しいものでなく和やかな、みるからに仏さまのような顔だと聞いたことがある。しかし私が今、和やかな表情になっているとは思えない。今、もう死刑を目前にひかえて尚、私は、許せない人々、思いだしただけで憎悪《ぞうお》の煮えたぎる人々があまりにも多いのに、呆然とする。死に直面すれば、自然に心が和み、仏心がわき、誰も彼もゆるしたくなるとか聞いたけれど、私はそうではない。憎悪は増々どす黒い煙をあげ、胸いっぱいに燃え上る。もし私に死の前に一日の自由行動の時間が恵まれ、一番したいことをしてもいいといわれたら、私は何をしよう。あの無法極まる言語道断の判決を下した殺人鬼、裁判長鶴丈一郎《つるじょういちろう》と、私の幼時すでに地獄の火をのぞかせたあの冷酷非情、野卑と無知の権化《ごんげ》のような継母を一思いに刺し殺しにいこうか。山県有朋《やまがたありとも》や平沼騏一郎《きいちろう》も見逃すわけにはいかない。

以前はキリストを信じた時もあったけれど、今は唯物論者になりきっている私は、死ねば、水と炭酸ガスになるだけだと思ってきたが、今になって、何だか、霊魂が怨みに凝り、王朝時代の生霊《いきりょう》や死霊のようにこの世にさまよい残って、私の宿敵や怨敵《おんてき》の誰彼の上に、呪《のろ》いをふきかけながら、永劫に成仏《じょうぶつ》なんかしないのではないかと思われてくる。死霊ともなれば、神出鬼没、どんな厳重な囲みの中も、十重二十重《とえはたえ》の防禦の中も自由自在にしのびこめるのだから、先ずは、どこよりも先に、千代田のお城の九重の奥深くをお見舞い申し、果さなかった計画を全うしてやろう。私ひとりで、計画を完遂してやろう。どうして私は最初から今度の計画をひとりでたて、ひとりで実行することを思いつかなかったのだろうか。どうせ、はじめから、確実に実行出来るなど思っていなかったのに。元首といえども斬れば血の出るわれわれと同じ人間であり、刺されれば、斃《たお》れ、撃たれれば絶命し、爆弾に当れば、微塵《みじん》に霧散してしまうはかない生物にすぎず、現人《あらひと》神《がみ》などといわれるような特殊なものでないことを示し、彼が神聖だという迷信を盲目的に信じこまされている国民の目から鱗《うろこ》をとりのぞくことが目的で、その事件で人心を動揺させ、それに乗じて小革命を起そうというのは第二義だったのだ。斃さないまでも、危害を加えようと実行する人間もいることで、神聖性を地にひきずりおろし、神話に対する疑惑を国民におこさせることだけでも、一応私たちの目的は達せられる筈だった。それくらいのことなら、私ひとりでもやれたかもしれないのに、同志を語らったばかりに、これほどあっけなく事前に発覚し、こうも惨憺《さんたん》たる結果を招いてしまったことは、何といっても口惜しい。

第一回の取調べの後、私は天皇個人についての感想をのべたものだ。今の元首は個人としては、これを無くすのは、実に気の毒な気もするけれど、吾々を迫害し危害する機関の元首として政事上立っている人、つまり経済上では掠奪者《りゃくだつしゃ》の張本人、政治上では罪悪の根本、思想上では迷信の根源というわけだから、死んでもらわなければ仕方がない。歴代の天子の中では、頭もいい方だし、人間も好《よ》いようだし、豪《えら》い人だから気の毒に思う。というのは元首は、すべて大臣たちに任せていて、社会の事は何も直接知らないのだから、もし、もっと平民主義で吾々国民と直接に話が出来るならば、も少し、わけがわかって、こんな無謀な理不尽な迫害を社会主義者たちに加えることはないだろうと思うからだといった。けれども、今となっては、全くちがう。その後も個人として最も憎いのは、元老中一番旧思想で吾々に最も激しく厳しい迫害を加えた張本人の山県有朋で、彼には機会があれば、是非とも爆弾を投げつけてやりたいといったものだったが、今はちがう。山県や、桂《かつら》や、鶴丈や、武富や平家蟹がいくら悪人で残虐であったところで、元首の名に於《お》いて、彼等が私たちを迫害搾取する以上は、元首が責任をのがれられる筈はないのだ。元首の名の下に、僅か十年の間に二度も戦争がおこり、どれだけ多くの善良でつつましい庶民の幸福が根こそぎ奪われ、多くの若者たちの未来が断たれ、命が奪われていったことか。それもこれも重臣たちがしたことで、元首は聾桟敷《つんぼさじき》に置かれていて知らぬ存ぜぬだったでは通らない筈だ。人間が他の動物とちがうという点は、自分の行為に責任をとらなければならないということだろう。多くの国民を飢えで苦しめ、多くの国民を戦争で殺し、そして、今度のような、針小棒大の、でっちあげの大逆罪《たいぎゃくざい》を捏造《ねつぞう》し、無実の人々の命を虫けらのように奪おうとする。二十四名の大量死刑の宣告をああも無造作に下しておきながら、その翌日、十二名を特赦《とくしゃ》によるという名目で、ぬけぬけと無期懲役に減刑する。一旦、あれほど残酷な刑を下しておきながら、特に陛下の思召によってという形で、勿体《もったい》ぶった減刑をするのだ。国民に対し、外国に対し、恩威並び見せるという抜目のないその狡猾《こうかつ》さ。彼も此《こ》れもすべて、天皇の名に於て。こんな人を、かりにも現元首は個人としては、頭もいいし、人柄もいいしなど思ったり言ったりしたかと思うと、自分が情けなくなる。やはり私の心の底のどこかに、旧い天皇崇拝の感覚の残滓《ざんし》がこびりついていて、こんなまぬるい矛盾にみちたことばが出たのだろうかと切歯する。

元から私は、今のような思想を抱いていたわけではない。普通の国民が、そう教えこまれ、信じこんでいるように、私も幼時から、天皇は絶対的な現人神として神聖視して育ち、日清戦争の時だって、大方の国民と同じ様に、ひたすら天皇の御稜威《みいつ》の輝きの勝利だけを祈っていたものだ。

鴉《からす》の声を聞く。空耳かと思って、耳を澄ます。森《しん》としたあたりの空気の中に、やはりつづいて、鴉の声が伝わってくる。急に、胸騒ぎがする。母が死ぬ日の朝、うちの屋根の上で鴉がしきりに鳴いたことを思いだす。死人のある家に、鴉は予兆に来るともいうし、死臭を慕って、あの真黒な鳥は集まって来て鳴くのだという。迷信とは思いながら、あの黒衣をつけたような無気味な鴉の、不吉な鳴声を聞くと、やはり死を連想せずにはいられない。一月十八日のあの死刑宣告の判決の日から数えて、もう十年もこの独房にすごしたようにも、まだ、数時間しかたっていないようにも思う。けれども、指を折ってみれば、今朝はあれから丁度一週間めの朝、一月二十四日に当るわけだ。去年五月十八日、『自由思想』の四百円の罰金の換金刑の為、この市ケ谷の東京監獄へ入獄してから二百五十日ばかりが過ぎている。私の入獄後一週間もたたないうちに、事件が発覚し、長野の宮下太吉をはじめ、続々と検挙されてきた。私が事の発覚を始めて知ったのは忘れもしない六月二日だった。私自身が換金刑などどこかへ吹っとんだ形で、専《もっぱ》ら、大逆事件の重要犯人の立場に昇格したものである。全く運命的な二百五十日だった。

三帖たらずのこの独房で朝を迎えることがあと何日許されているのだろうか。仰臥《ぎょうが》したまま見上げる三尺の獄窓は、うんと高くついていて、鉄柵《てっさく》で鎧《よろ》われている。小さな小さなその四角い窓に切りとられた空が、無限の空間に拡がっていると思うと不思議な名状し難い感情に捕われてくる。運のいい囚人は、その小さな窓に富士の見える独房が当るとかいうことも聞いたが、私の窓からは、貧相な松の梢《こずえ》と、枯檜葉《かれひば》の赤茶けた葉をつけた枝しか見えない。今、窓の闇が少しずつ明るんで来て、窓の下がわの枠《わく》のところに、オレンジと水色をまぜ合せたようなほのかな美しい色が滲んできた。枯檜葉の梢の先に、水の雫《しずく》のように光っているものが目につく。明けの明星だった。窓の上の方はまだ濃藍の闇に塗りこめられているので、星の光は、気がついてしまうと、凄《すご》いような冴《さ》えた緑に見える。それを見ていると、昨日の暁方《あけがた》の夢をまざまざと思いだす。

どこかの暗い畠中の一筋の道だった。小さな流れに沿うて路はどこまでもつづいていた。流れの音が囁《ささや》くようにたえず私たちの足音にまつわりついてくる。誰か、二、三人の人と、私はその暗い畠中の道を歩いていた。いえ、あれはもしかしたら、秋水とたったふたりで歩いていたのだったかもしれない。誰も何とも口をきかなかった。果《はて》しなく歩いて来たように思うし、まだ果しなく歩いていくようにも思った。断崖《だんがい》にむかって歩いているのですね。もう引きかえせないのですね。私は、誰だかわからないつれの背にむかって、そう話しかけたい想いにじっと耐えていた。口をきいたら、足元の道が真二つに割れて、私たちは地中深くのみこまれるような暗い予感があった。ふと、その時、空を見上げた。真暗だった空が、澄み通った水色に滲み、その中天に、日と月が三尺くらい隔てて、くっきりと並び浮んでいる。

日も月も、霜夜の月魂のような凄い蒼味《あおみ》を帯びた黄金色をして、日も月のように三分ほど欠けているのだった。月は丁度十日めくらいの棗《なつめ》型をしていた。私は背筋に氷を流されたような悪寒《おかん》を覚え、肌が粟立《あわだ》っていた。私はつれの背に、その妖《あや》しい空の異変をみせ、日月相並んで、空にかかるのは、たしか国に大兇変のおこる予兆だと聞いたことがあると告げていた。そしてすぐ目が覚めた。まだ、部屋の中も窓の外も漆を塗りこめたような未明の闇だった。私の覚めた目の中にも、まだありありと欠けた日月の相並んだ凄い幻影が残っていて、私は頭がしんしんと痛んでいた。私は脳がわるいせいで――これは継母が、私の幼い時、何かといっては頭を打ち、ひどい時は、私の衿首《えりくび》をつかんで、柱の角へめがけて、ごんごん、血の出るほど叩きつけるような折檻《せっかん》をしたせいで、脳がどうかなっているのだと、恨んでいるのだが――その上に、例の隆鼻術の後遺症も伴って、激しい頭痛持ちだし、子宮の悪いせいもあって、冷え上せの性で、月の障りの前後は、本当にこのまま気が狂ってしまうのかと思うほど精神が乱れきることがある。気持が高ぶってくると、自分の平静心をどう制禦のしようもなくなり、終《しま》いには強烈なヒステリーの発作をおこし、その場に失神してしまうことさえある。これは、一昨年の初夏から秋水との関係が生じて以来、あらゆる誹謗《ひぼう》や迫害を受けた余波みたいにおこりだした症状だ。あの秋頃から、癖になって、時々、その錯乱状態に見舞われる。どうしてこう、私は心も魂も肉も、人並以上に燃えたぎるたちの女に生れあわせてきたのだろうか。私の三十年の貧しい生涯は、貧相な私の肉体からしぼりだす自分の脂に火をともし、その火明りで道を照らしながら、自ら燃え尽きてきたという気がする。両の翼に火をつけ、炎に包まれながら、天翔《あまか》けている鳥の幻影が、私の生涯の姿のような気がしてくる。恋と革命――私の三十年の生命のすべてを賭《と》した恋と革命。私の生はそれ以外の何物でもなかった。もしかしたら、あの欠けた日月の幻は、私の賭《か》けた恋と革命の象徴ではなかったか。しかもその二つとも痛ましく欠けて。革命は挫折《ざせつ》し、恋もまた、あまりに無残だった。しかし、私は悔いてはいない。私の生き方に、もうひとつのあり得た生というものは、この期に及んでも考えられない。私はこのように生き、このように死ぬために、生れてきた人間なのだと、この数日、いっそう骨身にしみて考えている。

ああ、また鴉が鳴く。もうすっかり明けわたった蒼空を斬って、大鴉がふわっと、黒ふろしきをとばしたように東から西へ翔けていった。妙に、森閑として、どこからも物音ひとつ聞えて来ない。何だか耳鳴りがしそうなほどの静けさだ。いつもの朝は、も少し、ひそやかな物の気配や、物音が空気の中に伝わってきたような気がする。私は……もしかしたら、もう死んでいるのだろうか。今、いろいろ、影のように浮ぶ想念を追っている私は、もうすでに幽冥界《ゆうめいかい》とやらに来ているのだろうか。ふいに、靴音がしてあわただしく廊下を小走りに駈けていった。凍《い》てついた空気が揺れ、刺すような寒気が、薄いふとんの中にしのびこむ。ほっとする。やっぱり、私はこの独房に横たわり、うつうつと、とりとめもない夢を見ながら、また一日新しい朝を迎え、昨日と同じように、たったひとりの一日をゆっくり、無限にゆっくりと味わいすごしていくのだ。毎朝、目が覚める度、ああまだ生きていたのかと思うこの気持。

ふとんは廊下から入って左側の壁に敷いてある。枕は、入口の扉にむけるのが規則だ。扉には上部に覗《のぞ》き穴があり、外から中を監視するようになっている。扉の左下部には、覗き穴の倍くらいの大きさの小窓があり、それが弁当等の差入口になっている。囚人が就寝した後、看守がそこから灯で中を照らして見て、監視して通る。そのため、一番その窓から覗き易い位置にふとんの位置も枕の位置も定められるというわけだ。枕の上の壁には報知機がとりつけてある。報知機といってもいたって原始的なもので、緊急の場合、囚人が中から木片を押すと、その棒が外に飛び出し、カタンと音をたてて壁に当って下りるという仕掛けだけのもの。囚人の中で私くらいその報知機を使って、看守を呼びたてる者はいないということだ。私はここに来て以来、およそ遠慮などしたことがない。囚人というのは、不思議なもので、どんな高邁《こうまい》な思想の持ち主の哲人でも革命家でも、一たび捕われの身となると、無意識に、看守や典獄に、ついおべっかめいた口をきいたり、まなざしを投げたりするものだと聞かされていた。それだけに、私は、死んでもそういう卑屈を自分に許すまいと自戒を保ってきたつもりだ。彼等も薄給で、厭《いや》な仕事についているのだと思えば、人間的同情は湧《わ》くが、彼等は私たち囚人の監視と同時に、私たちの用をたすのも義務のうちなのだから、何も遠慮することはないのだ。われわれの税金や罰金で彼等を養ってやっているのだから、使ってどこが悪い。私は頑強に要求して、この中で毎晩湯タンポを入れさせることに成功したし、死ぬまで栄養をつけるため、毎日洋食を官費でとらせるようにしている。麦七分豆三分のまずい主食に、煮豆、すだれふと芋の煮つけ、さつま芋、ニシンの味噌あえ、団子汁、コンニャクの味噌あえくらいが、一品ずつしかつかない。こんなものでは、たちまち栄養失調になるし、私や秋水のような特に栄養分の摂取を必要とする肺病病みにとってはミルクや玉子などの滋養分を補給しないことにはとても軀が持たない。刑場へひかれる途上で、柿は腹を冷やして悪いからと、恵まれた柿を断わったという昔の死刑囚の話を思いだすが、生きている間は、彼等に命を断たれるその瞬間まで、全身の体力と気力をこめて、私も彼等と闘い貫いてやろうと思う。

私が病身の上、女ということもあって、少しは同情も加わって、私の要求をいれたのかもしれないが、まあ、私が格別にうるさいから、奴等が私の手きびしい反抗に手を焼いて、洋食ぐらい差入れてやれということになっているらしい。毎度それをたべる度、私はそんな栄養品を無実の罪で捕われている相被《あい》告の同志たちに、一きれずつでも配ってあげたく、胸がいっぱいになって、ほとんどたべきれない。それでも私は、洋食の差入れを決して止めはしないのである。

格別、腸の弱い秋水は、いっしょに暮していた時、お粥《かゆ》に近いようなやわらかい御飯を炊いてあげると、喜んでいた。私は、しこしこ歯ごたえのあるくらいの固い御飯や、おこわが好きなのだけれど、秋水と暮すようになって以来は、秋水の食べ物に舌をあわせてべちゃべちゃの御飯でも結構美味《おい》しいと思って食べられるようになっていた。彼の腸の悪さは、もうすでに結核が腸をおかしているせいなのだと、大石ドクトルが私にこっそりと教えてくれたものだ。はじめて秋水の下着姿を見るようになった一昨年の夏の頃、あの暑さの中で、彼は狸《たぬき》の毛皮で作ったという、雷の褌《ふんどし》みたいなこっけいな特製パンツをはいていて、私は思わずふきだしてしまった。私も小柄だけれど、秋水は私と大差ないほどの背丈で、男としてはうんと小さい。裸になった軀に骨が目だち、やせ衰えていて、皮膚も艶《つや》がなかった。風呂で洗ってやる時など、うつむいて、おとなしく首を垂れ、私に背中をあずけきった秋水の子供のようなひ弱な軀をみつめていたら、痛ましくて、いじらしくて涙がふきあげてきて困った。きゃしゃな撫で肩は薄く、せまく、義理にも頼もしい魅力のある男の軀ではなかった。私の交わった男たちの中で、秋水が一番貧弱な軀つきをしていた。けれども、性愛は男の体格とは関係がないことも私は経験で教えられている。秋水も、貧相な軀つきに似合わず、性欲は強かったし、私たちは愛しあっていたのと、私たちの恋に対して周囲の迫害が強く、あまりに無理解な非難の矢表に立たされたのが、かえって刺戟《しげき》になって、狂熱的なひと夏を送ったものだった。秋水の薄い背に湯をかけてやると、まるでアジア大陸の地図のように、べっとりと湯が皮膚にはりついて、濡れてくる。私はその水の光る地図を見つめると切なさで胸がいっぱいになった。秋水の命がもう長くもないことをその水の地図が予言していた。

五十七歳の宇田川文海は、健康法には神経質で、冷水摩擦はもちろん、玄米食やら、金冷法やら、弓術やら、あらゆる健康にいいという方法は熱心に用いていた。文海は湯に入る度、まず手桶《ておけ》になみなみ汲《く》ませた湯を私に背からと胸にかけ流させた。かけた湯がたちまち、文海の年齢には見えないはりきった皮膚の上をはじきすべり、蓮の葉の露のようなす速さで、さっと散っていくのを見ると、さも満足そうに、どうやといって、二の腕を肘《ひじ》から直角に上げ、力こぶを盛り上らせてみせた。文海は、健康体は、湯をかけた時、この様に、す速く、皮膚の脂が湯をはじきかえすもので、年をとるほど、その速さが失われていく。もし、かけた湯が、べっとりと肌にくっついて、大きな地図を描くようになったら、もうその人間の寿命は、長くはないと見た方がいいといって私に教えた。まだ二十二だったその頃の私の肌も、湯を浴びるとたちまち桜色に染まり、まばたくひまもない速さで湯をはじいていった。乳房の上は中でももっとも速く、まるで柔毛《にこげ》につつまれた水蜜桃《すいみつとう》に水をかけたように、一瞬もそのふくらみの上に水を止めなかった。寒村の若い軀は他の男の誰よりも魅力的だったし湯など一瞬もとどめないなめらかな脂におおわれていた。

秋水の背中に、たまった水たまりのような不吉な地図を私はしゃぼんの泡《あわ》でかき消しながら、私の命とひきかえにしていいなら、日本にとってこの大切な人を、せめて、もう四、五年長らえさせてやりたいと思ったものだった。

刑務所の豆いり麦の御飯をたべる度、腸がごろごろして、砂利をつめたような気になる。刑務所で一番辛いのは、あれだといっていた秋水は、二百三十余日のここの生活で、

どんな差入れをしてもらってたべてきたことやら。三十八年、『平民新聞』の筆禍事件で、禁錮《きんこ》五カ月の刑を終えた時、秋水は、

指を屈すれば一百五十日
刑余の身兼ぬ病余の姿
肉落ち骨立ちて形鬼の如し

と、自分の獄中で衰えた軀を自嘲していたが、今度はそれより更に百日近くも長い上、あの時三十五だった秋水も今年は四十一歳を迎えているから、衰弱の程も思いやられる。今日はどうして、こんなに秋水のことが気になるのだろう。あのお千代さんあての秋水の手紙を検事に見せられて以来、誓って、秋水の事は考えまいと自分の心に命じてきた筈なのに。

二帖の坊主畳の向うに、一帖よりせまい板敷があり、その左半分はあげ板になっていて、その板の下に石の凹《くぼ》みがあり、便器を置いてある。便所の横の板の間に、水桶と箱膳を置くというのも、監獄なればこそだろう。独房の周囲は、厚いはめこみ板でおおわれていて、十四本の太い角材で支えられている。この柱をみていると、つくづく牢屋ということばがふさわしいと思われる。それでも、独房に一人入れられるということはずいぶん有難い方だ。一昨年の夏、『自由思想』の件で二度めの入獄をした時は、せまい

雑房に十四、五人もいっしょにぶちこまれ、せまい蚊帳《かや》に重なりあって、蚊《か》と南京虫《ナンキンむし》に責められながら、風一筋通らないむし風呂のような中で夜を明かすのだったから、あの時の苦しさを思えば、冬の独房の骨を刺す寒気も、むしろ、天国と思わなければならないかもしれない。

独房に入って、よく思い出すのは、二十二歳の時、文海の世話で大阪朝報の婦人記者にしてもらって、張り切ったとたん、腸チブスにかかり、桃山の避病院へ入れられた時のことだ。あそこは、この独房よりは少し広く、たしか四帖半あった。畳はなく、板敷の上に何やら黒い物を敷きつめて、まわりの壁は、青ペンキ塗り。藁蒲団《わらぶとん》の上にもう一枚の綿蒲団を重ねてあった。上掛けも二枚、しかしどれもみんな最低の物だった。父親の贅沢《ぜいたく》趣味が身についていて、夜具だけは、どんなに貧乏してからも絹夜具しか用いなかったから、この蒲団には往生した。天井も黒いものを張り、空気穴のつもりか、天窓のようなものが二つあった。それを見上げていると、この隔離室で呻吟《しんぎん》していた病人たちの悲しみや苦しみの声が聞えてきそうでたまらなかった。私は不用意にチブスにかかったことから自分を罪人にたとえていたので、この病室は、監獄の独房のようだと思ったものだ。今から思うと、全く笑止である。本当の独房とは、あそこで空想したような甘いものではなかった。あの頃の私は、自分が社会的な罪人と断裁され本物の監獄の独房に投げこまれるような運命を持とうとは夢にも考えていなかった。人の一生とは、棺を蔽《おお》ってみないとわからないとは、全くよくいったものだと思う。

秋水は、独房の中で心を澄ませていると、この醜い十四本の柱が、山上の森林の大樹に見えて来て、大樹の枝さしかわす静寂の境地に静坐している心境になるといっていた。私は根が下品《げぼん》の性《さが》かして、一向にそんな心境にはならない。醜い柱はあくまで、柱で、囚人たちの涙と汗のしみつき、爪で刻したさまざまな暗号めいた落書のあとから、人間臭い嘆きや呻《うめ》きだけが聞えてきてならない。秋水は私などより心の底はロマンティストなのだ。私はだめ、私は過激な実行型だ。私の過去をふりかえってみても深く思考する前に、躯が動いてしまって、言いわけや理屈は行為のあとでくっつけている。かつて小説を書こうなどと思ったことが、若気の向うみずからとはいえ恥ずかしい。私の文才などは全く通り一ぺんのもので、本質的に私は文学者とか芸術家とかいうものではない。しかし、私は革命家であるという自覚だけは持って死ねるようになった。秋水はむしろ、文学者で、彼は革命の子ではない。ふたりの恋にしても、情緒的には秋水の方が私より早く恋にめざめ、実践に移すきっかけは私の方がうながしたという結果になっている。

はっきりいって、秋水は今度の事では死ぬべきではない。私と宮下太吉と、新村《にいむら》忠雄だけは、死刑をまぬがれないにしても、秋水は、本心はとうにあの計画を放棄していたし、逃げていたのだから……ある意味では、彼はすでに私たちを裏切っていたのだから、私たちと同罪として死刑に逢うべき人間ではなかったのだ。

今朝は看守が廻って来ない。もう、とっくに、起床の時間はすぎている筈なのに、何だか今朝は変だ。どうせなら、起しにくるまで寝ていてやろうと、横着をきめこむが、妙に胸騒ぎがして落ちつかない。一思いに起きる。水桶の水で顔を洗おうとしたら、薄氷がはりつめている。杓子《しゃくし》の柄で、叩いたら、ぐしゃっとわびしい声をあげて氷が割れた。手に薄いもろい氷の破片を掬《すく》う。畳も、空気も鉄のように冷たい一月二十四日の朝の冷気の中では、薄氷の冷たさは掌にかえって沁みてこない。ただ薄い氷ははかなく美しく、目にかざし、窓にむけると、プリズムのように朝の陽光を集めて虹色《にじいろ》にきらめく。思わず胸が迫り、その薄氷に歯をあてる。

氷の冷たさが歯に沁み透《とお》り、身震いといっしょに鳥肌がたつ。それが合図のように寒さが外からではなく、軀の内側から吹きつのってくる。また風邪がぶりかえす前兆のように思う。熱があるらしい。思いきって双肩《もろかた》をぬぎ、固くしぼった手拭いで胸を力まかせにこすりあげる。四日前の入浴日以来、風呂に入らないので、白い垢《あか》がよれてくる。明日が入浴日。ああ、待ち遠しい。何が愉しいといって、ここへ入って以来、五日目毎《ごと》の入浴くらい有難い嬉しい時はない。

風呂好きの私は、社会にいた時は、少々熱があっても、軀の具合が悪くても、毎晩風呂に入らないと落ちつかなかった。面会、来信、入浴……数えるほどもない獄中生活の中の愉しみの中でも、身寄りも友も少ない孤独な私には、面会も来信も全く少ない。五日目ごとの入浴だけが心身をつかの間でも慰めうるおしてくれ、唯一の極楽を味わう時なのだ。死刑執行の日は、せめて朝、入浴を許してほしいと、飯坂部長にかねがね頼んでおいた。しかしそれも昨日、ことわった。死んだ後の軀にまで見栄をはるのも、生へのみれんのように思われるのは癪《しゃく》だと思って。同時に湯の中で万一、これが最後の肉体的快楽かと思って、涙を流さないともかぎらない自分を想像すると、たまらなくなったから。

死後の姿など、どうだっていいようなものだが、妙な愛国主義者という輩《やから》たちに、私や秋水の墓はあばかれ、死体を八つ裂きにされないともかぎらない。死骸《しがい》にどんな凌《りょう》辱《じょく》を加えられてもいいようなものの、墓からひき出された姿があんまり惨めなのは厭だから、せめて垢くらいはおとしておきたいように思ったのだ。おしゃれの私は、死出の装束もせめてこの世の最後のおごりにしたく、判決を受けた翌日には、田中教務所長が見舞ってくれた時、本気になって死装束の相談をしかけたりした。白羽二重の死装束はあまり平凡だし、いかにも淋しすぎるので、うすい水色がかった灰色の、鈍色《にびいろ》というのにしたく、出来れば、白羽二重より縮緬にしてほしいのだったが、そんな贅沢なことは急ぎの間にあわないし、どうせ堺の為子さんにでもお世話になる外ないので、私の夢の中だけのおごりにしておいた。空想の中でなら、どんな死装束だって許されるだろう。

三十になったばかりで、生を断たれる私の女の命へのいとおしみから、せめて、私は死装束のどこかに燃えるような緋色《ひいろ》を秘《ひそ》かにしのばせておいてやりたいと思う。下着は、上下とも純白にしよう。上衣の縮緬のしぼは、小さく、肌ざわりの柔らかなものがほしい。社会にいた頃の私は、大島とか銘仙《めいせん》とか、織物の固いものしかつとめて身にまとわなかった。絣《かすり》や縞をきゅっと衿《えり》をつめて書生っぽく着つけるのがよく似合いもした。それなのに、いよいよ、死出の旅に立つと思うと、もう十年以上も肌にふれない縮緬の、やさしい肌ざわりがなつかしまれるのはどういうわけなのだろう。

大阪で宇田川文海と暮していた頃、私の半生のうちでいっとう華やかに装い、思いきった贅沢をさせられた。文海は自分の生活も貴族趣味だったが、私にも一週間に一度くらいは京都の呉服屋を呼んで、新しい着物をつくってくれた。私には似合わないと思うのに、派手な友禅を着せたがったり、夏など、わざわざ、光琳《こうりん》の秋草のきものを真似た図柄で縮緬浴衣《ゆかた》を特別に染めさせ、それをお腰もつけない素肌にまとわせて愉しんだりした。夏でもほとんど汗をかかない体質の私だからいいようなものの、一汗でもすれば、決してしみのとれない縮緬浴衣など、もったいなくて、はらはらしたものだ。

秋水も、男にしてはずいぶんおしゃれの方だった。自分の着るものにも、相当凝っていたが、私が無造作ななりをするのを好まなかった。女の髪が乱れているのは特に気にしたから、病中でも私は、髪だけは自分で結い、薄化粧を忘れたことはなかった。

処刑の後、私の死体を引き取りに来る身内も私には居ない。一番頼りになる弟の正雄はアメリカにいるし、たったひとり残っていた愛する妹の秀子は、私を頼って上京し、貯金局に勤めたのに、持病の肺病が高じ二十一になるやならずで早逝《そうせい》してしまった。四年前、四十年二月二十二日の朝だった。私と寒村が柏木《かしわぎ》で所帯を持っていた時だ。私とはちがって、恋もしらず、潔《きよ》らかな処女のまま逝《い》った秀子は、おとなしい素直な娘だった。私は血を吐いて死んだ妹の遺体にとりすがって半日泣いた。まだ母の生きていた頃、父も鉱山師として相当な暮しをしていたあの幸福な時代、妹は京人形のように可愛らしい子で、どこへいくにも姉ちゃん姉ちゃんと私の袂《たもと》にとりすがって歩いた。秀子は金魚の糞《ふん》みたいに須賀子にくっついていると、母にからかわれても、にっとみそっ歯を出して笑っていた。

私とちがって素直な秀子は、意地の悪い継母にもいじらしいほど仕えたので、私ほどいじめられはしなかった。継母の憎悪という憎悪を私ひとりで背負って立ったので、弟や妹にまで、継母の憎しみの手が廻りかねたといえたかもしれない。私が、なくなった母に一番軀つきや声が似ていると人々にいわれるのが、継母には癪の種だったのだろう。

あの妹にだけは、私の歩んだような凄惨《せいさん》な青春の路をふませたくはないと思った。私は妹にいいよりそうなあらゆる男に対して、神経質なほど警戒した。男を見れば狂犬と思えと教えこんだ。そのため、妹は死ぬまで、男友だちのひとりさえいなかった。あんなに早く死んでいく命だったのなら、私はもっと妹に奔放な青春を味わわせてやった方がよかったのではないかと、激しい後悔をした。恋もしらず、性愛の喜びもしらず、清らかなまま逝った妹。けれども、考え様によっては、妹はあの時死んでいてよかったかもしれない。生きて、私のこの有様《ありさま》を見ることは、あの気の優しい娘にはどんなに耐え難い苦痛だったか。妹の方が心配と悲しみの余り、そして無理解で無知な世間の迫害のもとに、自殺していただろう。私の側からいえば、妹が死んだことで、天涯孤独、何の後顧の憂いもなくなって、思いきって革命運動に身を投じることが出来たともいえる。

秀子は京都時代から私が引きとって、田辺《たなべ》へ赴任の時もつれていったし、また京都へいっしょに引きかえし、やがて、東京へ出てきた時もずっと私といっしょだった。

田辺ではじめて私と寒村が出逢い、京都で寒村と同棲《どうせい》をはじめ、東京の柏木で所帯を持ったすべての経過を、秀子はずっと見守ってきた。柏木でもう起き上れない最後の病床についた時も、寒村といっしょだった。

忘れもしない。あれは足尾銅山に大暴動がおこった時だった。足尾銅山の通洞坑内で坑夫と会社側職員との間に衝突がおこり、坑夫がダイナマイトで建物を破壊し、石油庫、火薬庫を爆発させ、高崎から軍隊が出動するという大事件だった。原因は坑夫三千六百人が、日頃の会社側の非人道的な待遇に対しての不満を爆発させたことだった。その頃、私と暮しながら平民新聞に記者として勤めていた二十歳の寒村が選ばれて、現地に潜入し、報道する役目を受けた。平民社では先に西川光二郎を現地へ派遣してあったが、西川が足尾の同志と共に検挙されたとの報が入ったので、急遽《きゅうきょ》、寒村が補充されたのだった。

寒村は、平民社からうちへ着換えに帰ってくる閑《ひま》もないあわただしさで動乱の足尾へ七日に発っていった。血気にはやった寒村が、戦場化した足尾で、どんな危険にあうかと心配で眠られない上、私は寒村の留守にその夜から急変した秀子の病勢を前にして、立ったり坐ったりしていた。

秀子は一カ月ほど前から、ずっと頭が上らなくなって、貯金局も休んで寝たっきりになっていたのが、七日の夜、これまでにない高熱を出して苦しんだと思うと八日の朝、突然、がばと起き出し床をぬけだした。愕《おどろ》いて後を追うと、台所の板の間に寝巻のまま、坐りこみ、まな板を持ちだし、菜切庖丁《ぼうちょう》で、とんとんと、なますでも刻んでいるような音をたてるのだった。

「秀子、どうしたの、何をしているの」

刃物を持っているので危なくて、私はつとめて優しい声をだし近づいていったが、寝乱れた髪をふり乱したまま、秀子は私の方を見むきもせず一心に、ひたすら庖丁の音をたてつづける。それはもう、正気の姿ではなかった。私は背後から抱きしめるようにして庖丁をとりあげ、ようやく、寝床へつれていったが、胸がはりさけそうだった。医者は結核が脳に上って、気が狂ってしまったのだという。もう、何をいっても通じなくなり、私の顔さえわからなくなってしまった。日頃から、私とちがい、まるで野菊のようにつつましいおとなしい娘だったのが、気が狂ってまで、こんなおとなしい気狂いなのが、私にはかえって胸がかきむしられるいじらしさだった。終日、ぶつぶつ、口の中でひとりごとをいったり、突然おきあがって、物を縫う真似や、物を刻む真似をする。かと思うと、しきりに指を動かしてあや取りの手つきをしたり、私が教えてやった讃美歌を、ひくい声で歌っている。医者は入院の必要を説くがそんな費用はびた一文もない。私はただ秀子の背をさすったり、うわごとめいた言葉にうなずいてやったりして、涙ばかり流していた。

九日の夜おそく、寒村が帰ってきた。平民社で山口孤剣《こけん》の洋服を借りたという寒村は、その洋服も泥まみれによごしていた。足尾は猛吹雪になり、戒厳令の布《し》かれた町の中から吹雪にまぎれて、ようやく脱出してきたというのだった。とにかく無事で寒村が帰って来てくれたので、ほっとしたものの、寒村にだってどうしようもなく、ただふたりでおろおろと秀子を見守るばかりだった。入院させてやりたくても私と寒村の給料あわせて四十円たらずの暮しではどうしようもなく、借りられそうな余裕のある友人も一人もない。結局、秀子は二週間ばかりそのまま家に居て二十二日の朝、ひっそり死んでいった。最後に、ありがとうを連発していたのも、意識がかえってか、狂った幻影の中でだったのかわからない。

　翌日、茶毘《だび》に付したが、堺さんはじめ、平民社の人たちが十人ばかり参列してくれ、寒村と三人の平民社の人が柩《ひつぎ》を舁《か》いていってくれた。旗も、花も、お経もないこの上なく貧しい葬式をすませた。葬式が終るとすぐ、今度は私が寝こんでしまった。妹と同じ肺病だった。あの時から、私の一番怖れているのは、私もまた結核に脳を冒される悲惨だけはまぬがれたいということなのだ。そうでなくても脳に病気のある私。正気のうちに、自分の死をはっきり見きわめられる間に、美しい死を選びとりたいという思いが、いっそう強くなっていた。そして、何ひとつこの世で望んだことの適《かな》えられなかった私に、最後に今、この願いだけが適えられようとしている。

　秀子の墓は淀橋の銀世界の前の正春寺にある。私はこれほど妹を愛しているくせに、墓詣《まい》りなどろくにいってやったこともない。唯物論者の私は霊魂の存在など信じないし、死ねば、肉体は焼かれて原子に帰すだけと思っているからだ。それでも、やはり、机上に妹の写真を置き、その前に、花やお菓子をたやしたことはない。考えてみれば、ずいぶん矛盾したおかしな話だ。これも習慣の惰性で、自分の気休めにしていることにすぎない。死んでお墓に詣ってくれたところで何になろう。そのくせ、やっぱり、どうせ埋められるなら、なつかしい妹の傍に埋められたいと思うセンチメンタルな、矛盾した気持もある。私は坊主のお経なんか信じていないから、寺へいってもろくにお布施なんか置いたこともなかった。従って、あの卑しい顔をした正春寺の生臭坊主は、私が行く度、露骨に不愛想な顔をしてみせ、水桶さえ気持よく貸したがらなかった。それにしても昨日私は、売文社の堺さんあて、

「正春寺へ御出下さいます方へ御願い申します。そのおついでに、どうか塔婆を新しく書きかえさせていただきとう存じます。その内に弟が帰朝して、墓碑を立てるであろうと御伝言を願います」

というような依頼状を出したのは、やはり、私の骨を埋めるかもしれない時の前工作である。墓なんて、どうだっていい。一番いいのは、焼いて粉にして、品川沖へ吹き飛ばしてくれればいいのだ。でなければ、最も私にふさわしいのは、雑司《ぞうし》ケ谷《や》の死刑囚の墓地へ埋めてもらうことだ。

どうしてだか、この二、三日来、死後の処理のことばかりが頭に浮ぶ。きっと二十一日、思いがけず、堺枯川《こせん》さん、大杉栄さん、保子《やすこ》さん夫妻、吉川守圀《もりくに》さんが面会に来てくれて、お墓のことや、いろいろ、何でも好きなようにしてあげるから、言い遺しなさいとやさしくいってくれたからだろう。あの時は、まるで他人事のように笑いながら、私はどうも、あのまるいせまい棺桶に死人がつめこまれるのを見る度、いかにも窮屈そうで、骨をぼきぼき折るのを見ると残酷な気がして厭だから、棺桶だけは寝棺にしてほしいといった。その時、面会に立会っていた木無瀬《きなせ》典獄にも、このことはくれぐれもお

願いしますよと頼んだら、典獄はしっかりとうなずいてくれた。おそらく、もう寝棺の注文は出してくれていて、今頃つくられているのではないだろうか。

あんまりこするので胸は真赤になってきた。もう垢《あか》も出なくなっている。痩《や》せてしまって、肩の骨も肋骨《ろっこつ》も浮きたっている。元来私は着痩せのするたちで、私が裸になるのを見た男は、はじめいつでもかくしきれない愕《おどろ》きの表情を示した。軀全体にまるく肉がつき、特に胸や腰は、ゆたかに女であることを誇示していたからだ。

秋水と暮していた、あの激しい病中でさえ、私は骨の出るほど痩せたことはなかったのに。どんなに軀は痩せても、乳房だけは、一向に衰えず、張りを失わず、重々しく盛り上っているのが今朝はかえってもの悲しい。掌で受けてみると、小さな私の掌から、乳房はゆたかにあふれ、力をこめて摑《つか》んでやると、指の間から、つきたての餅のような柔らかさと弾力で、ぎっちりと滲みだそうとする。赤ん坊に一度も吸わせたことのない乳首。少女の頃と同じに鳩の嘴《くちばし》のような薄紅色をしたまま、つんもりした乳首。いくら、こすっても乳房だけはいっこうに赤くならない。うす青い静脈をすきとおった皮膚の下にほのかに浮べているのを見ていると、ふいに、全く思いもかけず、もし子供を産んでいたら、どんな子が生れていただろうかと思う。女と生れながら、三十になるまで、一度も妊《みごも》らず、死んでいくのかと思うと、そんな感傷は一度も覚えたことがないのに、自分のまさに断たれようとする生命に対して躯が熱くなるほどいとしさがふきあげてくる。もし、その気になれば、まだ何人の子が生れるかもしれないこの肉体。

たった一度、秋水の子を産みたいと、秋水の胸の中で泣いた夜があった。すると秋水がいった。

「僕は骨肉の情が人一倍強くて、それが革命家として一番の泣き所だと自分でも思っている。七十になる母は、十七で僕の家へ嫁いだ時、まだあどけなくて、振袖姿の娘のままの姿があんまり初々《ういうい》しいので、家の者が毎日のように双六《すごろく》の相手をして、里心がつかぬように機嫌を取っていたというくらいなんだ。母の里方は小野といって、土地の郷士で、母の父は学問好きの名医で名の通った人だったから、何不自由なく可愛がられて育っていたのだ。僕の家へ嫁いでからも、父の生きている時は人並に幸福だったらしいが、父は文人気質で、絵を描いたり文章を書いたりすることが好きで珠盤《そろばん》勘定にはさっぱり弱く、薬種問屋としての商いの方は衰微する一方だったらしい。姉の民野、兄の亀治、下の姉の牧子、それから僕と、たてつづけに子供を産んで、次第に所帯の苦労も覚えるうちに、父が病死してしまった。母はまだ三十三の厄年で、長姉の民野が十三、末っ子の僕が二つの時だった。それから後は、傾いた家運を細腕に支え、子供たちのために再婚話にはふりむきもせず、後家を通してしまって七十になっている。母は商いにも必死になり、夜は夜で暁方まで機《はた》を織り通し、中村の町では、幸徳《こうとく》のお多治さんは夜眠らないのだろうかと、噂《うわさ》されたくらいだった。僕はといえば、生れた時から軀が弱く、母に心配のかけ通しで、あげくの果てが、この有様《ありさま》だ。天下第一の不孝者になってしまった。でも母は、母なりに僕の生き方を理解してくれていて、運動のさまたげになるようなことは決して言って来たことがない。それだけによく、深夜目がさめた時など、平凡な孝行者になれなかった自分のような子を持った母があわれで、泣けて来てたまらない。この上、もし自分の子供なんか持ったら、僕はきっと子供可愛さに負けて主義者としての決意が鈍ってくるような気がする」

あんまり、秋水の述懐が素直で心に沁《し》みたので、半分は甘えた恋の情緒に溺《おぼ》れ、子供がほしいなど深くも考えず口ばしってしまった私は、かえって心がひきしまって秋水に恥ずかしくなった。私は何も生涯、社会主義者の女闘士として、或《ある》いは革命家として終ろうなど思っていたわけではなく、本当にそういう決意が心の底に根をおろしたのは、秋水といっしょに仕事をし、『自由思想』を出すための苦労をふたりで分《わか》ちあって以来なのだから、それまでは、子供を生涯持たないなどという強い決心があったわけでもないのだ。けれども、あの夜を境にして、私は子供のことなど、ふっつりあきらめてしまった。

秋水の母親想いは傍《はた》から見ていても涙ぐましいほどだった。原稿を書くことが仕事の秋水は、手紙を書くのを面倒がり、私がいっしょに暮すようになってからはいっそうそれがひどくなって、たいていのことは私に代筆させるほど手紙には筆不精になっていたのに、郷里の母にだけは、まめに、こまごまと自分から心のこもった手紙を送っていた。私との恋の噂が世間に拡まり、同志の間でも圧倒的な非難の矢面にたった時、どんな嘲《ちょう》罵《ば》にも平然としていた秋水が、老母から心配のあまりの忠告の手紙が来た時だけはしょげかえって、食事も咽喉《のど》に通らないほどこたえてしまった。その後で思いきって筆をとって、母へ書いた返事を、秋水は封をしないで私に渡し、投函《とうかん》するようにといった。私たちは、夫婦同様になってからも、お互いの私信は勝手に開封するようなことはなく、そういう礼儀は固く守りあっていたので、秋水がわざわざ、開封の手紙を私に渡したことは、中を読んでもいいという意味にとれた。

「拝見してもいいんですか」

「うん、あんたのこともちゃんと書いておいた。はっきりいった方が、かえって安心するだろう。他人のいろんな中傷ばかり聞かされて心配しているようだから。お千代のことも書いてある」

秋水がそういったので、私はその手紙の中身を見せてもらった。そして泣いた。私は秋水のやさしさを、母想いの上にも見たし、私をかばってこうまで堂々と披露してくれる愛情の上にも見て、たとい世界中を敵に廻しても、この人の愛と主義に殉じて悔いないと改めて心に誓ったものだった。私はその手紙を、自分の部屋で写しておいた。何度も読んだから、今でもすっかり覚えている。

——十四日出の御手紙ありがたく拝見いたしました。いろいろ御心配かけまして申訳もありません。深く御わび申上げます。扨《さ》て『あまり人に笑われぬようにせよ』との御さとし身にしみて有難く存じます。併《しか》し一つ考えて戴かねばならぬことは、私が社会主義の運動で世間の利口な人から笑われて居ることは今にはじまったことではないので、無論笑われもする、悪く言われもする、罰金も取られる、監獄にも這入《はい》る、後には命までもなくすることは、兼《かね》て覚悟の上でやって居ることで、今更笑われることがこわくてやめるわけには参りません。私も自分の欲でするのではなく、今の世の多くの人の難渋を少しでも減らしてやりたいと思うのみで、今から三十年か五十年もすれば、必ずそれが出来ると信じて居ますので、いくら世間から笑われても誹《そし》られても少しも恥ずかしくも苦しくも思いませんから、どうか其《そ》の点は御安心下さいまし。母上様の御こころになって見れば、世間の物笑いになるのは嘸《さぞ》くやしいことでしょうと御察し申しても居ますが、こんな不孝な子が出来たのも何かの因縁と思召して御あきらめ下さるよう願います。

それから母上様の方へは私共の悪口ばかり聞えますようですけれど、世の中は広う御座いますから、私共を笑う人のみでは御座いません。一方にはまた随分私共の仕事に同情して、賛成もし感心もしてくれる人々も段々にふえて参ります。田舎では分らぬのは尤《もっと》もですけれど、自分一身の欲から言えば私共のする事は『ばか』なことに違いないから、自分の欲を考える人は皆笑いますが、少し物のわかった人なら、そんなに笑いは致しません。若《も》し私が政府をこわがったり、或いは金をほしい為に主義の運動をやめるようなことがあれば、それこそ、ほんとうに物のわかった人に笑われます。百年二百年の後までも笑われることになりましょう。

先日谷川へ『東京エコー』という雑誌をさし上げて置きました。アノ中に今の政府と私との事が書いてありましたから御らん下さったことと思います。また十三日の朝日新聞にも、私と管野《かんの》との事が出てありましたが、是《こ》れも多分御承知のことと思います。今では東京の新聞や雑誌は私共を笑うよりも寧《むし》ろ政府の方を笑うて居ます。私共一人や二人に沢山の巡査を使うてさわいで居るのを笑うて居る位です。今日もいつかの公判の出た『時事新報』と『都新聞』の切抜をあげますから御らん下さいまし。兎《と》に角《かく》、今は堺や山川や大杉なども監獄に這入って居る、私共一人や二人が留守番で、日本国中をあいてにして戦っているのですから、どうしても引くことは出来ません。谷川の兄上からも二、三年引っこむようにとの御忠告でしたが、右の次第で是れも運命とあきらめて下さるよう願います。誰でも心さえ正しければそれが一番とういのですから、あまり世間の悪口などを気にして御心配なさらぬようういのります――という調子で、七十の田舎の老婆にもよくわかるように、易しいことばでじゅんじゅんと書きすすめてあった。

こんなことを書いて、お母さんは私たちの運動のことや同志たちのことまでわかっていらっしゃるのですかと訊《き》いたら、秋水は、折にふれ、自分の主義や、親しい仲間のことはことわけてよく話してある。最初の朝子さんとの結婚の時、東京に呼んで一緒に暮したし、お千代さんとの新婚当時は、秋水一家はずっと有楽町の平民社に住んでいたから、平民社の発足当時を目の当りに見ているし、秋水の思想上の友人たちとも顔馴染《かおなじみ》になっていて、言わず語らずのうちに、秋水の思想や運動は理解しているというのである。秋水が母の話をする時は、表情まで和み、口調には心からの敬愛があふれていた。

「こんなこともあったよ。僕が郷里へ帰った時、僕の幼年時代、漢文を教えてくれた修明舎という漢学塾の木戸先生という老人が訪ねてくれた。修明舎時代の僕は神童といわれていたくらいだから、木戸先生にとっては語り草にしている自慢の教え子なのさ。それが、妙な思想にかぶれているというので、老先生は気に入らない。わざわざ見えて、僕の不心得をさとされるのだ。説明してもわかってくれるお方でもないので、黙って、はいはいと聞いておいた。しかし、やっぱり、老先生にわかってもらえないことがせつなくなって、先生の帰られた後僕がふさぎこんでいたらしいんだな。すると、何と思ったか、母が千代に、木戸先生は普通の年寄りじゃもの、わたしゃ伝次の味方じゃけん、と言ったというんだ。千代にその話を聞いて、僕は愕《おどろ》いたし、母を見直したよ」

そんな気丈な母だけに、私と秋水の件が醜聞として様々に伝えられることは堪え難い恥と思ったのだろう。それにお千代さんとの結婚は、秋水の最も敬愛おくあたわなかった中江兆民《ちょうみん》先生のお世話に預かるところがあったから、義理堅い母としては、お千代さんとの破鏡は最初の朝子さんとの離婚の比ではないほどこたえたのだろう。秋水に難詰してきた手紙も母の心痛と憤激がたどたどしい文章の行間にあふれていた。秋水はその母に応えて手紙に書いている。

――千代への送金は一月もおくれたことはありません。誰がそんなことを言ったか知りませんが、毎月ずい分苦しい中から都合して送って居ます。是れも御心配なきよう願います。

それから改めて申上げますが、私は愈々《いよいよ》管野と夫婦になることに致しました。是れまで何の関係もない時から、世間からはいろいろ評判も立てられ悪口も言われましたが、却《かえ》ってそれが為に真当《ほんとう》の関係を生ずるようになったのです。是れには小泉も加藤さんも小島さんも皆賛成なので、少しも反対はないのです。

世間で荒畑のことを彼是《かれこ》れ言って居ましたが、それは内輪の事情を知らないからで、実は管野と荒畑とは年もちがうし気しつも合わぬで、初め関係してから半年立つか立たずに面白くなってけんかばかりして居たのです。それで一昨年私共が国へ帰る時分に、荒畑を大阪へ世話してやったことがありましたが、アの時から両人は全く縁を切って別れてしまったので、其の後荒畑が東京へ帰って程なく去年赤旗事件が出来、両人共入獄しましたけれど、其の時はモウ別に居たのです。併し先頃から私共の事で世間もやかましく言い、荒畑の関係もあるように言いますので、先頃管野は東京監獄に居る間にあらためて荒畑に手紙をやって、少しの関係もないということの返事を貰って居る次第です。

殊に管野は熱心な社会主義者で、今春以来は病人の身で目ざましい働きもし苦労もして、世間でも社会主義者の主な人として私との関係は切れないものと認めて来たし、実際今後の運動は一処にやって行かねばならず自分もやる気で居る、其の上一切の家事を独りで世話して居ますから、どうしても斯《こ》う成行くのが自然なので、内へ来る同志も皆それを承知して居るのです。お千代にも先日其の旨を通知してやりました。

母上様にはまだ詳しく申上げませんでしたが、実はお千代を離縁したのは、只政府の迫害や、姉さんの干渉があったばかりでなく、何年来二人の間が面白くない、いつまでも誠の情愛が出ないから左《そ》ういうことに決したので、是れは全く仲人の言うことを真に受けて、見ず知らずの人と結婚し大いに思わくが違ったからです。此《こ》の事は離縁の時にお千代にも充分にいいきかせて置きました。お千代の気質が私とは合わない、うそばかりいうので面白くないから、是れまで幾度も離縁しようとしたことは、母上様も御承知のことと思います。今でも姉さんやお千代も元の通りなることもあるかと思って居るようですけれど、一処に居れば気に入らぬことだらけで、どうしても末の見込みはないことは分って居ますから、初めから愛情がないから今後は銘々の思い通りにしよう、其の代り食うことだけは世話するという約束で別れたので、本人もそれを承知して居たのですけれど、余り気の毒だから外へは此の事は言いませんでした。

お千代の方は左ういうことになり、先日もまたあらためて言ってやりましたから、母上様にも其のおつもりに願って置きます。

それで管野の方は戸籍とか、何とか面倒なことは無用ですから、此の儘《まま》で同居します。同人はお千代のように、つくりかざりもなく、おせじもないのですけれど、主義の為にも家事の為にも、まじめで熱心に働いてくれるし、私の身の上も私の考えも能《よ》くわかって居るようですから今では円満幸福にくらして居ます。

私が管野と同居してるということは、アチコチの人のきに入らなかったようですから、さぞいろいろなわるくちもきこえたでしょうが、今の世の中で殊に社会党は到底みんなの気に入ることは出来ないのです。敵もあれば味方もあるので、自分でよいと思うことをやって行くより外ありません。乱暴と思召すかも知れませんが、是れで私は立って行くのです。どうか御さっしを願います。

罰金にはよわって居ます。併し今社会運動をやめたからといって、此のばっ金をのがれることは出来ないのです。成行きにまかすの外はありませんが、併し少々考えて居ることもありますから近日福島、谷川、安岡、駒太郎殿などへ詳しい手紙をかくつもりです。

今日はこれだけにして置きます。おからだを御大事にねがいます。

九月十九日　　　　　伝次郎

母上様

私もモウ長い命ではありません。栄耀《えいよう》をのぞむ気もありませんから、矢張《やは》り少しでも世の中の為になることをして死ぬつもりですから御あきらめをねがいます。——

この手紙はたしか、私と秋水が、平民社を三月十八日、巣鴨《すがも》から、千駄ケ谷九百三番地に移転させたと同時に棲《す》みはじめてから、半年ばかりがすぎて書かれたものだった。

その半年こそ、私にとってはそれまでの全生涯に匹敵するほどの凝縮した、重い黄金の日々であった。今、まさに死なんとするこの時になって振りかえってみても、私はあの半年を生きるためにこそ、三十年の生を長らえてきていたのだということを思いしらされる。あの半年を本当に人間が生きるという真実の形で、生きることが出来たからこそ、私は私の生に悔いなしといいきれるのだ。秋水の愛を信じ、愛に溺《おぼ》れ、秋水の主義を信じ、主義に殉じきっていたあの幸福の日々。あの時には、私は双手に恋と革命の夢をしっかりと握りしめ、まぎれもなく、世界一幸福な女だった。あまりにも短かった幸福。しかし、あれは決して幻影ではなかった。結果的には私はやがて秋水から、愛に於《お》いても主義に於ても裏切られている。だからといって、あの半年の輝かしい黄金の日々をもたらしてくれた秋水をまで、私は憎むことは出来ない。

この独房の中の暗鬱な日々の中にも、あの頃の思い出がどんなになつかしくよみがえり、夢にしのびいり、私を慰めてくれたことか。あの幸福の絶頂で、なぜ秋水は病死してくれていなかったのだろう。

秋水はもちろん社会主義者の先覚者として、早くから婦人問題にも関心を寄せているし、女の地位の向上についても進歩的な思想を持っている一方、封建的な男優位の対女性関係の心情は、根深く残っていて、性的には、全く旧《ふる》い男なみのだらしなさがあった。

最初の妻の朝子さんというのは、福島県三春《みはる》の旧士族の娘とかで、おとなしい一方の人だったらしい。世話する人があって、秋水の母が先ず気に入り、秋水は結婚してしまったものの、最初から、朝子さんが不器量だということで毛嫌いし、婚礼の晩、ぬけだして、吉原へ上っている。秋水の言によれば「口直し」だというのだから、ずいぶん女性を侮辱したものだ。その上、秋水は朝子さんの素直なだけで、教養のないことも気に入らず、僅か半年で、理由もいわず、里帰りさせ、後からいきなり離縁状を送りとどけてしまったという残酷な別れ方をしている。老母はそんなむごいことをされた朝子さんをいとしがって、毎日思いだしては泣くので、秋水も困りはてたらしい。

その後に貰ったお千代さんは、前例にこりて、学問も教養も身につけたインテリ女性にはちがいなかった。師岡正胤《もろおかまさたね》という立派な国学者のお嬢さんで、国漢はいうまでもなく、英語フランス語も出来るというふれこみだったし、絵は荒木寛友の門下という才媛《さいえん》だった。

そのお千代さんとの婚礼の晩もまた、花嫁をほっぽりだしたまま、自分は吉原へあがって一晩すごし、小泉三申《さんしん》になだめられ、ようやく翌日家へ送りとどけられたという始末だった。見合いの時はお千代さんがうつむいてばかりいて、立った後ろ姿のほっそりしたところしか目に入らなかったのが、結婚してみて、はじめてその顔をよく見て、失望したのだという。およそ、描いていた秋水好みの美人とは縁遠い顔だったのだ。婚礼の晩、吉原へ泊り朝帰りするなどという無頼を働けば、深窓育ちの花嫁のお千代さんが愕いて逃げ帰ってくれるかもしれないと考えたなどというのだから、言語道断なのだ。かりにも主義者が、金で女の肉を買うなんて、矛盾じゃありませんかとなじったら、子供のような無邪気な笑顔をつくり「もうしない」などというものだから、私もつい笑ってしまうのだ。

秋水は、自分は背丈も低く、それほど好い男でもないのに、いやそれだからかもしれないが、美人好みで、女は先ず第一に美しく色っぽいのが好きなのだった。秋水が酒の上で、絶世の美人の一人のためなら、いつでも革命を捨てると冗談をいって、若い純情な青年同志を怒らせてしまったことがあったというのは有名なエピソードだった。そのくせ、秋水は美人運が悪く、どうやら最後の私までふくめて、美人には縁遠い女ばかりと関わりを持ったのもお気の毒な次第だった。

「変りばえもしないお多福の私をどうして好きになったりなんかしたんですか」

ってからかってやったら、お前は色っぽいからだ。男に、誰でも、もしかしたら、この女は俺がものに出来るかもしれないというような感情を、ふと抱かせるもののある女だよ。油断もすきもありゃしない。心配で落着かないなど、ぬけぬけいう。あなたはそんなに嫉妬《しっと》深い人だったかしらといえば、ああ、嫉妬深いとも。もし、他の男とどうしたなどとわかったら、二人とも殺してやると、真顔をつくっていう。

たしかに秋水は相当な嫉《や》きもち焼きだった。秋水がまだ巣鴨にいて、私が柏木の神谷別荘に住んでいた頃、若い同志の坂本清馬に、私のことでたいそう嫉妬して困りはてた。清馬は秋水と同郷の者で秋水がクロポトキンの「パンの略取」を訳し、出版した時、秋水の身替りになって、進んで発行署名人をひきうけ、出版法違反で捕えられたほどの熱烈な秋水の崇拝者だった。秋水も弟のように可愛がっていたし、信頼もしていたのに、清馬と私の仲のことを、怪しいということで、一方的に疑ってねちねち清馬に厭味《いやみ》をいったものだから清馬を憤激させてしまった。

私は妙に、男たちから親しまれるのは、人の噂のように、私が男とみたら、むやみに秋波を送るとかいうわけではなく、私の生い立ちが人並でない苦労をたどったせいで、どんな人の境遇や心情にも、理解が持てるから、誰でも、私に逢うと、何だか、心の悩みを打ちあけたくなる上、私が所謂《いわゆる》聞き上手でもあるので、すっかり、自分を私に理解してもらったという満足感があって、二度、三度と私を訪ねてくるようになるからだと思っている。私はもちろん、女より、男の方が好きにはちがいないけれど、人のいうように、男とみたら誰にでも色っぽい気持を抱くような淫《みだ》らな女ではないのだ。秋水がそれを誰よりも知っていながら、人の噂を真にうけて、いわれもない嫉妬をするなどというのは、秋水が情にもろい男であり、男女関係の上では秋水の新しい思想も何の役にもたたず、旧い日本の男の感情が多分に残っていた証拠なのだった。口ではフリーラブを称《とな》えながら、自分の女の貞操に対しては、いたって厳格を求めるのは、従来の男と同様だった。

けれども坂本清馬と私の関係くらい、ナンセンスなものはなかった。清馬はたしかに、私のいた神谷別荘へ度々、遊びに来て夜おそくまで話しこんでいったが、話の内容といえば、自分の失恋の打ちあけ話で、その失恋というのがまたふるっていたのだ。赤旗事件の入獄者に対して『熊本評論』が音頭取りで、全国の同志から金を募集したところ、太田きよという女から、早速、金を送ってきた。その事務を清馬がとっていたので、太田きよの手紙と金は清馬あてになっていた。清馬は早速、きよに礼状を出したが、その時、きよに対して、見ぬ恋を抱いてしまったのだった。清馬は矢つぎ早にきよあてに恋文を送りつづけた。ついには結婚の申し込みまでしたけれど、一向にきよからは返事がない。悶々《もんもん》としていた清馬は、その気持のやるせなさを一人で持ちきれず、年上の私に打ちあけに来ていたのだった。ところがそのきよなる人物は、実は宮崎県の城ケ崎の太田清太郎というれっきとした男性だった。その当時男が女名前をペンネームにするのが一種の流行になっていた。清太郎の方に別に他意はない。金を送るという行為を匿名にしたいくらいの気持で女名前にしたにすぎないのだった。清馬はたいへんなピエロになったわけだ。

その時のこっけいな、それだけに清馬にとってはやりきれない失恋の結末まで私は聞かされていたのだ。それを他からみて、男と女がよれば、肉体関係があるものとしか考えられない人々の噂にのぼったのを秋水が他愛なく信じて、私たちを疑い、清馬に開き直って詰問した。そんなことになった直接の原因は、清馬が目にごみが入ったのを、私がつい、妹によくしてやるように、舌でとってやったのを秋水が不快がったのと、私が清馬と買物にいっしょに出かけたということが疳《かん》に障ったというのだった。清馬はそれを憤り、平民社を飛び出してしまったのだった。その時、興奮していた清馬は、秋水に向って、「どちらが革命をやるか競争しよう。こんなところに頼まれたっていてやるものか」と大変な剣幕で啖呵《たんか》をきって出ていったのだ。それなのに、その坂本清馬までが、秋水からの秘命で、決死隊をつのるため、平民社を出て、全国を遊説したというように、今度の裁判ではでっちあげられ、私たちといっしょに死刑の宣告を受けたのだから、もう何をかいわんやである。

「嘘だと思うかもしれないけれど、お前を識《し》って、僕ははじめて女というものを識ったんだよ」

どうせ、秋水の女蕩《たら》しのお調子のいいお世辞だとは思っても、千駄ケ谷で暮したあの半年の月日を思い浮べると、秋水の述懐が嘘とばかり思えなくなってくるのも、私が女だというかなしさだろうか。

けれどもあれだけ誓い、あれだけ愛しあった秋水が、私が換金刑で入獄するのを待ちかねたように、たちまち別れたお千代さんに出したあの手紙の卑怯《ひきょう》さ。めんめんとしたやさしさを恥ずかしげもなく示し、それとなく、もう一度よりをもどしたげに誘っている……あれを、検事に見せられた時私は自分の足許《あしもと》の床が真二つに割れ、自分を呑みこんでくれればいいと思った。

それを見せた効果を、検事がはっきり計算しているとわかりきっているのに、やはり、まぎれもない秋水の文字で書いた、その手紙は私の肺腑《はいふ》をひき裂き、理性を失わせるに充分だった。

私と暮すようになってからは、お千代さんに手紙を出すと、かえって、お千代さんの未練を刺戟《しげき》するだろうからなどといって、約束の送金の時にも、ほとんど手紙らしい手紙もつけずに私に送らせていたくらいなのに、私が換金刑で入獄のため、湯河原の天野屋から五月一日に帰京したその翌日の五月二日に、早くも大阪のお千代さんに長文の手紙を出していたのだ。

——其の後如何《いかが》御暮し候や。加藤や兼松などに問合せ候ても、御病気らしいとばかり、一向御様子も相分らず心配いたし居候。

御病気の由はいずれへも御申しこしなれど、扨て其の容態は如何にや、以前よりも益々悪敷《あしく》相成候や、常に床につきて動けぬほどに候や。また、大抵当地に居候時分位にて候や。御身今後のことに就いても皆々心配致居候えども、何分詳敷《くわしき》様子も御考えも相分らずて相談も出来兼候まま、近頃の御様子詳敷為御聞被下度《おきかせくだされたきために》候。

政府の迫害功を奏して同志も乱離《らり》骨灰《こっぱい》と相成候より、多少安心致候者と相見え、一般同志に対する警戒は頗《すこぶ》る寛《ゆる》やかに相成候由に付、最早《もはや》御帰京相成候ても一身の危険もいずれへの支障も無之と存候。小生の方にても御身に対し何処《どこ》までも責任を帯びて御世話致候以上は、矢張《やは》り便利にて相互の様子も相分り候処に居て貰い候方、何角につけ好都合に御座候。就いては御身今日の処にて大阪の居住便益にて候や、帰京之事望ましからず候や、御考え御知らせ願上度候。

猶《なお》毎月御送申上候金子《きんす》に対しては、いつも「御手紙拝見」とばかりにて、為替受取の報知無之候に付如何之御都合にやといぶかしく存候。当方にては別に受取書の必要は無之候えども、或いは御身の方にて受取を書くのは御都合悪敷事にても御座候や、御腹蔵なく御知らせ下され度候。御身の生活も定めて困難なるべく、少々にても増額して上げたくと存じ候えども、一定の収入無之上、毎月罰金の月賦に逐《お》われ非常の苦境に陥り、思うに任せぬことばかりに候。

若《も》し御帰京の考えも御座候わば、此の後の事につき少々考え居候次第も有之候えども、御身の今日の境遇の都合も不相分《あいわからず》、且つ細かなることは手紙にて相談出来がたくにつき、今日は申述べず候。

小生も昨年来余りに悪戦苦闘致候結果、財政のゆうずうも殆ど行きつまり、健康も頗る衰え候上、恋愛問題の為一般の社会及び同志之多数よりも殆ど見棄てられ候に付、今は僅かに月ぎめ二十円の安下宿致候次第にて、再挙は随分困難に候。只成行きに任すの外無之御一笑可被下《くださるべく》候。

殊に名古屋の姉上が上京して、小生が御身を虐待し欺罔《きもう》し、衣服財物等を取上げ、はだか同様にて逐出《おいだ》し候などアチコチにて妄言《もうげん》を放ち候結果、新聞雑誌などにも右様の説流布するに至り、小生今日の究境に陥り候には大いに力あり候。併し何事も運命にて決して恨む所も悲しむ処も無之候。

考えれば随分御身にも心配をかけ苦労もかけ候えば、力の及ぶ限りは御身の幸福をと心掛け居候。就いては今日の御身の健康状態、大阪東京の生活の便益や居心地其の他の都合御報可被下候。

若し大阪にても別に面白き事も無御座候わば、東京或いは東京近在にて間借りか小さな一戸を借り候方可然《しかるべき》かと存候。若し左様の御考えも候わば旅費其の他の費用などの都合も有之候まま直に御返事可被下候。

小生も今月一パイ位当地に居り著述脱稿の考えに候。それが多少の物になり、また再び世に出るいとくちにも相成候わば、何か仕事をはじめ可申《もうすべく》候えども、当分は独身放浪の生活より外仕方なかるべきか。

管野とも是れ迄《まで》同棲《どうせい》致候えども、いろいろの事情都合これあり手をきる事に致申候。彼は罰金の代りに百日程入獄致候事に相成、東京にて間借致其の準備中に御座候。

乍序《ついでながら》申添候。

詳細の御返事くれぐれも待入候――

こんな秋水の手紙を読まされている間、取調べの検事が、私の顔色、軀の震えを、毫《ごう》も見逃すまいと見つめているのを感じながら、私は歯が鳴るほどの怒りに全身がわななくのを押えることが出来なかった。連日の取調べに際し、あくまで秋水は、事件とは無関係だといい張っていた私に対し、

「そんなにかばいだてしてやっても、秋水はあんたの上京直後、こんなふうに女房を呼びもどす手配をしていたのだよ」

といって、つきつけられた手紙だった。予想以上の効果を私の面上に見とどけた検事は、更に、第二、第三の秋水からお千代さんあての手紙を取り出して私の前に並べた。見るものかと思いたかったが、やはり私は好奇心と嫉妬から、その手紙をとりあげずにはいられなかった。

——御病気如何。例の通り為替券封入して置く。御受取を乞う。

其の後直ぐに詳しい考えを申送ろうと思ったけれど、毎日の書きもので疲れるので、順序をたてた長い手紙をかく気力がなく、一つはまだ種々の事情で是れという方針を一定した訳でもないから其の儘になった。

全体自身の方針も御身の方針も極《き》めようというのに、唯僕一人が極めて、否か応かを聞くのではイケぬ。充分によく相談し合う必要もあり、相談をするには是れ迄の成行きも目下の事情も詳しく知らして置きたいと思う。それが手紙には書きつくせぬのでこまる。

管野はトウトウ去る十八日に、四百円の代りに百日の労役に服すべく入獄した。彼とは先頃から別れることにはなって居るけれども、兎《と》に角《かく》病人で入獄してるとなれば、出来るだけのことは見てやらねばならぬし、八月に出獄したら身の振方の相談にも預からねばなるまい。

運動の方も僕が刀折れ矢尽きたので今は全滅の姿だ。同志でも少し金でもあって雑誌でも発行してれば集まっては来るが、一度逆境に落ちると皆離散して仕《し》まう。就いては兎に角九月に堺が出て来るまでは再挙は難い。堺が出たとて何も出来はしまいが、まず何とか一段落の相談が出来る。僕の衣食の事も姑息《こそく》な話で小泉などが心配してくれてるけれど、是れも八、九月にならねば目鼻がつかぬ。遂につかずに了《しま》うかも知れぬ。要するに八、九月まではマー現状維持で過すより外は何の決定も出来ぬと思う。

決定は出来ないまでも多少準備はして置きたいことがある。いずれにころんでも必要なだけの準備はして置きたいと思う。それには御身の手伝いを頼みたいこともある。けれど是れ迄御身には非常な心配もかけ苦痛もさせたから、それが目下の状況で果して出来るかドウかと危ぶんで居る。兎に角一度面会して充分に御身の心持ちもきき、此方の成行きも事情も話して相談したい。其の上でなくては決定が出来ぬ。併し今は此の著述をしてるから、万事を差置き其の脱稿を急ぐことにしよう。其の上で御身に来て貰うかこちらから行くかして相談することにしよう。

いずれにしても身体がわるくてはこまるから、充分に養生するように祈って居る。

母が頻《しき》りに御身のことを心配して聞いてくるから時々手紙でも端書でもやって下さい――

私が秋水の身替りになって、一人で責任を背負い、病気の身を冒して十八日に入獄した三日後に、こんな甘ったるい手紙を秘《ひそ》かにお千代さんに書いていたかと思うと、口惜しくてたまらなかった。私とは先頃から別れることになっているけれどもなどとぬけぬけ書いているけれども、それはあくまで、形の上のことではなかったのか。

もちろん、私が入獄のため湯河原から上京する時には、二人の間で一応話合いの形で、形式上の別れ話は出来ていた。私は、秋水がもう、大事を決行する決心がなくなっていることは充分悟っていたし、秋水のような人物は生き残らせておき、主義のための著述を大成させるのが大乗的立場から考えて得策だと思った。というより、やはり、私は当時まだ心の底から秋水を愛していて、同志にはすまないけれど、愛する人を死の道連れにしたくはないという感情が生れてきていたのだ。今更、私は後にひける問題ではないし、必ず、事を同志と決行しなければならない。そのためにも、秋水の身に累を及ぼさないようにするためには、名目上、私たちが離別したことにして、警察の目を、私ひとりに注がせ、秋水の身の安全を計ってやろうというのが、私の考えだった。また、警察から見れば秋水あっての管野であって、秋水と別れた管野須賀子などは、木から落ちた猿くらいに、無力視するのではないかという考えもあった。いずれにせよ、二人が形の上だけでも別れることは、警察の目をあざむくには、この上ない作戦だと考えたのだ。

私は湯河原で秋水に四月頃からそんな話をはじめていた。秋水も最初は私が秋水の愛をためすため、そんな心にもないことをいいだしたのだと勘ぐって、笑って取りあわなかったが、次第に私の説に耳をかたむけるようになった。

東京の家を畳み湯河原へ二人で行ったのは小泉三申にすすめられたからで、もう手も足も出ないほど政府に弾圧された秋水に、小泉さんは「通俗日本戦国史」を書くようにすすめ、私にもそれを手伝うように説得して、ふたりで三月二十二日から湯河原の天野屋へ引っこんでいたのだった。

小泉さんからは、天野屋の下宿代二十円はもらっていたが、それだけで、他に収入のめどは全くなく、その上、罰金の月賦の捻出《ねんしゅつ》にも苦労の仕通しで、前途に何の光も見えていなかった。

「通俗日本戦国史」など、いくら金のためとはいえ、秋水が書くべきものではないし、私に手伝えといったって、そんなものの編纂《へんさん》に、私の情熱がわく筈もない。たしかに海の見える宿の八帖の生活は、水いらずでおだやかで、これが世間でいう平和とか、家庭の平安とかいうものかと、二、三日の間は私も全身の細胞がほとびるようなけだるい幸福感を味わったものの、五日、一週間と、そんなおだやかさがつづくと、もう居ても立ってもいられない焦燥に、神経が苛立《いらだ》ってくる。結局、私は、世間並な平穏無事な夫婦生活とか、炉辺の幸とかには無縁の女なのだと思い知らされるのだった。それに、そんなおだやかで、波風もない生活を秋水と営むなら、罪もないのに一方的に離縁されたお千代さんがあんまり可哀そうで、筋が通らないという気持が私の中にはあった。こんな生活なら、むしろ、文章もたつし、国漢や英語の素養もあるお千代さんの方が、直接役に立つ好い助手になれる筈だった。

あの頃、秋水はしきりに、私にお前もこれまであんまり苦労が多すぎたから、せめて人生をも少し愉しむよう、平和な幸福も味わってみるようにといってくれた。それが秋水の私への思いやり、ひいては愛のひとつのあらわれとはよく理解しながら、私は、どうしてもそんな秋水に従うことがもの足らなかった。

四百円の罰金がどうしても払えず、換金刑に私が入獄するしか方法がないと決った時、私はむしろ、ほっとした。秋水の替りに入獄するという悲壮感が、私の秋水への愛の証《あか》しになるようで、むしろ私は欣然《きんぜん》としていた。愛しあっている最中に、私は自分のあふれる愛の表現に身悶《みもだ》え、よく秋水に、首をしめてほしいとか、手足をしばってほしいとか口走ることがあった。痛さに、呻《うめ》き声も止ってしまうほど、秋水に肉を嚙《か》ませて、はじめて快楽の至福に到達することもあった。そんな被虐的な快感を私は本能的に需《もと》めていたのだろうか。

普通の人間なら、おぞましいと逃げ腰になる入獄の体刑に、私はむしろ、いそいそ臨もうとしたし、尚その上、入獄の悲惨さに華を添える意味で、その前に秋水との離別というドラマティックな悲壮感までさし添えようとはかった。

とはいっても、私は、まだ秋水への愛に燃えていたし、秋水が私をあっさり、離別するなどとは考えてもいなかった。四十二年の秋頃から、何となく消極的になってきた秋水に、飽きたりないものを感じてはいても、秋水が腹の芯《しん》から怯懦《きょうだ》になり、政府の弾圧に屈服したとは信じてもいなかった。

表むきの離別が、漸《ようや》く見えはじめたふたりの愛の倦怠感《けんたいかん》を刺戟して、もっと烈しい昔の恋をよみがえらせるだろうとの期待が、私の心の奥にはかくされていたのだ。

湯河原をひとり発つ時、私は今度の大事件を、これほど早い形で決行しようという目算があったわけではない。すべては秋水の許を離れて、ひとりになって、もう一度考え直し、新村たち同志と、とっくり相談してからという程度の気持だった。事件の謀議をすることも、ひとりで辛い入獄の刑罰を耐えにゆくための、励ましにしたいという願望がからんでいた。

四月三十日上京の予定だったのに、一日のばし五月一日に上京したのは、熱が出たのも理由のひとつだが、秋水と別れ難くてみれんがあふれ、私が夜一夜秋水を離さなかったものだから、翌日、二人とも起き上れなくなってしまったのだ。

そんな状態だから、私は上京して増田方に落ちついてからだって、毎日秋水に恋文を送りつづけているし、日によっては一日に三度も書いている。一週間と、ひとりではいられないで五月五日には秋水を東京へ呼びつけて十日まで放さなかった。五月十一日に秋水が湯河原へ帰ると、また追いかけるように手紙をやる。上京以来、軀は始終どこか悪いし、気分はヒステリックに日に何度でも猫の目のように変る。それを一々、湯河原の秋水にぶちつけるのだった。

——先刻あの乱暴な手紙を出してから湯に行きましたが、どうも気分がわるくそれにああは書いたものの矢張りお手紙が待たれてジリジリしながら涙ぐんで横になって口惜しい様な悲しい様な何とも言われない心持ちで居ると御手紙が来ました。

もうすっかり機嫌がなおりました。優しい御筆跡を見ると今迄のムシャクシャムシャクシャして居たのがさっと煙のように消えて了いました。実はもうどんな優しい手紙を下さってもこんなに人を苦しめたんだから返事も書くまい、こうして黙って入獄してしまおうと決心して居たのですが御手紙を見ると此の通り直に御詫《おわび》を書く気になったのです。何という子供らしい馬鹿な人間でしょう、許して下さいね。どうぞ。あんなに癇癪《かんしゃく》を起す程アナタの事ばかり思って居たんですから。御別れして以来何だかどうも気分がわるい上、恋しいのと淋しいのとで少し病的になって居たのです。もうこれから機嫌よくして五日間は毎日手紙を書きます。

あなたも屹度《きっと》毎日頂戴ね、入って了えばあきらめるけど、どうも自由な間は欲が出て仕方がありません。

明日あたりまた裁判所へ行って御封入のものを受けとって参ります。今日途《みち》で信託会社の例の男に逢ったら家賃値下げの相談をするから是非借りてくれと申して居りました。増田で食料費どうしても取らぬと言いますから少し多いけど荷物を預け置く都合もあり何かで拾円の切手をやろうと思って居ります。

うき事の歌、あれをしじゅう身につけて居りましょう。

どうか無理をなさらない様にくれぐれも御自愛を願います。あなたが壮健でさえ居て下されば私は何年囚《とら》えられてもまた死んでも構いません。

今日はこれで三本目よ。

なつかしき水さま　　　　　月――

こんな甘ったるい手紙を出すかと思えば、

――何度かわからないが昨夜はひどい熱でした。輾転反側《てんてんはんそく》苦しみました。今日も一寸《ちょっと》ウトウトとする度盗汗《ねあせ》がびっしょりです。

今初めて食事の箸《はし》をとりました、勿論《もちろん》おいしくはありません。明日はそろそろ車で橋田へ行って来るつもりです、今日は出られませんでした。

過日来の過労と風邪のコジレでからなったと思います。然し仰せの通り何事も運命です。

今度の病気もきかれたらアナタは屹度入獄を延ばせといわれるでしょう。が、私は断然参ります。ここで寝て居るよりは寧ろ獄中で寝た方がよい。ここでグズグズして死ぬよりは(万一)監獄で死んだ方がよい。

其の方が多少の意義あり死其の者に対する慰藉《いしゃ》があります。

労《つか》れたからまた書きます——

などと、まるで秋水に心配をかけるのが目的のような自制のない手紙を送ったりもしていた。要するに、私は離別はあくまで世間をあざむく形式で、本質は秋水の妻として一歩も感情は退いていたわけではなかったのだ。

それなのに、秋水はそんな私の手紙を受けとりながら、その間に、お千代さんに復縁を需める手紙を送っていたのである。しかも五月二日にその手紙を出しておきながら、五日に上京して来た時にはおくびにもそんなけぶりは出さなかった。人間として許される裏切りだろうか。半年前には、この同じ筆で、郷里の老母にあんな激しい調子でお千代さんとの離縁の理由を告げてくれた秋水なのだ。男の誓いの空《むな》しさ。

検事は私の動揺ぶりに我が意を得たりとほくそ笑んで、私が入獄中に寒村と秋水の間で交わされた手紙までつきつけてきた。もう毒食わば皿までの気持で、それらの手紙も一字も見逃すまいと私は読み通してしまった。いうまでもなくそれらの手紙は事件発覚後、証拠物件としてことごとく警察に押収された物だった。

寒村は私が獄中から一昨年の初夏出した絶縁状、つまりは秋水と結婚したという報せを、千葉監獄で受け取った時、さぞこたえただろうに、表面はまことに男らしくさっぱりと、私と秋水の関係を祝福してきた。

——此の手紙の趣はよく解りました。御相談とか何々とかいう訳でなく、通知の形式なのですから、誠に返事のしようも無いのですが、兎に角『主義の名によって快諾』の意をおくります。アナタが自己主義権威によっておれば何事にでも世間は勿論、僕もまた何もいう理はありませんし、いう権利も無いのです。況《ま》して吾々が平生主張し、鼓吹して居る事を実行されただけの事ですもの、僕は只ここで謹んで秋水兄とアナタとの新家庭の円満・幸福ならん事を心から祈るのみです。

事実を言えば、今の僕にとっては、このカタストロフは、多少苦しくない事はありません。然し、僕は常にアナタの幸福を心から願って居ります。故に今もアナタが秋水兄と結婚されて、しっかりした安心の地を得られたという事は、僕の自分の小感情を抑えて、アナタの為に心から喜び祝するところです――

この手紙を額面通り受け取って、私たちがいい気になっていたわけではない。秋水はともかく、私は、行間にあふれる寒村の無念さ、淋しさを充分汲みとっていた。しかしあの場合は、私と秋水の恋愛問題がスキャンダル視され、秋水は殊に、入獄中の若い同志の妻を寝取ったという非難と悪罵《あくば》の中に立たされ、続々、同志に離反され四面楚歌《そか》の立場に追いこめられていたから、是が非でも、寒村の同意書を必要としたのだった。

無理矢理事後承諾の形でこんな手紙を書かされた寒村が、千葉監獄から出獄して来た時、迎えた同志たちが、こぞって、同情を寄せ、私たちの間を醜聞として針小棒大に寒村にたきつけ、若い寒村はたちまち、それにのせられて、押えに押えてきた私たちへの怨恨を爆発させてしまったのも当然の成行きだ。

検事の示した寒村の手紙は、私の知っている、湯河原あての私たちへの罵詈雑言《ばりぞうごん》の葉書の外に、私が上京後、秋水が受けとったものがあった。秋水が私に逢いに五月五日に上京して五月十一日まで滞京した留守に、寒村は私たちを殺す目的で、ピストルを懐《ふところ》に湯河原におもむいたというのである。

——僕は君等を求めに湯河原に行った。

九日の正午頃、天野屋へ行って君等が居るかと問うと、既に四、五日前に上京したというので、一時は今四、五日早かったら彼等を無事に帰しはしなかったろうにと足ずりして口惜しがった。吻《ほっ》としましたガックリして了って僕のやる事は何時もコンナ間の抜けた気の利かぬ事ばかりだ、再び彼奴等を追うて帰京するのもバカバカしいむしろ独り死のうと九日の夜は、雨にぬれながら荒涼たる相州海岸の砂上に坐して、幾度かピストルの銃口を顳顬《こめかみ》に当てがった。僕は死ねない、イナ独りでは決して死ない。君等は僕の希望を毀《こぼ》った、光明を消した、主義も理想も捨てさせた。恥を知らない人間とさした、親と兄弟と友とに背いて自暴自棄に奔《はし》らせた、僕にとっては君等は憎い仇敵《きゅうてき》だ、僕は君等を殺さぬ間は断じて死ない、僕は君等を殺さぬ間は断じて死なない。

君等は悪《にく》むべき人間だ。

君等は獄中に在って、寂寥《せきりょう》と不自由とに苦しんで居る僕に対《むか》って「汝《なんじ》は余を奴隷視し、私有財産視せり」と言った事を忘れまい、僕の出獄するや、またワザワザ書を送って「御立腹の御様子なり」と言った事を忘れまい、更に僕の遠く東京を去らんとするや、「政府より現ナマを得ば大口に金やらん」と言った事を忘れまい、君等は何の含むところあり、神々また何の権利あってか、僕を苦しめ、泣かしめ、悩ましめた上、侮辱し、凌辱《りょうじょく》し嘲笑《ちょうしょう》する斯《か》くの如く甚だしき、君等に誓う、僕は君等の血を見るに非ざれば、決してこの憤怒《ふんぬ》の情を満足せしめざる事を……——

まだまだ怨み言の綿々とつづく寒村の手紙を読みながら、私は秋水の手紙には出なかった涙がふきあふれてきた。監獄から一人先に出され、頼りにする堺さんも、大杉さんも居ない東京で、改めて失恋の苦さを味わい直して狂った寒村の心情を思いやると、どんな悪罵を受けても受け足りないような気がした。

秋水はこの五月十三日付の寒村の手紙に対し五月二十日付で返事を出している。

——寒村兄、僕は去る十一日からまた湯河原に来て居る。

十三日付小泉方宛で投ぜられた兄の手紙を、昨日まで同家で打ちやってあったと見えて、今朝転送され漸く拝見することを得た。

多言はしない。繰返して拝見し、実に同情に堪えなかった。兄が雨の夜に荒涼たる相州の海岸に坐して銃口を頭顱《とうろ》にあてたと読んだ時は僕は覚えず一滴の涙を浮べた、兄の僕に対する怒りも、恨みも、憎しみも無理ではない。好《よ》し僕は兄を満足せしめんが為に甘んじて兄が銃口の餌食《えじき》となろう。兄のいう如く僕が兄に対して何の含む所何の恨むる所があろうか。また故意に嘲弄《ちょうろう》侮辱する筈があろうか。僕の当時の手紙を今一度読んでくれれば分る。僕は兄が出獄の当時、ひどく懐かしくて会いたくて、幾度か駈け行こうとして人々に止められた。僕が顔を出すのは却って兄を苦しめ兄を激するばかりだと言って引止められ、唯斯く成行くを運命と哀しむのみであった。そして仇敵として兇器《きょうき》を持して付け覘《ねら》わるる今日に於ても兄に対する懐かしさは、尚寸毫《すんごう》も渝《かわ》らない。僕は極めて良好な感情を以て兄の手に死ぬことが出来ると思う。

僕が管野と恋に落ちたのを同志や社会は大罪悪として責めて居る。僕は自ら弱く愚かに生れた為だと悲しんで居る。孰《いず》れにもせよ、之が為に兄を斯くまで失望落胆自暴自棄させたのを知っては僕としては如何《いか》にも忍びぬ。罪人悪人か、若しくば弱者愚者たる者の当然受くべき制裁を快く兄より受くるの外はない。殊に今や僕の命も惜しからぬ命である。去年の夏から此の恋愛の為に多数同志には憎まれ、見棄てられ殆ど完膚なきまでに中傷され、遂に買収云々《うんぬん》の汚名をまで受けたと同時に、一方には断えず僕のみを目指し其の筋の悪辣《あくらつ》なる迫害で全く衣食の途を絶たれ、借金を尽した後は蔵書を売り刀剣を売り、祖母のかたみの古金銀を売り、郷里の老母を住まわせて居た家屋までも売払い、百計尽きて遂に此の地に下宿するの已《や》むなきに至った。加うるに管野は去年下獄以来激しきヒステリー症に罹《かか》りて、一時は発狂したかと疑われたが、今猶依然として脳神経症の軽からぬ容態で居る。

此の間の僕は迫害と窮乏とに堪え得ないで、且つは前途の暗黒に絶望して、窃《ひそ》かに自殺を企てたことも一再のみでない。併し僕一人を杖柱と頼む七十の老母があり、多少の書き遺したい腹案もあり、また或る方面の伝道運動の其の緒に就きかけたのもある。それや是れやの事情に引かれて、未練にも荏苒《じんぜん》として決し得なかった。省みれば僕の愚にして弱かったが為に、一面には寒村や千代子をして多大の苦痛を受けしめ、一面には幽月女史にも残酷なる犠牲を払わせて居るかと思えば、僕も其の応報として更に幾層の苦痛を受くべき者であるかも知れぬ。甘んじて其の苦痛を受けようと思い返したのも度々であった。実際僕は最早《もはや》生の戦いに倦《う》み疲れて、今は少しも惜しからぬ者となって居るので、今猶外人の想像し得ざる苦悶《くもん》の境界《きょうがい》に居るのである。有体に言えば先頃来、兄が僕を憤って居るとのことが度々耳に入ったが、僕は逃げも隠れもせぬ。当然引くべき責任、受くべき制裁は避けない覚悟で居た。併しそれが恋愛の問題でなくて、買収云々の点で付け覘うと聞いた時は僕も尠《すく》なからず憤慨した。兎に角僕は直接に兄に面会して相互の胸中をサラケ出し、其の解決を自然の運命に任せようと思って、去る五日に出京したのであった。着京するや否や直ぐ二、三子から聞けば、兄は既に行方不明となったとの事であった。

それで今日兄の手紙に接すると、僕に取っては恐怖すべき宣告ながら、他の人々が背後で中傷讒毀《ざんき》するのと違って、いつもながら兄の直率明白、男らしきに敬服した。但《た》だ警視庁へ密告せよなどいうが如きを兄の口より聞くことは遺憾である。僕は如何なる窮境に処しても、我々同志の葛藤《かっとう》を彼等に訴うる程卑怯ではない。但だ如何《いかん》せん、僕の之を知る前に、警吏は既に兄が短銃を持し白鞘《しらさや》の短刀とかを持して不穏の状があるとて、踪跡《そうせき》を求めて居たらしい。僕の処にも此の一両日来尋ねに来た。併し僕は兄の銃口の餌食となるも、僕から進んで兄を彼等の手に渡すことは断じてしない。兄が僕を悪むも怒るも恨むのも甘んずるが、そんな卑怯でないことは信じて貰わねばならぬ。

幽月は先月僕より先に帰京していたが、四百円の罰金に代って労役に服すべく、去る十八日に入獄した。それで兄の手紙は見せることは出来なかった。兄が彼女に対する怨恨憎悪も固より想察する。併し彼女は在京諸同志が攻撃する程歓楽を逐うて居たのではなく、少なくも高度のヒステリーになる程苦悶の悪戦をつづけたので、そして一年一度ずつ是れが三度目の入獄である。殊に肺と肋膜《ろくまく》とを大分悪くして居たから、或いは生還も期し難いかと恐れられる。僕は兄が怨恨憎悪の一面に於て、多少其の犠牲を認めてやるだけの意気あることを希望する。

要するに僕は快く懐かしくまた悲しく兄の手紙を読んだ。買収の汚名に対しては断じて服することは出来ないが、恋愛のことに関しては、深き同情を以て兄を満足せしめたいと願う。兄の満足は僕の血を以て買うの外あるまい。それも能々《よくよく》分って居る。兄が暗殺不意討の挙にも出ないで、公然斯かる宣言を齎《もた》らした以上は、双方男らしく其の解決の方法を協議するのが順序ではあるまいか。僕にしても一命を抛《な》げ出すのには、相応の準備を要する。老母もある、千代子の始末もある、其の他諸種の行掛りの処分がある。そして他の人々に余り迷惑をかけないように、時と場所との選定をも要する。是れ位なことは無理な注文ではあるまいと思う。

兄幸《さいわい》に許さば一度面会して総ての要件を協定したい。若し僕の面を見るのが不快なれば、手紙で以て兄の意見をも感情をも腹蔵なく示して貰いたい。僕は常に良好なる感情を以て待って居る。

二十日午後認《したた》む——

秋水の一見理を尽した手紙は一応寒村の心をなだめたと見え、寒村は、

——君の手紙を読んでふたたび君と語るような気がした——

とはいいながら、それでも決闘の決心はひるがえらず、時も武器も君の選定にまかせようと折返しいい、改めて決闘の申しこみをしている。しかし、つづいて、手紙を送り、

——君は実に卑怯な、臆病な人間だ——

とののしり、来る手紙も来る手紙も泣き言ばかり並べているがもう、二度と秋水の巧言

にのせられるものかと憤慨している。

寒村の命がけの心の鏡に、秋水の手紙のごまかしや嘘がありありと映し出されたのだろう。私は寒村よりももっと秋水の手紙に憤慨した。どんな誠しやかな美辞麗句を並べていようと、秋水は寒村にこんな手紙を書いたその翌日、お千代さんに、逢って将来の相談をしたいというあの手紙を書いて出しているのだ。寒村と命がけの決闘に臨むという覚悟が真実なら、同じ人間の手では到底筆に出来ぬ手紙である。すでに離縁しているお千代さんのことを、どうしてこんな際、千代の始末もありなどということばが出るのか。要するに、寒村の心を慰撫《いぶ》するのが目的だけの時間かせぎの実意のない手紙にすぎない。この手紙と、翌日のお千代さんへの手紙を同時に見せられた私の心中は、煮え湯を浴びせられたようなものだった。

自分の痛手の大きさに我ながら愕き、私は、主義だ革命だと偉そうにいったところで、所詮《しょせん》は、幸徳秋水という偉大な主義者に恋をしただけで、私の思想も決意も、革命運動の実践そのものまでも、すべて秋水と一心同体になりたいための必死の同化作用だったのではなかったかと、精も根もぬけはてた想いがしたものだった。

独房に帰ってその夜一夜泣き悶えたあげく、私は秋水にあて、改めて真の絶縁状を書き、今度こそ、心の底から、他人となる決心で、秋水の独房へ届けさせた。爾来《じらい》、私は、彼を同志とは思っていても、夫とか恋人とか思うことは自分に固く禁じてきた。しかし、あくまで禁じているのであって、日により時により、秋水への昔の恋情の激しさが私の心身を焼き、悶えさせ、あるいは幸福な日の追懐に慰められることがあるのはどうしようもない。どういってみたところで、秋水は私の最後の恋人であり夫であった人にかわりはないのである。

いつものように簡単な掃除をする。いくら丁寧にしたところで、何ひとつないせまい独房の中はあっというまに掃除がすんでしまう。

ことっという音で雑巾を洗っていた手をとめふりむいたら、ドアの差入口から、朝食がさしこまれていた。お早うと声をかけるのに、もう看守はあわただしく去っている。おかしな人だと思いながら、手を洗い直して、膳をとりいれる。決って買入れてもらう朝の牛乳とパンの外に、塩焼の小さな鯛《たい》がついている。朝から、そんな差入れがあったのかしらんと、不思議に思う。鯛とはいっても、鯛焼きみたいに小さい貧相なものながら、やはりお頭付きにはちがいなく、うす紅色の肌に、青銀色の鱗《うろこ》をつけ、塩のたまった小さな尾びれを、それでも偉そうにぴんとそらせている。つくづく見ると、かわいらしさに、ふっと、微笑がこみあげてくる。鯛の横に一切れの黒い羊羹《ようかん》までのっている。

明治四十四年一月二十四日、今日はいったい何の祝日だったかしらん。

ふいに、背筋に氷を入れられたような気持を味わう。そうか。そうだったのか。いや、そうかもしれない。あれが予感というものだったのだろうか。今朝起きた時からの重苦しい、あのわけのわからない不快な感じ。

　今日がその日だったのか。判決の十八日以来、迎える毎日が、最後の日と思って暮そうと心に固く決めておきながら、一週間もたつ間に、つい心がゆるみ、まだそれは、いつか、やがて訪れる遠い日のような気がしていたのに気づく。死刑の執行は、判決から少なくとも六十日はすぎてから行うのが慣例だということを心の底のどこかであてにしていたのかもしれない。この事件に関するかぎり、すべては、異常で、異例であるという事実を忘れていた。

　小さな机の前に坐り、目を閉じ指を結んで静坐を試みる。秋水に教わった精神統一の方法。いつものような速さでは心の平静が訪れて来ない。様々な妄念《もうねん》が煙のように頭の中に立ちこめ、さてそのひとつに目を凝らせようとしても一向に形をなしてこない。

　もしかしたら、いえ、たぶん、今日がその日だと思うと、あれほど覚悟していたのに、頭に血が上って、軀《からだ》じゅうの力がぬけ、坐っている膝《ひざ》にも脚にも力が入らない。今にも倒れそうな上体を丹田《たんでん》に気をこめ、必死になって支える。あなた、あなた、あなた……気がつくと、秋水の面影にむかって夢中で呼びかけていた。お題目のように、あなた、あなたと、秋水を呼びつづけていたら、ようやく心がいつもの静坐の時のように澄みきって来て、無念無想の瞬間に見舞われた。砥《と》いだ刃物の腹のような冷たく冴《さ》えきった秋水の切れ長の瞳《ひとみ》だけが、私の前にある。ふいに熱い血が、下腹部から、ふきあげるように軀の芯《しん》を逆流し、とめるひまもなく、私の閉じた両眼から涙がほとばしっていた。

あなた、まだ生きているのですか。それとも——。秋水の瞳は相変らず冴え冴えと澄みきっていてまばたきもせず、答えない。あの無気味な夢の日月の相が、秋水の瞳をかき消していく。まるで私が涙の壺になったかと思うほど、涙はとめどもなくあふれでてやまない。この独房で、私はどれだけ人知れず涙を流したことか、しかし、それもこれが最後になるだろう。悲痛さはもはやなく、涙に身をゆだねきっていると、ふたたび軀じゅうが真空になったような無念無想の状態が訪れる。

机の上に昨夜書きつけたまま、そこに置いた日記がある。

——……遠い薄暗い電燈の下で氷る様な筆を僅かに動かしてこれを書いて居る。中々楽なものじゃない。就寝の声はもうとうにかかった。窓外には淋しい風が吹いている。

　今夜はこれで寝る事にしよう——

と結ばれている昨夜の日記の終章のつづきに、

——二十四日　晴れ——

と書きつける。今日の日記、果して無事つけ終えるかどうか。

青線をひいた和罫紙《わけいし》六十一枚とじに、墨で書いてきたこの日記、昨日までで丁度四十枚終っている。表紙に「死出の道艸《みちくさ》」と題し、序に、

――死刑の宣告を受けし今日より絞首台に上るまでの己れを飾らず偽らず自ら欺かず極めて率直に記し置かんとするものなれ

明治四十四年一月十八日

須賀子

（於東京監獄女監）――

と記してある。去年の暮、公判が終って、いよいよ獄中にも閑暇が見出せるようになったから、一月元旦から、獄中日記らしく、感想録を書きはじめた。追想、感想、懺悔《ざんげ》、希望、嫉妬、執着、あらゆる妄念想念を、赤裸々に正直に書き綴ってみようと思いたった。誰に見せるあてもないし、果してここから持ち出してくれるかどうかさえ覚束《おぼつか》ない話だけれども、せめて、書きたいことを書きのこしておけば、万一にも誰かの手に渡り、後世の人が、私のような生を送った女もあったことを識《し》ってくれようかと、はかない希望も託しているようだった。今更、みれんらしいとか、それがお前のバニティだとか、私の中でもうひとりの私が嘲笑《あざわら》う声も聞えないではないけれど、私はこの日記を書くことで、いつのまにかどんなに自分を慰められてきたことだろう。寒さが身に沁《し》み、筆を持つ手も指も凍って、無感覚になり、何度か、筆をとり落したり、硯《すずり》の水も凍りついて、墨もすれない夜さえあった。それでも書いている間だけは、現在の境遇も忘れ、心が追懐にあたためられ、あるいは燃えあがり、にぎやかで楽しい気分に誘われることもあった。

死ぬ日まで、単語のひとつでもたくさん覚えておきたいと、一日もかかさなかった英語の勉強は、一向はかどらないのに、日記を書くことは次第に馴れ、日によれば、六枚も七枚もたちまち夢中で書いていることがあった。

これは二冊めで、あの呪《のろ》わしい死刑判決の十八日から、稿を改めて書きだしたものだ。一冊めはともかくとして、せめて、この最後の「死出の道艸」だけは、私の死後も生きのこって、私の心を伝えてほしいと思う。

昨日の頁に、昨日もらった手紙がはさんだままになっている。堺の真《ま》柄《がら》さんからの美しい草花の絵はがきが目にしみる。

――私に何だか下さいますそうでありがとうございます。サヨナラ――

と鉛筆で書いてある。まるい大きなしっかりした子供らしい字を見つめていると、もう流しつくしていた筈の涙がまたしてもあふれそうになってくる。堺真柄、いい名前、堺枯川さんとなくなった奥さんの美知子さんの間に生れたお嬢ちゃん。本当に可愛らしい。小さい時から、他家にあずけられたりしていたのにちっともひがんでないし、継母の為子さんにもよくなついている。色の白い、目の大きな、かわいらしいおかっぱの俤《おもかげ》が目に浮んでくる。為子さんのような聡明で優しい継母に恵まれたまあさんは幸だ。主義者の男の中には女関係でだらしのない人が多い。人一倍烈々たる情熱を持っているから、恋愛の情熱も強いといえようし、人間に対する愛が深いから、男女の情にも鋭敏なんだという説明もつくかもしれない。既成の道徳にあえて反抗するという気持からフリーラブを称《とな》えるせいもあろう。それでも、いくら魅力のある尊敬出来る主義者であっても、それを自分ひとりの夫や恋人とする女にとっては、そのことのためにどれほど苦しめられることが多いだろう。秋水なんかはその最もいい例で、油断も隙もありゃしない。私からいうのもおかしな話だけれど、お千代さんだって本当に気の毒な人だ。師岡正胤という国学者のあんな立派な家庭のお嬢さま育ちで、今の女としては最高の教養を身につけながら、どういう前世の縁のためか、秋水の妻、しかも後妻になど入ったばかりに、思いもかけない苦労をなめさせられている。軀が病弱という欠点以外は、他の男の妻になっていたら、あの人は九十点のお嫁さんなのに。

お千代さんに出したでれでれした秋水の手紙を検事から見せられた時は逆上してしまって、男の裏切りの浅ましさに、舌を嚙《か》んでしまいたいほど口惜しかった。それも、今日となっては、もうどうでもいいことだったと思えてくる。おそらく、お千代さんは今だって、私を心の底では憎みつづけているだろう。今更許しを請う立場でもないが、幸徳秋水のような稀有《けう》な天才に恋をしてしまった同じ運命の女として、私は死を目前にした今になって、思いがけない親愛感をお千代さんに感じはじめている。もし、生きて社会に長らえ、秋水とあと十年もいっしょに暮していれば、必ず私はお千代さんに私がなめさせたと同じ苦杯を、誰か、もう一人の女からなめさせられていたにちがいないだろう。秋水はそんな男なのだ。

秋水は、口や筆で、私や、土佐のお母さんにいったようにお千代さんを心の底から厭《いや》になっていたのではなかったのだ。お千代さんの女としての魅力のなさにはあきたらなく思っていても、お千代さんの人間性には、秋水は誰よりも信をおいていたのではないだろうか。それを私の神経が感覚的に察知していたからこそ、私はお千代さんに対して、恋の優越者の立場にいながら、いつでもかえって嫉妬せずにはいられなかったのだ。それにしても恋の苦しみは骨身にしみる。一日として恋をせずには生きられない烈しい女に生れつきながら、恋に心身を灼《や》くあの苦しみは、もう二度と繰りかえしたくない。まあさん、あの清らかな可憐《かれん》な少女の心のままで、生涯幸福にすごしてほしい。主義者の中で一番女にとって無害で、頼もしい男は堺枯川をおいて他にはないように思う。堺さんと為子さんの信頼しあった美しい愛にあふれた生活を見ていると、やはりこの世にも、理想的な夫婦とか、家庭というものはあるものだと心がなごんでくる。それでも、ふたりが結ばれた当時は、周囲からひどい嫉妬と反感で見られた。永く病床にいた美知子さんがなくなって、一年もしないうちに、平民社に手伝いに来ていた女同志の延岡為子さんと堺さんが結ばれたということが、同志の反感を買ったのだった。その時、秋水は、はじめて獄につながれている時だったが、ふたりに獄中から「天真にやれ」といって励まし祝福を送っている。為子さんは私と秋水が後日、同様の問題で同志から責められていた時、たまたま入獄中の堺さんからの伝言として、「あの時の天真をおかえしします」といって励ましてくれた。身寄りのない私はここへ入ってから、結局何につけてもすべて堺一家のお世話になってきた。もともと私が、この主義に近づくきっかけになったのは、『万朝報《よろずちょうほう》』の身の上相談に、堺さんが解答者を引受けていて、暴力で貞操を犯された一読者の訴えに対し、これは丁度、往来で狂犬に噛まれたような不幸だったけれど、あなたが責任を負わなければならないような過失ではない。そんな不幸は一時も早く忘れてしまいなさいと励ましてあったのを見て、強い感動と衝撃を覚えたからだった。

いまわしいあの汚点……あれは私の十六の冬のことだった。父は東北の鉱山へ出かけていてずっと留守だった。継母は朝から、弟妹たちをつれて、京都の親類の法事に出かけていた。遅くなっても帰ってくるからといって出たので、私は大阪の家で留守をしていた。木枯らしの凄《すさ》まじい夜で、雨戸を閉めきっているのに、ひゅう、ひゅうと泣くような風の音が耳をさし、ランプのほやの中で、雨戸がゆれる度、炎が心細そうにまばたきしていた。私はこたつに入り、本を読みふけっていた。九時になっても、十時になっても継母たちは帰って来ない。先に寝てしまうわけにもいかず、本に読みふけっているうちに私は眠りこんでいたらしい。気がついた時は、胸苦しさに無意識に何かを押しのけようとした時だった。最初、私は事の次第がのみこめず、一瞬、ぼうっとしていた。あまりの真近にせまっている赧《あか》い顔、酒臭い息、情欲にぎらついた濁った瞳、吹出物の出た大きな鼻……それらがばらばらに目に入ってきた時、私は夢中で、男の顎《あご》に嚙みついていた。家に出入りしている鉱夫の一人だった。抗えば抗うほど、男は狂暴になり、私はちぎられた自分の着物の袖で猿ぐつわをかまされ、自分の腰紐で手をしばりあげられていた。もっと屈辱だったのは、血にまみれた下半身をむきだしにしたまま、気を失っていた私を継母の目にさらし、それを父はもとより、出入りの誰彼にまで面白おかしく継母の口で吹聴《ふいちょう》されたことだった。男は継母にそそのかされ、継母の指図のまま、私を犯したのだということが後になってわかった。継母を殺してやりたいほどの憎悪《ぞうお》を抱いたのはその時からだ。二言めには継母は「この子は辛《かのと》の巳《み》の生れだから蛇みたいに邪智が深く根性が悪く、その上に嫉妬猜疑心《さいぎしん》が強いから、怖ろしい女だ。油断ならない」といい暮していた。私の幼時はあんなに私を可愛がっていた父までが、継母のつげ口に次第に心を迷わされ、私をうとむようになった時、私は何度家出をくわだてたかわからない。

堺枯川の『万朝報』の記事を見たのは、私が深川の小宮へ嫁にいっていた頃のことだった。この縁談は、ただもう、継母の許《もと》を離れたい一心でうけた仲人口の縁談だったから、面白かろう筈がない。私はまだ十七歳。江戸の下町の商家の嫁になど私がふさわしい筈がなく、継母はここまで、私の例の貞操の災難を、まるで私の性的放埒《ほうらつ》のようにつげてしまったので、私はいたたまれたものではなかった。実直なだけで頭の悪い夫にも何の魅力も感じなかった。その上、夫と、義理の仲の姑《しゅうとめ》が通じているのだった。そんな時見た堺枯川の解答が私にはまるで天来の声のように響いたのも不思議ではなかった。私は、すぐにも堺さんあてに手紙を書いたけれど、書きあげてしまうと恥ずかしくて出すのはやめた。

結局、婚家は、大阪の父が中風で倒れたのを機会にとび出してしまったが、東京の生活で、私は堺枯川の名や、幸徳秋水の名を識り、彼等のとなえる反戦論を知っただけでも有意義だった。

まさかあの、商家の暗い台所の竈《かまど》の薪の火明りで読んだ堺枯川の文章に涙を流した時、その人や家庭と、こうまで深い友情に結ばれる身になろうとは、誰が想像したことか。人間の運命のはかりしれなさを思う。

——まあさん、うつくしいえはがきを、ありがとう。よくべんきょうができるとみえて、大そう字がうまくなりましたね。かんしんしましたよ。まあさんに上げるハオリはね、お母さんにヒフにでもしてもらって、きて下さい。それからね、おばさんのニモツの中にあるにんぎょうや、きれいなハコや、かわいいヒキダシのハコを、みんなまあさんにあげます、お父さんかお母さんに出してもらって下さい。一度まあさんのかわいいおかおがみたいことね。さようなら。——

真柄さんに手紙を書いてしまうと、ついでに堺さんにも書きたくなった。もういつの手紙もこれが最後のつもりで書いてきたのだけれど、いよいよあと何時間あるかしれない命と思うと、まだ書き残してあったことがわきあがってくる。何か、一本の綱にとりすがるようにして思考の網目を無意識に拡げまいとしているようだ。本当に目をむけたい個所から必死に目をそらしている。

——厭なお天気でございますね。死刑の相《あい》被告が半数以上助かったという事を聞きました。兎に角一旦宣言を受けた人が助かったのは何より嬉しゅうございます、当人方も嘸《さぞ》喜んだことでしょう。誰々か存じませんが。

羽織と鍵《かぎ》、宅下げ手続を致して置きました。お受取りを願います。それから増田氏へ夜具、羽織の反物、同うら、額二面、二絃琴《にげんきん》、机、支那鞄《しなかばん》をお渡しして貰うように今葉書をかきました。どうかこの手紙持参で受けとりにお出で下さいます様願い上げます。額は大杉さんに、二絃琴は寒村に。それから私の支那鞄、これは在米の弟へ残そうと思ったのでございますが、何日《いつ》帰朝するかわかりませんから、御手数の段重々恐縮でございますが、あの中から鼻かけ人形一、正雄の徴兵に関する書類を書いた袋、私の用いて居た硯《すずり》(ふたは別の底の方に紙に包んでございます)、父母、兄、妹、私の写真(父母や兄のは保子さんに御鑑定を願います。父のは別に新聞紙包の大きい写真の中にあったように思います）、私のは最近の幸徳と写したのを裏へ名をお書き下さいまして、それと判決謄本とを恐れ入りますが、弟へ小包にしてお送り下さいますまいか。これを願えば、私はもう此の世に何にも思い残す事はないのでございます。あとの品はそれぞれ御処分を願います。袴《はかま》をつけた人形や箱類は真アさんにあげて下さいまし。支那焼の一輪ざしは保子さんに。

もう一つ書き落しました。増田氏からベッ甲の蒔絵《まきえ》の夕ボ止めをお受取り下すって為子様へ、つまらぬものですけれど。信玄袋のようなものはすべて為子様宜しく御処分を願います。書いたものはすべて三文の価値もないものばかりです。どうかお焼き棄てを願います。

昨夜小泉さんから来信、幸徳と私との関係をいつかお序《ついで》の時よくお話し置きを願います。正雄への小包くれぐれも願い上げます。

写真の大きい紙包が別になっていたかも知れません。増田氏におきき願います――増田家へも書く。主義者でも何でもないのに、私に終始好意を持っていてくれ、最後まで親切にしてくれた増田家に、迷惑のかけっぱなしで逝《ゆ》くかと思うと辛い。増田の人たちにしたって、ああまで私たちの家に対する当局の監視が厳重でなかったら、単なる近所の人として無縁にすぎた人たちだったのだ。私たちが千駄ケ谷の平民社に移って以来、家の表と裏には昼夜交替で四人ずつの尾行が立ちづめで、一々、出入りの人々に訊問して、秋水とどういう関係かとしらべる。最初は二、三軒はす向いの増田さん宅を借りていたのが、正面でないと心配とでもいうのか、いつのまにか、平民社と道路ひとつへだてた真正面の畠の真中に、紅白のダンダラの幕をかけた一間に一間半のテント張りの小屋が出来上り、籐椅子《とういす》やなんか運びこまれそれが尾行の角袖の詰所となってしまった。

明治四十二年の六月はじめ秋水を訪ねて来た朝日新聞の杉村楚人冠《そじんかん》がその物々しさに呆《あき》れかえり、二日にわたって、例の軽妙な筆致で思うさま、そのテント小屋や物々しい警戒の様子を愚弄《ぐろう》したところ、それが朝日新聞に出たとたん、制服の巡査が人夫と荷車をつれてきてテント小屋がかき消えてしまって大笑いしたことがあった。それを報告した楚人冠あての秋水の手紙がそのまま朝日に載せられた。しまい頃は向いの八百屋を警察が借り切って、尾行の屯所《とんしょ》にしてしまった。相変らず尾行はつきっきりで、私が銭湯に出ても、おっかけまわすのだった。そんな有様を目の当りみたからこそ、かえって、社会主義などに何の興味もなかった一介の町の産婆さんにすぎなかった増田さんでさえ、私たちに同情する心がわいて、親愛感を持つようになってくれたのだ。

今となってはなつかしいあの平民社、私の短い生涯の中で、最も私に充実した生の歓びを味わわせてくれたあの家。しかしあの家は自殺者があって幽霊が出るというので借り手もないため、広い割に家賃は十一円という格安だから、私たちが借りられた家だったのだ。

明治四十二年三月のはじめ、警視庁におどかされた家主がどうしても出ていってくれというので、それまでいた巣鴨の平民社を畳み、秋水は引越しを余儀なくされたのだった。三月の一日、お千代さんは秋水から離縁されて、巣鴨の家から出て、すでに名古屋の姉さんのところへ去っていた。お千代さんが秋水の郷里に療養中は、同志の岡野辰之介の妹てる子が女中がわりに来ていた。秋水がてる子を手ごめにしたとかいうので、出版社の校正係をしていた辰之介が、秋水のところへどなりこんできたというような騒ぎもあって、てる子は岡野がつれ帰るし、それまで書生をしていた坂本清馬は、私のことで秋水とけんか別れして出ていくしで、秋水の身辺は荒涼としていた。新村忠雄がひとり、秋水の面倒をみていた。もうその頃、秋水と私の噂がたちはじめていたけれど、私たちはまだお互いに意中をただしあったわけでもなく、口ではいわなくても自然に通じあう恋の情緒を、それとなく愉しんだり、さぐったりしている頃だったのだ。

たまたま、鎌倉へ一、二カ月私が躯を休めにいって帰ってくると、こんな状態だったので、見かねて私は平民社へ手伝いに通うようになった。

平民社の引越し先が決ってからは、いっそ、泊りこみで女中がわりをしようと、私もそれまでいた柏木の神谷別荘をひきはらって、千駄ケ谷へ移り住むことになった。もうひとつの理由は、清国《しんこく》の留学生の馬宗予が私にしつこく言いよって迷惑している話を新村忠雄にしたら、秋水がそれを聞いて心配し、いっそ柏木を引き払って平民社へ来いといいだしたのだ。

お千代さんを離縁した時は、まさかと思っていただけに、私は深い衝撃を受けた。私のためにお千代さんを去らしたとは、秋水は一言もいわなかったが、私は秋水の目からそれを読みとっていた。十年もつれそったお千代さんを、急に革命の足手まといになるからというのもおかしいし、何も離縁しなくても、それなら、一時別居という形でだっていい筈だった。お千代さんのたったひとりの姉さんの須賀子さんの夫松本安蔵が名古屋の刑事だったので、秋水が過激な行動に走らぬよう度々注意してよこしたりしていたが、それを今更離婚の理由にとりあげるのもわざとらしいのだった。松本夫妻は、自分たちの職務柄、秋水が過激な運動をするのは迷惑に感じていたが、秋水の才能は十二分に認めていたし、むしろ秋水の思想の理解者でもあったのだ。彼等の干渉がうるさいからという理由もなりたたない。

お千代さんが巣鴨を引きあげて名古屋の姉さんの家へ去っていったのも知らず、私が訪れた時、秋水は、いつもよりいっそう病みやつれた表情で、縁側の柱にもたれ、ぼんやりせまい庭をみていた。もう新村忠雄に一部始終を聞いていた私が、ことばのかけようもなくて、そっと秋水の背後に坐ると、「管野さんか」と秋水がふりむかずいった。私が小さくはいと答えたのに対し、秋水はやはり庭をみつめたまま、つぶやいた。

「あと、三年持つかな」

意味がわからずだまっている私の方へようやくふりむいて、

「ぼくの軀のことだ。医者は気長に養生すれば、八年や十年は持つかもしれないというけれど、こんな状態で、そんな暢気《のんき》な養生が出来るわけでもなし、まあ、三年、長くて五年かな」

「そんな悲しいことおっしゃらないで下さい」

私は、胸がいっぱいになって涙があふれてしまった。

「あたしだって……あたしだって先生と同じ肺病です。でも、命は大切にして、生きている間はせいいっぱいに闘います」

「そうだったね」

それから秋水は気を変えるように、あんたは寝汗は出るか、夕方の微熱はどうだと、まるで、菜園の野菜の生長具合でも訊《き》くような明るいのどかな声で問いはじめた。あの時から、私は淋しい秋水から、もう片時も離れまいという決心が固まったのだった。傍で見ると秋水は全身病気の巣のようで、よくこれでこんな激しい闘志が宿っていられるというような軀をしていた。小男なのに、やせるだけやせてしまっているので、ふと、立っている後ろ姿など見ると、畠のかかしのように、ふけば飛びそうな頼りないうすっぺらさに見える。それでいて、秋水の気魄《きはく》は弱々しい肉体におさまりきらないのか、秋水の切れ長な瞳は、いつでも炎をふきだすように燃えていたし、私だけにそう映るのか、秋水と向いあうと、秋水の頭上に、青い火がふきあげているような幻影が見えるのだった。

千駄ケ谷へ移ったのは、忘れもしない三月十八日だった。新宿駅から代々木の方へ向い、玉川上水の流れにかかった葵橋《あおいばし》という土橋を渡ったすぐ左側に鉄道のレール沿いにその家はあった。千駄ケ谷九百三番地。巣鴨の家よりは広い平家建。黒板塀《くろいたべい》で囲まれた家は玄関の三帖《じょう》の左右に、四帖と四帖半の小部屋があり、その奥に六帖、更にその奥に八帖があり、三帖の女中部屋までついていた。便所も二つあった。新村忠雄が四帖、私が床の間つきの四帖半を自室にもらった。秋水は奥の八帖を書斎にし、六帖を談話室にあてた。秋水と忠雄の部屋は荷物らしいものもないから、がらんとし、だだっ広く見えた。秋水が玄関にマルクス、書斎にバクーニン、談話室にクロポトキンの肖像画をかかげた。

私の部屋はそれでも小さな箪笥《たんす》や、机や、八雲琴《やくもごと》や、人形や赤いモスリンの座ぶとんなどがあるため、いくぶん部屋らしい。二人とも顔をだしては、私の部屋でお茶をのみながら、入ってきたら動きたがらない。そのうち、忠雄より、秋水の方が私の部屋に来る度数も時間も多くなっていた。落着く間もなく、同志たちが次々訪ねてくるので俄然《がぜん》忙しくなった。忠雄と私が炊事を受持つけれど、やはり台所仕事は女の私の受持になる。

何しろ、客が多いし、その客たちは来ると長居で、談論風発、止《や》むところを知らないのだから、お茶を出すだけでも大仕事だ。小島つねという中婆さんを女中に世話してもらってようやく一息つけた。

私は秋水とひとつ家に起き伏しするという夢のような幸福が信じられなかった。いっしょに暮してみて、私は秋水の偉さ、頼もしさが私の考えていた何層倍も大きいのを識らされた。

赤旗事件で、目ぼしい主義者は堺枯川、大杉栄、荒畑寒村はじめ、ほとんど投獄されている時、秋水ひとりが、社会主義の孤塁を守っている姿は勇壮というより悲壮であった。秋水は巣鴨で、クロポトキンの「パンの略取」を国禁をおかして出版している。

「どんなに苛《か》酷《こく》な弾圧を政府が加えても、そういうことをすればするほど、民衆が覚《かく》醒《せい》して社会主義に目ざめるのはどうしようもない勢いなのだ。気長に、民衆を教育し、自覚させる方法をおこたってはいけない。そのため、啓蒙《けいもう》的な主義をといた書物の出版や、全国の同志と連絡をとる雑誌の発行を急ぐことが目下の我々の仕事だ」

というのが秋水の考えの中心だった。「パンの略取」の出版が、弾圧の網目をくぐって、思ったよりはるかに多く売れていくのを見て、秋水はいよいよこの自信を固めてきた。

千駄ケ谷に引越してすぐ、秋水は休むまもなく機関雑誌『自由思想』の発行の準備にとりかかった。始終、発熱し、腸をくだし、床につかなくてはいられないほど衰弱しているのに、『自由思想』の件になると、秋水は目を輝かせ、顔は紅潮し、薄い肩が毅然《きぜん》と聳《そび》えてきて、夜の更けるのを忘れ、企画に熱中する。その情熱は、若い血気の青年同志たちよりはるかに熾烈《しれつ》なものだった。去る者は去ってしまった平民社に尚集まってくる若い同志は、秋水の情熱に焼きつくされることに憧《あこが》れを覚えているように見えた。秋水が専《もっぱ》ら原稿を書き、新聞記者の経験のある私が、編集を受けもち、原稿のおぎない方をひきうけるという形で、編集企画はすすめられていった。

四月九日には早くも『自由思想』の出版届を正式に出した。署名人のうち、発行人兼編集人は、秋水の同郷の中島寿馬に、印刷人は神田の印刷所の社員鵜沢《うざわ》幸三郎に引き受けてもらった。私たちの第一号発行予定日は四月二十五日のつもりでいた。

私たちを扶《たす》けて編集に協力してくれた仲間は竹内善朔、戸恒保三、村田四郎、榎《えのき》米吉などの、秋水に心酔している山手平民倶楽部の青年同志たちだ。この人たちは、もうその頃、私が秋水と同居したということだけで、お千代さんの離婚と結びつけ、私たち二人の間に、すでに肉体関係が成立しているようにいいふらす黒い噂に憤慨して、私と秋水の潔白をあくまで信じようとする立場をとっていた。

私は無我夢中の毎日だった。それまでの私の秋水に対しての尊敬は、彼の書く物を通して高められていた。堺枯川を訪ねて、自分が社会主義者としての自覚を抱くようになってからは、我が国の最も秀《すぐ》れた革命の指導者としての秋水のイメージに、改めて尊敬の念をかきたてられ、やがて、それは単なる尊敬から敬愛へ移っていったものだった。貧相な秋水の軀つきや、男として魅力のない風貌など、面喰いの私の趣味には縁遠かったにもかかわらず、それらがいつのまにか全く気にならず、革命について語る時の秋水の顔や目の輝きを、つくづく美しいと見惚《みと》れるようにさえなっていた。何よりも秋水のすばらしさは、非常識で卑劣な官憲の弾圧に、いささかのひるみもみせず、赤旗事件の同志たちの留守を、社会主義の灯を消さず守り抜くのは自分の責任だと信じ、一歩も闘いの最前線からしりぞこうとはしない男らしさだった。私は秋水の中にはじめて、尊敬出来る男性像、頼りきれる男の俤を見出すことが出来た。秋水の学識の広さ深さは、自分の無学を骨身に徹して口惜しがっている私にとっては、何よりの憧れであった。

その上、秋水は、偉大な学者や思想家にありがちな情操の欠如という欠点はなく、むしろ、それによって、しばしば過ちを犯しがちなほどの温情や、情熱の持ち主でもあった。秋水の過去の性関係のだらしなさにさえ、私はそこに秋水の人間性の弱さをみて、なつかしく、ようやく、その一点で、私のような無学で軀の汚れてしまった女でも近づき得る手がかりが捕えられたように、身勝手に解釈したがっているのだった。

秋水になだれるように傾いていく私の押え難い恋心が、敏感な秋水に伝わらぬ筈はなかった。私たちは、仕事のことで、あるいは来客のもてなしのことで、何気なく目と目を見交わすような時でさえ、互いの情熱のしぶきを目の中に認めあうようになっていた。千駄ケ谷に移って十日もたつかたたない頃だった。一本気な竹内善朔は、守田有秋たちが、秋水と私のことを不倫の仲だといいふらしているが、そんなことは言わせないでほしいと手紙で申し入れてきた。秋水は善朔の手紙を私にみせていった。

「これだって、政府の同志離間策に若い同志があやつられているんだよ。奴等はわれわれの結束を破ることならどんな卑劣な手段だって選ばないんだから」

「私は先生のお役に立ち、それが主義のためになるなら、世間や、理解のない同志から、どう悪口雑言されてもいいのです。どうせ、これまでだって、いい噂をたてられてきた女でもありません。でも、先生が私のために、御迷惑を蒙《こうむ》ったり、そのため、運動のさまたげになるようなら……私、身をひきます」

私の言葉に秋水がだまっているので、涙の浮んできた目で秋水の顔を見上げたら、秋水の目がふっと柔和になごみ、笑っている。愕《おどろ》いてまじまじとその目をみつめたら、秋水が青白い頬骨のとがった顔を、酔ったようにうす赤く染め、「嘘つきめ、出てなんかいけないくせに」と小さく、力強くいった。私はその声を聞いたとたん、瞼《まぶた》の根まで真赤になるのを覚えながら、先生、と口の中で叫んで、秋水の膝に身をなげだして取りすがっていた。愛されているのだという自覚が、私をたった今、同志に殺されてもいいという法悦に誘いこんでいた。

「離れられるか、え、離れられるか」

「いいえ、いいえ」

私は、死んでも離れるものかと秋水の胴に腕を廻していた。それでも私たちが最後の情熱の火を押えることが出来たのは、目前に迫っている『自由思想』の発行という重大な任務の責任感のためだった。

新聞半切判、わずか四頁、定価四銭、月二回刊行というささやかな雑誌『自由思想』。しかもわずか二号しか出すことが出来なかった『自由思想』。あの中に私の生涯の情熱という情熱はそそぎこまれているし、私の恋の炎も封じこめられていた。

この人にめぐりあい、この雑誌を出すために、私は三十年近い生活を生きてきたのだと喜びにあふれていた。

本来の「自由思想」の語意は、政治権力と結びついたキリスト教の教権の圧迫から人間の自由を解放する宗教上の用語だと秋水が教えてくれた。私たちはこれを宗教問題としてばかりでなく、もっと広い意味をもたせ、政治、倫理、経済、婦人問題にまでひろげ、あらゆる既成の習俗的、伝説的、迷信的な古い権威を破壊するために「自由思想」をかかげて進もうとした。私たちを律するものは人の定めた道徳や、迷信であってはならず、常に唯一無二の、「道理」によらねばならないというのが私たちの主旨だった。

秋水の狙いは、社会主義革命の前提としての、精神革命や人間革命を一人でも多くの人にうながそうということにあった。

頼りになる仲間がことごとく囚《とら》われていて、四面楚歌《そか》にとりかこまれた中で、孤軍奮闘の秋水が、追いつめられた運動の活路を何とかしてそこに見出そうとした苦肉の策なのだった。とはいうものの、本当に言いたいことは何ひとつはっきり言えず、真実訴え書きたいことは、何ひとつ書けない。

——……左《さ》れば本誌は、必ずしも大いに書き大いに言うの機関ではありません。古人の歌に『文《ふみ》は遣《や》りたし書く手は持たず書かぬ白紙《しらかみ》文と読め』と。本誌は白紙同様のものかも知れませんが、一字不説、以心伝心、白紙でも矢張り我等の目的に幾分裨益《ひえき》し得られるだろうと信じます——

と秋水が書いた原稿を読まされた時は、思わず、悲壮さに涙があふれてしまった。

秋水はまた、私のことにまで大切な紙面をさいてくれて、全国の同志に私の紹介をしてくれる優しさがあった。

——本誌の編集は、管野スガ子君が専ら之《これ》に当り、庶務は、創業の際の多忙を村田四郎君が処理してくれました。管野女史は、雅号を幽月という。久しく関西の文壇で知られ、後東京の『毎日電報』に従事して居ましたが、此《こ》の雑誌の読者には、まだおなじみが薄いかも知れません。去年赤旗事件で入獄した一人で、日本の法廷に立ち『予

は無政府主義者なり』と、大胆に公言した婦人は、恐らく此の人が最初なのでしょう

――

この原稿を見た時も、紙面がもったいないから、私のことなんかやめておいて下さいといったら、笑ってとりあわなかった。これほどまでに私のような者を立ててくれるほど、秋水のまわりに心を許せる味方、手足となって働く同志が少なくなっているのかと思うと、やはり私にはそれさえ涙の種になってしまう。この人のためにならならば、命を捨ててもいいと改めて思い定めた。

何度も書き直し、何度も相談しあった初号の原稿をつくりあげる頃は、朝が待ち遠しいように生甲斐《いきがい》があった。夜おそくまで、秋水の部屋で頭をつきあわせて、相談にふけり、自分の部屋に下ってもなかなか興奮して寝つかれず、あれもいれたら、これも書いたらと、想念は雲のようにわいてきて、またすぐ秋水に逢って話したくなってしまう。その気持をおさえこんで、ひとり、天井にむかって目を大きく見開いていると、廊下に秋水の足音がして、

「まだ起きているのか」と声をかける。あわてて、寝巻の衿《えり》をかきあわせ、床の上に坐り直す。

「はい、眠れないんです」

「忠雄もおこして、お茶でものもうか」

そんなことから、また、暁方まで、奥の部屋で、編集案の練り直しというような夜もあった。若い新村忠雄は、そんな時、加わることもあれば、もう眠くてたまらないといって、さっさとひきあげていくこともある。ふたりきりになると、時々、ふっと、ことばがとぎれ、目まいのしそうな甘い重い沈黙につつみこまれてくる。そういう時の秋水の目は、あの冷たい皮肉な光はみじんもなく、無邪気で人なつかしいあたたかさと、時々、ひどくいたずらっぽい光になごんでいることがあった。

そのうち、新村忠雄は新宮の大石誠之助の病院へ手伝いにいったので、平民社では秋水と私と女中だけになり二人の仲は急激に近づいていった。

時々秋水にせがまれて、私は深夜の静寂を破って八雲琴をかき鳴らすことがあった。若い人たちが集まって来たひるま、彼等といっしょになって私の二絃琴で「山路こえて」「花ちりうせて」「思い出ずるも」などの讃美歌を歌ったりしたが、そんな時、秋水は革命家が讃美歌を歌っていると面白がってひやかすような目で笑っていたがとがめもしなかった。私とふたりの時、私に琴をひかす秋水は、私にひきながら歌わせることを好んだ。

天には自由の鬼となり
地には自由の人たらむ
自由よ自由やよ自由

汝《なんじ》とわれの其《そ》の仲は
　天地自然の約束ぞ

屈山《くつざん》の「自由の歌」を歌っていると、世界のすべてが消え、劫初《ごうしょ》の混沌《こんとん》の雲の中に、秋水とただふたりで立っているような不思議な浄福にみたされてくることがあった。

四月二十三日、秋水とふたりで神田の丸利印刷所へ出かけ、初号の校正をすませ、ようやく校了にし、整版が終り、いよいよ印刷というところまで漕《こ》ぎつけた時、神田警察署長が印刷所の社員を呼びつけて、『自由思想』はすべて差押える。ただし、印刷所で押えることが出来ないので、印刷所から発行所に引き渡すと同時に押えるから、そのつもりで一部も、もれないよう運搬するように。途中は警官が尾行して守るし、運搬の費用は警察が負担するという。この日の神田署には、日曜日だというのに署長が出勤している上、御丁寧にも警視総監まで出むいて指揮に当っている。印刷所の前後五カ所の入口は、一人ずつ角袖を配置して、印刷物の運搬を看張《みは》っている。新宿署でも、板橋署でも、芝署でも、それぞれ数名の角袖を出して警戒につとめていたというのだから呆れる。本来なら、発行前の納本を検閲の上、発禁、差押えというのが順序なのに、中身を見もしないうちから、何が何でも秋水のものは絶対出させないという暴力的弾圧なのであった。

地団駄ふむ口惜しさだったけれど、弾圧を無視して強行したら、主義者でもないのに、名義上の署名人になってくれていた中島寿馬に迷惑をかけることになるので、涙をのんで見送るしかなかった。

こうして流産させられた『自由思想』は六頁で、一面に秋水の発行の序と評論と英文、二面が内外の社会党無政府党に関する時事の報道、編集室だより、三面が小剣《しょうけん》の観劇話と私の短歌と日記、四面にやはり私の下手な小説「檻車」、五面も私の「囚われの記」、社会運動記事、個人消息、六面が獄中同志の消息等だった。

弾圧されればされるほど、私たちの熱情は火に油をそそがれた形で燃え上ってきた。今度は発行兼編集人を私がひきうけ、印刷人は古河力作になってもらった。

最初の予定よりまる一カ月おくれの、五月二十五日を、新しい発行日として予定をたて直し、私たちはこりずに案を進めていった。

どんなことがあっても『自由思想』に陽の目を浴びさせること。それだけが私たちの共通の唯一の目標になった。平民社の前後の見張りは、この事件以来いっそう厳しくなり、蟻《あり》の出入りも見張るくらいで、ふろしき包みひとつ持ち出せない。そんな中で五月十六日の夜、暗い雨雲にとざされた闇にまぎれて、平民社をぬけだし、原稿を印刷所まで運びこんでみると、もう警察の手が廻っていて、刷れないと、印刷所の態度が変っている。口惜しくて眠れず、その翌日、一日中走りまわり、ようやく国文社という印刷所が引き受けてくれることになった時の嬉しさ。

五月二十日。この日も朝から雨の中を、秋水とふたり、尾行をまいて印刷所にかけつけ出張校正をする。校正刷の裏に、
――壮《さかんなるかな》哉、吹き倒す起きる吹かるる案山子《かかし》哉――
と誰かが書いてある。秋水がそれをみつけて、黙って私にさしだした時、秋水の目が濡れているのを見た。秋水の涙をみたのは、この時だけだった。母の死を聞いた時も、秋水は感情を押し殺すのに必死で、酔ったように顔に朱をそそいだけれど、涙はみせなかったものだ。

今から一カ月ほど前のこと、昨年十二月二十八日の公判中の正午の休憩時間であった。突然、退出しようとする時になって、立会い検事の板倉松太郎が、看守に何か囁《ささや》き、看守は私に法廷に残るように命じた。いぶかしいことに思っていると、秋水も私と同じようにその場に残されている。みんなが退出してしまった後に、私と秋水の外、花井卓蔵、今村力三郎両弁護士と、看守だけが残った。異様な胸さわぎが私を捕えた。

秋水とは公判中毎日同席していても、いつもそれぞれに看守がついているし、席が離れていて、よく顔も見ることが出来ない。ちらちらと、目を見かわすことがあっても、秋水の何かいいたげな、やさしい瞳をはねつけるように、私はこわばった表情ばかりしか示してはいなかった。あのお千代さんの手紙以来、私は弁護士に頼んで、獄中から秋

水の心変りをせめ、もう一度はっきり絶縁の意志を伝えているのだから、なつかしい表情などは死んでもみせたくないと思っていたのだった。

それだけに、看守のさしずでまるで夫婦の時のように近々と軀をよせて並ばせられると、不思議な気分になっていた。肺病患者特有の、甘い、果物のくさったような体臭が秋水の方から匂ってくるのが悲しかった。花井さんが、いつもより固くなって私たちの前に立った。

「何とも……お気の毒ですが、今日未明、幸徳さんのお母さんがなくなりました。堺君のところへ、土佐から電報が来たから、おしらせします」

という。私も秋水も、身じろぎもせず、その場につったち、うつむいた。秋水の手錠のはまった手が、しっかりと握りしめられ激情にたえているのが私の目にうつった。その時、花井さんが、突然、声をはりあげて、

「握手したまえ、握手したまえ」

と、叫んだ。気のついた時、私たちはしっかりと手を握りあっていた。秋水の目の中は乾き、炎のようなものが燃えていた。私は真赤になって、涙のふきあげてくるのをぬぐうことも出来なかった。秋水の手は冷たく、力強く、私の指は骨が折れそうに握りしめられていた。

あんな一瞬があったことが、今でも夢のようにしか思えない。みんなが異常に興奮し

ていて、そういうことが何の不自然さもなく行われたのだ。看守さえ、涙ぐんで、私たちから目をそらせていてくれた。その時、私は秋水にどういったかは何も覚えていない。われにかえった秋水が手を離そうとした時、私が握りかえしたことだけしか記憶に残っていない。

それより一カ月前の十一月の末、土佐の中村から、はるばる獄中の秋水に逢いに七十の母上が上京されたと後で聞いた時、私は、私に逢ってくれず帰られたことを心に恨んでいた。たとえ今は秋水と絶縁していても、それは秋水と私との秘かな問題で、母上に通じていようとも思えず、それなら、秋水の嫁としての私にせめて一目逢ってくれてよさそうなものだと怨みがましい気持になったものだった。

けれども後で駒太郎さんや、姪《めい》のたけをさんから、母が始終私のことを親切でやさしい女だと噂していたこと。上京の時も私に逢いたかったけれどお千代さんがついていたので、お千代さんへの遠慮から私に逢えず帰ったことを気にしていたということを報《しら》されて、かえって気の毒になった。少なくとも、恨んでいたことを悪いと思った。考えてみれば、秋水が私を妻として披露してくれて以後は、私あてにも伝次郎の面倒を頼みますというようなやさしい手紙をくれたし、中村の四万十川《しまんとがわ》の鮎《あゆ》のつくだ煮や、だしじゃこや切干大根などをよく送ってくれたものだった。写真でしか見たことのない母、でも秋水に目や頰骨のあたりがよく似ている母。今度のことで私は世の中で本当にすまなか

ったとわびる人があるとすれば、秋水の母しかない。世界じゅうが秋水の主義者としての非を鳴らしても、

「世間の人は普通の人じゃけん、わからんのじゃもん、わしは伝次郎の味方じゃけん」

といって、いつでも、秋水の行動に絶大の信をおいていたという母。七十すぎて、生きてこんなむごい目に逢わされて、どんなにか心身にこたえたことだろう。老体に長旅がどんなに強くこたえ、獄中の秋水との対面に、どれほど命の火を燃えつくさせたことだろう。

少なくとも今度のことが、母の寿命を縮めたことは疑えない。もし、私が秋水にめぐりあわなかったら……秋水の絶望感はもっとちがった形をとっていたかもしれない。私の情熱が秋水を焼きつくし、事件にまきこみ、ついにここまでひきずりこんでしまったのだ。何という皮肉、知らない人の目には私たちふたりの死は、ひとつの恋の完遂を意味する風がわりな心中とも見えるだろう。けれども私たちの恋はすでにさめ、私たちはそれぞれ自分ひとりの心を抱きしめて孤独に死んでゆく。

一昨年の秋、私が十一月いっぱい加藤病院に入院している間に、秋水の心境はずいぶん変ってしまったようだ。私は入獄中の疲労と衰弱の上に強度のヒステリーが加わり、半狂人の状態だったのもこたえたうえに、スペインの無政府主義者フェレルが捕えられ、その妻子も拘禁され、凌辱《りょうじょく》を加えられ、フェレルは終に銃殺という報が伝えられた時、

秋水は今更のように、自分が事をおこした後、あの老母がどんな虐待を受けるかということを恐怖しはじめていた。私たちの計画が到底成功不可能だということをいいだしたのもあの頃からのこと。

「直接行動だけが運動のすべてではない。書いたもので人民の精神革命をうながし、主義にめざめさせるのも大切な運動だ。お前だってこれまで、さんざんひどい生活をしてきたのだし、せめて、もう少し、人らしいおだやかな幸福を味わわせてやりたい。死に急ぎばかりが能でもない。いっそ、田舎にふたりしてひっこんで、僕の本を書く手伝いをしてくれる気持はないか」

などといいだしたのもあの頃。もう老母の命も長くはないから、せめて安心させ、死を見送ってからなら、どんなことでも出来るのだけれどなど、弱音をもらすようにもなっていた。あの頃、思いきって、秋水を母の所へ帰らせていたら、……ちょうど赤旗事件の時、秋水が土佐に帰っていたため難をまぬがれたように、今度のことでも難をまぬがれたかもしれないのに。

『自由思想』の初号が刷り上ったのは五月二十二日であった。戸恒保三と村田四郎が、刷り上った雑誌を、かくせるだけ軀につけて、ひそかに平民社に持ってきてくれた時の嬉しさ。人目がなかったら、私は秋水に抱きつきたいような喜びに充たされた。ようやく産み落すことの出来た私たちの愛の結晶、そんなことばがすぐ私の胸に浮んだ。うすっぺらな、雑誌とも呼べないような四頁のタブロイド版の、インクの匂いも新しいその紙を、私は顔におしあてたり、さすったりして愛撫《あいぶ》せずにはいられなかった。秋水の文章、私の文章、そのどの一行、どの一字にも、私には深い思い出がまつわりついていた。秋水がどんな表情でそれを書き、私がどんな思いでそれを書いたか。

——一切の迷信を破却せよ。一切の陋習《ろうしゅう》を放擲《ほうてき》せよ。一切の世俗的、伝説的圧制を脱却せよ、而して極めて大胆、聡明に、汝の生活、汝の行動が、果して自己良心の論理と宇宙の理義とに合《がっ》せるや否《いな》やを思索せよ。如此《かくのごとく》にして得たるの結果は、英語の所謂《いわゆる》フリー・ソート也。吾人《ごじん》は訳するに、自由思想の文字を以てす。

嗚呼《ああ》、乾坤《けんこん》自由なきこと久し。吾人は言論の自由なし。吾人は集会の自由なし。政治の自由なし。信仰の自由なし。恋愛の自由すらも、未《いま》だ之《これ》あらず。甚だしきは即ち、労働の自由、衣食の自由、生存の自由すらも、之無きに非ずや。愛々たる五千万、唯罪人と囚われ、奴隷と役《えき》せられ、牛馬と鞭《むち》うたるるのみ。惨なる哉《かな》、這箇《しゃこ》の生涯、人類に取りて何の価値ぞ。怪しむ勿《なか》れ。自由の思想なき処、何ぞ自由の行動あることを得ん。人間自由の行動に依りて、社会の幸福を来たさんと希う。先ず自由の思想に向って、民衆の進歩を求めざる可からず。

然り、神乎《や》、信ず可し。国家乎、愛す可し。政府乎、重んず可し。法律乎、服す可し。而も是れ決して外部の強権の為に強いらるるにあらずして、一に自己良心の論理と宇宙の理義とに合するを待ちて後為《な》さしめば、初めて囚人、奴隷、牛馬たるを免れて、真個自由の人たること庶幾《ちか》し。

今や吾人は、切に大胆・聡明なる自由思想を要求す——

巻頭の秋水の「発刊の序」を私は声に出して読まずにはいられなかった。居あわせた人たちも、いつのまにか私の声に和していた。音楽的響きを持つ秋水の名文は、それを声に出して読むと、丁度、歌を歌っている時のような一種の肉体的陶酔に誘われるのだった。ずいぶんひかえめに筆をおさえている文章でも、権威破壊に対する秋水の烈々たる気迫が行間にほとばしっていて、私たちは、その熱気に心を灼《や》かれるように思った。戸恒保三、村田四郎、竹内善朔たちの目にも涙が光っていた。私たち主義者の上に、猛威をふるい吹き荒れる弾圧の嵐の中に、辛うじて守りぬいたこのかぼそい一筋の炎、その火を命かけて守りぬくことだけが私の生甲斐のすべてになっていた。

——死を与えよ、自由ちょう語は陳《ふる》し、而も其の意は常に新たなり、聞け、当年パトリック・ヘンリーの大喝《だいかつ》を、「我に自由を与えよ、否《しか》らずんば死を与えよ」、千載の下、凛乎《りんこ》として猶《なお》生気あり。——

『自由思想』の初号の埋草《うめくさ》に、私は竜子のペンネームで「小さき虚偽」と題して歌をのせてあった。

不図《ふと》小さき虚偽《いつはり》ごとに馴れたるを恥ぢたる日より世に捨てられぬ
いづく迄《まで》跡追ひ給ふ執の人振りも返らで走り行く子を
今日も亦沈黙《またしじま》の人の恐しき一つの力はぐくみてあり
わが心そと奪ひ行きなほ足らで更に空虚《うつろ》を責め給ふ哉
責太鼓迫り来る日もほほ笑みてみ手に眠らむ幸を思ひぬ

見せるつもりはなくて、書きためていた歌稿を、ふと秋水にみられてしまった時の恥ずかしさ。奪いかえそうと躍起になってとびかかった私の肩を押えこんでしまって、とうとうみんな詠みあげられてしまった。身のおきどころのないような私の恥ずかしさは、秋水にどう慰められてもなかなか消えるものではなかった。

刷りあがった『自由思想』を、尾行の目をごまかして、市内十五区のポストにみんなが手わけして投函《とうかん》し、二時間ほどの間に、約二千部の発送を終えてしまった。そうしておいて、平民社の看板を懸け、部屋の中は清掃して、どこをあけられても見苦しくないようにとりかたづけて差押えを待った。その間も、山手平民倶楽部の青年たちが続々初号を取りに来て、部数がみるみる減っていく。

遂に午後も六時になって、漸《ようや》く新宿署の高等刑事徳元が差押えの令状を携えて来て、残部僅か八十六部を押収して行く。

「たったこれだけですか」

もうすっかりお馴染《なじ》みになっている徳元は、苦笑いしながら、秋水と私の顔をみくらべる。

「と、いうわけだね」

とすまして秋水。私は、はしゃいだ声で、

「どこでも探して頂戴、天井裏でも縁の下でも」とうそぶいてみせる。

私は発行兼編集人の責任で、秩序壊乱罪でたちまち告発された。あれほど厳重な警察の目をだしぬいてとにもかくにも初号の発送が出来たということが、私たちをどれほど勇気づけてくれたかしれない。時を移さず私たちは第二号の準備にとりかかった。私は秋水にすすめられ、初号を出すまでの日記のようなものをのせ、私たちの勝利の顚末《てんまつ》を報告することにした。

この号には寒村が私によこした手紙も転載した。私と秋水が寒村に対して、同志的な愛を持ち、主義者としては寒村に恥じていないからこそそういうことも出来たのだ。

——去年の今日はメイデイで、上野で大いに騒いだっけ。噫《ああ》なつかしい、東京！東京の埃《ほこり》、東京の香、東京の響き！——

秋水は前号に引きつづき、巻頭言に「迷信より醒《さ》めよ」という論文をかかげた。大石誠之助こと無門庵主人の「家庭破壊論」は『京都日出新聞』に出たものの要旨をまとめ、短い論評を加えたものにすぎないのに、後にこれが発禁の理由にされた。

たまたま、この初号発刊日と大方日を同じくして、箱根大平台林泉寺の内山愚童が逮捕される事件があったので、警察の私たちに対する弾圧はいっそう拍車をかけて来た。愚童は山の寺の須弥壇《しゅみだん》の下に手刷の印刷機や活字をかくし、押入れの中でこつこつ秘密出版をひとりで刊行していたのだった。

愚童のつくった『入獄記念無政府共産』という雑誌は「小作人ハナゼ苦シイカ」という見出しで、

——なぜにおまえは、貧乏する。ワケをしらずば、きかせようか。

天子、金もち、大地主。人の血をすう、ダニがおる——

というような調子で、過激な天皇制批判をしていた。私も、秋水の巣鴨の平民社で、愚童が持って来たというその雑誌を見たことがある。

——……今の政フの親玉たる天子というのは諸君が小学校の教師などより、ダマサレテおるような、神の子どもでも何でもないのである。

今の天子の先祖は九州のスミから出て、人殺しや、ごう盗をして、同じ泥坊なかまの、ナガスネヒコなどを亡ぼした、いわば熊ざか長範《ちょうはん》や大え山《おおやま》の酒呑童子《しゅてんどうじ》の、成功したのである。神様でもないことは、スコシ考えて見れば、スグしれる。二千五百年つづきもうしたといえばサモ神様ででもあるかのように思われるが、代々外はバンエイに苦しめられ、内はケライの者にオモチャにせられて来たのである……——

という様な文章を読んで、秋水なんかは苦笑いしていたが、私は大いに痛快な気持がした。

けれども愚童が逮《とら》えられた前後から、誰が出すともしれない似たような秘密出版が続々とあらわれたことから、私たちに対する鎮圧体制はますます峻烈《しゅんれつ》をきわめてきた。平民社へ出入りの同志にはすべて尾行がつき、一々出入りに身体検査される始末、何ひとつ持ちこみも持ち出しも出来ない。このままいけば、

——退いて餓死するか、進んで爆発するか、二者一を選ばねばならない運命に到達することと信じます。物数奇《ものずき》な日本政府は、斯《か》くして多くの謀叛人《むほんにん》を製造して呉れるのでございます——

と二号に私が書きこまずにはいられないような状態だった。けれども弾圧が激しければ激しいほど、私たちの闘志はいっそう燃え上ってくる。毎晩、編集のため十二時すぎまで起きていて枕につくと、周囲のしじまの中から、本当に責め太鼓がひしひしと迫ってくるような幻聴を聞くようになっていた。

第二号は印刷所を浅草の並木印刷所に移した。六月八日、秋水とふたり、印刷所へゆき、校正を終えて外に出ると、もう外はすっかり更けきっていた。大川端へ出て、どちらから誘いあったでもなくふたりで涼風にふかれながら歩いた。

別々に平民社をぬけだし、尾行をまいてきたので、珍しく自由な気分で歩いていた。

暗い物かげで私たちの足音におどろき、あわてて身を離すしのびあいのふたりづれなどもある。私は平民社では自分の感情に危険を感じ、つとめて、秋水に甘えまいと心をいましめてきているので、こうして外に出て、暗い川端の道を平穏な恋人どうしのようによりそって歩いていると、かえって、息苦しく、胸がせつなく鳴りさわいでくるのだった。

秋水も何か考えこんでいるふうで、無気味なほどだまりこくっている。とにかく、この困難の中で闘いぬき、二号を校了にしたという感慨がふたりをたぶんに感傷的にしていた。

「私、子供の頃、とてもおてんばだったんですよ」

黙っているのが苦しくなり、私は喋《しゃべ》りはじめた。

「色が真黒で不器量だったんです。兄や弟が反対に女の子のように可愛らしかったんで、替っていたらいいのになんてよくいわれていました。でも私が生れた時は、父が美濃の山をあてて生涯で一番全盛を誇っていた時だったから、乳母や女中がつきっきりで守りしてくれ、乳母日傘《おんばひがさ》で育てられたんですよ。

五つの節分の日、人並におばけに結って、おばけって御存じでしょ。関西じゃ、節分の日に、御新造が島田や桃割れに結ったり、娘や、芸者が丸髷《まるまげ》に結ったりして、化けるんです。そうやって、賑《にぎ》やかに年越しをする行事があるんですよ。四国じゃしませんか。

私も母がつけ髷で小ちゃな島田に結ってくれて、きれいな友禅の着物きせられていました。そのなりのまま、乳母や女中の目をかすめて家をぬけだし川端へ遊びにいったんです。その頃、うちは堂島川に近かったものですから、川端では丁度、近所のわんぱく連が、小舟に乗って、中の島へ遊びにいこうとしているところでした。

私ものせてってくれとせがんで、長い袂《たもと》をだきあげ、おてんばにも小舟にとびのってしまいました。そのとたん、舟がぐっと岸をはなれる。ところがそこが子供だものですから、岸にぬぎすてた下駄が急に惜しくなり、両手をのばしたからたまりません、舟がかたむいて、私はまっさかさまに水中に落ちてしまいました。子供たちは怖くなってさわぐばかり。気がついた時はうちの座敷に寝かされて、医者や両親が私の顔をのぞきこんでいました。大阪の川では思い出がたんとありますのよ。役者の舟乗りこみなんかも、父につれられて見にいきました。私の生涯でも一番幸な頃でしたから」

私の話を秋水がさも興味深そうに聞いてくれるので、いい気になって喋りつづけていると、石につまずいて、私は下駄をつんのめらせてしまった。秋水が抱きとめてくれた。秋水の腐った果物のようなあの体臭を顔いっぱいに受けとめると、私はもう、自分の感情を制御《せいぎょ》する手綱のきれる音を聞いたと思い、しっかり秋水の胸にしがみついていた。

「苦労かける」

秋水がひくい声でいい、私の背を撫《な》で、髪に顔をよせてきた。私はものもいえず、ひたすら秋水にとりすがった。

「あんたを見ていたら、可哀そうでたまらない」

「いいえ、死んでもいいんです。先生といっしょなら、いつでも死んでもいいんです」

「そうだ。いつかはいっしょに死ぬしかないだろう」

「うれしいんです。今ほど幸福な時はなかったんです」

私は自分が何をいっているのかもわからなかった。そこにいつまでそうしていただろうか。

家へ帰った時は、もう、十二時をまわっていた。女中の小島つねには、先に寝るようにいってあったので、私たちはまた裏口からしのびいり、こっそり家の中へ入った。

秋水の部屋に寝床をしき、枕元に、灰皿や水や薬を並べて立ち去ろうとしたら、秋水が私の前に立ちふさがった。

「いかないでくれ」

私は喜びのあまり、全身が震えてくるのをとめることができなかった。その場にくずおれ、がちがちなる歯をかみしめようとする口を秋水にふさがれた。秋水とひとつにとけあうことはこんなにも自然なことだったのか。この人にめぐりあうため、何と遠い廻り道をたどってきたことだろう。秋水の腕の中で、かつてない安らぎに心身をただよわせながら、私は、たった今、私たちを捕えるため、人々にふみこまれたなら、どんなに幸福だろうと思った。

私はその後、愛しあう度、今、死んでもいいと口ばしった。秋水は反対に、命が惜しくなったといいはじめた。

「せめて、半年でも、おだやかな、女らしい生活をさせてやりたい。物心ついて以来、男にいたわられ、男にかばわれる生活というものをしたこともないのだろう。お前に人並の幸福を味わわせてやるため、も少し長生きしてみたくなった」

といってくれる。私は秋水のそういう思いやりは身にしみて嬉しかったけれど、私の思い描く理想の恋は、おだやかで平凡な家庭の中の幸福ではなく、いつでも自分の翅《はね》を自らの恋の炎で焼きながら天《あま》かけているような火の鳥の姿だった。

けれども私たちの恋の季節は何と短い儚《はかな》いものだっただろう。

『自由思想』第二号も発行の翌日、六月十一日に差押えられた。

第一号の公判は七月十日、東京地裁で有罪と決り、私は百円の罰金刑に処せられ『自由思想』は発売禁止を申し渡された。もちろん、私たちは度重なる弾圧に屈しないで第三号の準備をしていたけれど、発行したところで、金銭は回収出来るわけではなし、生活は極度にきりつめて、すべてを『自由思想』のためにそそぎこんでいても、資金不足で手も足も出ない。その上、七月十五日になって、平民社はいきなり家宅捜索を受け、あらゆる帳簿や書類を押収され、その場から私は拘引されてしまった。

四月以来、私は平民社で秋水と暮すようになって、編集の仕事はもちろん、秋水の秘書役やら、同志の接待やら、貧しい家計のやりくりやら、何もかも一手にひきかぶってつとめてきた上、六月以来はかつてないほどの激しい秋水との恋に身を焼きつくし、エネルギーというエネルギーは私の病巣だらけの痩身《そうしん》からしぼりつくしていた。秋水も、二号が押収されてからは、刀折れ、矢尽きたという感じで病床に倒れてしまい、その看病づかれもあって、ようやく秋水が床をあげた後は私が発熱して、食事もうけつけなくなってしまった。拘引される日も私は枕も上らない状態で床についていた。

「支度させるから部屋を出ていってくれ」

秋水の鋭い語気に押されて彼等が次の間に出ていった。熱でふらつく軀を秋水に扶《たす》けられて起き上り、それでも、自分で髪だけはかきあげて、着がえをした。秋水は塵紙《ちりがみ》やらタオルを揃《そろ》えてくれたり、下着を包んでくれたりする。自分のことは縦の物を横にもしない秋水なのにと思うと、私は涙が出てたまらない。

「かわってやりたいが」

秋水が抱きしめてくれた。

「ぼくがついている。がんばって、耐えてきてくれ」

「大丈夫です。先生こそ」

それ以上はいえないで、私は泣くまいとして、必死に笑顔をつくった。

秋水と私の間にも、蜜月《みつげつ》と呼ぶものがあったとすれば、ふたりが心身共に結ばれたあの六月の初旬から、私が拘引された七月十五日までの僅か一カ月あまりの日時をさすのだろうか。

秋水にめぐりあうまで、私はさまざまな男たちを遍歴していたにもかかわらず、秋水と結ばれてはじめて、私は男に愛されているという深い休らぎを味わった。何も考えず、何も望まず、ただ手足の爪先まで、髪の毛一筋まで、男にゆだねきって、背中をあずけ、うっとりと目をつぶっていたらいいという安心感ほど女にとっては幸福なものはないということも、はじめて識った感懐だった。

女中の小島つねに、一度ならず、ふたりで抱擁しているところを見られてしまった時のばつの悪さ。けれども、恋に夢中だった私は、その不用意な失敗をそれほど重大には考えてもいなかった。働くということの辛さ、貧しさの辛さを骨身にしみて味わっている私は、子持ちの未亡人の小島つねに対しても、ずいぶん寛大な態度をとってきたつもりだったし、つねの方でも、それを感謝して、奥さん、奥さんと、私をたててくれ、なついてくれていると心を許しきっていた。つねが来た時、秋水が、

「家のことは何でもこの人に相談して、この人のいう通りするように」

と私を紹介して以来、つねは秋水を私たちが呼ぶように先生と呼び、私には奥さんとい

うようになっていた。まさかあのつねが、私が入監後直ちに、平民社へ出入りしている若い同志たちに、私たちのことを、さもけがらわしい関係のように、針小棒大に吹聴《ふいちょう》しようとはどうして考えられただろう。私の出獄後、わかったことだけれど、つねは私が彼女を酷使したとか、朝から晩まで秋水とでれでれいちゃついてばかりいたとか、贅沢《ぜいたく》三昧《ざんまい》していたとか、ハンカチ一枚洗わなかったとか、思いもかけない悪口雑言ばかりいっていたらしい。その上、私がお千代さんに焼餅を焼き、秋水が名古屋へ手紙を出すことさえヒステリーをおこすので、秋水はこっそり、私の留守に、つねに頼んでお千代さんに手紙を出していたとか……もちろん、秋水は私に対してお千代さんの件では、そんな遠慮が全くないことはなかったかもしれないが、私の方から、嫉妬がましい態度やそぶりを見せたことはほとんどなかったのだ。なぜなら、私はあの一カ月くらい、秋水に愛されていると自信と誇りにみたされていたことはなく、むしろ、秋水があまりにあっさり、十年つれそった糟糠《そうこう》の妻のお千代さんを捨て去ったことから、自分への秋水の愛だって、いつさめるかわからないということに不安を感じていたくらいなのだった。

人間の感情には、特に冷熱がある。決して、一貫して、火のような熱情がつづくものではないというのが、秋水の日頃の口癖だった。

「永遠の愛なんて誓えやしないよ。人間の感情くらい不確かなものはないのだから。ただし、われわれの愛情は、思想と同志愛で裏うちされているから、普通の男と女の愛情よりはずっと強いし、恋愛感情の熱がたといさめた後にも、もっと強い絆《きずな》で結びついて離れないと思う」

ふたりではじめて許しあった夜にさえ、秋水はそういった。私は秋水のその正直な告白をかえって嬉しい気持で聞いた。

あのおとなしい、というよりむしろ愚鈍そうに見えた小島つねの中にこそ、中年の未亡人の充《み》たされない性愛の不満がとぐろをまいていて、私と秋水の濃厚な愛情の雰囲気《ふんいき》にふれるだけで、嫉妬し、心に歯ぎしりしていたのだということに気づかなかったのは、やはり、私も秋水も、恋に目がくらんでいたのだとしか思えない。

赤旗事件の時の経験があるので、私は再度の入監にそれほど不安は持っていなかった。最初は狭い雑房に十四、五人もぶちこまれて、暑さとうっとうしさに身動きも出来なかったが、以前に顔見知りになっている女看守に病監に移してもらうことが出来たので、かえって、平民社にいる時より落ちついた暮しが出来るくらいだった。

千駄ケ谷に移って以来の疲れがどっと堰《せき》を切ってあふれ、病監に移って以来、私は時間の許すかぎり眠ってばかりいた。夢の中でも、秋水のことだけが気がかりになって、時々うなされて目を覚ました。寝汗でびっしょり濡れている自分の軀を拭う時、秋水の汗に濡れた軀を思い出し、手の指まで恋しさがあふれ、身震いしそうだった。

私がいる時は、何もかもひとりでひきかぶって、秋水には出来るだけ雑事で神経をわずらわせないようにしてきたため、突然、私がいなくなった後での秋水の困り様を思うと、いてもたってもいられない焦燥にかられるのだった。私は古河力作や、竹内善朔など、思い当る人たちには片っぱしから獄中よりの便りを出し、私のいない後の病身の秋水の面倒をみてやってくれと頼みつづけていた。

まさかその竹内善朔が、こんな非常の際というのに、私と秋水の恋を理由に、それも女中のつねから聞いた一方的な噂などを信じ、戸恒保三などと語らって、秋水を見捨て、平民社から離反していこうなどとは夢にも知らなかった。恋愛をけがらわしいもの、男女の性愛は闇の中で行うべき卑しいものという旧い封建的な考え方は、思想的に新しいことを口にしている同志の中にも、根強く残っていて、他人が愛しあう姿を目にしただけ、雰囲気にふれただけで、反射的に嫌悪《けんおかん》感を覚えるらしい。それも若い、恋に経験の少ない者ほど強い反応を示すようであった。

この時の私の入監は四十七日間だったが、私にとってはこの四十七日間こそが、後の事件につながる運命の鍵《かぎ》となった。酷暑の中を秋水は何度も面会に来てくれたし、差入れも不自由なくしてくれる。逢う度、私は秋水のいたましい衰弱ぶりが気になって、これは只事ではないと思う。かぎられた時間に、かぎられたことしかいえない面会時間だけれど、私たちの扱いには看守も一目置いて丁寧だし、大目に見てくれるので、私は相当思いきったことを秋水に訊くことが出来た。秋水が私に心配させまいとして何かかくしていると思うので、私はうるさいほどそのことを問いただした。

「いたわってかくされる方が辛いのです。わからないとかえって、想像をめぐらせて、あらゆる悪い想像にへとへとになってしまいます。お願いだからほんとうのことといって下さい」

私が秋水の、今にも倒れそうな衰弱ぶりを見て、とりすがるようにいうと、秋水もかくしきれず、戸恒や竹内が絶縁状をよこしたことを告白した。

「結局、彼等のいうのは寒村が獄中にいるという今、きみとぼくが出来てしまったということが許せないというわけなのだ。しかし、きみがいわば彼等全部の身替りになって、罪を一身にひきうけて、こんな犠牲にあまんじてくれているという時に、何も、ぼくとの個人的な問題で、そうまでせめなくてもいいと思うよ。そういう気持なら、この際一人でも大切な同志だけれども、もう、離れていってくれてもいいという心境だ」

秋水が悲痛な声でうちあけてくれるのを聞き、私は腸《はらわた》が煮えかえるように思った。秋水が、私に同情してくれている以上に、私は、主義のためにただひとり孤軍奮闘している秋水を、よくもこんな私的な問題で責め、見捨てたり出来るものだと、竹内や戸恒の単純さ、浅はかさに対して憤りがこみあげてきた。

秋水は私が捕われた後、全国の同志にアピールを発した。

――拝啓、余等は実に限りなき遺恨を以て、諸君に御報知申さねばならぬ事件に遭遇致しました。それは外でもありません。『自由思想』の発行禁止、管野スガ子の拘引の事です。『自由思想』は、第一号、第二号共に、安寧秩序を害すと認められ、引続き発売、頒布《はんぷ》を禁じられ、府下の印刷所からは、其の筋の干渉で尽《ことごと》く印刷を拒絶されました。加うるに、第一号公判の結果、遂に罰金百円と発行禁止を宣言されました。

然るに、七月十五日に至り、政府は更に平民社の家宅捜索を行い、編集簿、会計簿、著者名簿、社友名簿、手帳、書籍等を押収し、管野女史を其の場から拘引しました。また之と同時に府下に於ける五、六同志の家宅捜索を行い、幸徳秋水も同十九日、検事局の取調べを受けました。

管野女史は、年来肺患に悩んで居る身で、『自由思想』の編集、校正、会計、発送、其の他全国同志との連絡、通信等を殆ど一人で担当し、過度の労働に服した結果、病勢宜《よろ》しからず、数日来絶食して臥《ふ》して居たのを起されて、莞然《かんぜん》一笑して連れ行かれたのは悲壮でした。今予審中なので罪犯の次第は分りませんが、兎《と》に角《かく》全国同志を代表し、政府迫害の矢面に立ったものなるは、疑われません。嗚呼、此《こ》の炎暑、彼《か》の病弱、而して鉄窓の下に獄卒の呵責《かしゃく》、更に之を想うに堪えないのです。

斯《か》くて我等は、今後公然機関紙を有する希望は、全く絶え果てました。帳簿は皆押収されて、計算は出来なくなりました。而して罰金や、印刷の損害や、入獄者の手当や、其の他の入費の宛てもなく、財政極めて窮境に陥って居ます。而して一面政府は、益々同志を迫害して、此の運動の根絶に力《つと》めて居ます。

以上の次第で、余等は、『自由思想』第二号以下、永く同志の希望に背くの已むを得ざるに至りました。併し、迫害は自由の好肥料です。願わくば全国同志諸君、奮発・蹶起《けっき》・在獄同志の犠牲を無益に終らしめぬよう御協力あらんことを——

こんな悲痛な文面さえ、もう離反して行こうとする青年たちの目には、秋水が公然とのろけを書いたとしか見えなかったらしい。

私たちの恋に対する非難の中心にされるところは、私と寒村の関係の曖昧《あいまい》さであるらしい。寒村がもし、社会にいて自由の身であり、三人の話し合いが出来ていたら、こうまで非難されずにすんだものをと思うと、あれもこれも私のために、秋水をこれほどの窮地へおとしいれたことが気の毒になり、私は少しでも秋水の立場をよくしようと、思いきって千葉監獄の寒村に、あらためて秋水との結婚を報告し、絶縁状を送ったのだった。

今から思えば、よくあんなむごいことが出来たと思うけれど、あの時は、自分も寒村と同じく獄中に捕われの身ではあるし、寒村の想像も出来ないほどの苦労を秋水とわけもった後ではあるし、これでもか、これでもかという政府の圧迫に、心身ともに極度に痛めつけられている時なので、そんな絶縁状を受けとる寒村の心のうちを思いやる神経など麻痺《まひ》していたとしか考えられない。

その上、八月七日に開かれた公判で、私は百四十円、秋水が七十円の罰金刑を科された。私の係りの武富済《わたる》検事は、赤旗事件の時以来の因縁のある男で、赤旗事件の時、いいかげんな彼の聴取書の文言に私は承服せず、訂正を申しこんだことから彼の心証を害して、激しく口論してしまった。その時の悪印象をお互いに根に持ったまま、再度めぐりあったのだから、相手はこの時とばかり報復手段に出た。武富検事の論告は峻烈《しゅんれつ》を極め、血も涙もなかった。終《つい》に彼の控訴が効を奏し、私は更に四百円の罰金を加算された。前の百円とあわせて都合七百十円という大金の罰金刑を蒙《こうむ》ってしまった。政府は秋水と私を金しばりにして首を締めようとしているとしか考えられない。いったい、どうしてこうまで私たちは苦しめられねばならないのか、何のために、これほどの屈辱と圧迫に耐えなければならないのか。私はこの未決監にいた間くらい、絶望的になったこともなければ、厭世《えんせい》的になったこともなかった。

寒村にあんなむごい手紙を書いたのも、私の絶望的な、幾分自暴自棄の気分が大いに作用していたことは否めない。しかし宿命といおうか、因縁といおうか、まさか短い生涯に二度も、私が獄中から獄中の男に絶縁状を出すことになろうとは。獄中の寒村にあの手紙を書いた時、私は自分が一年後に、獄中の秋水にあてて、やはり獄中から絶縁状を出すはめにおちいろうとは夢にも想像したことがあっただろうか。

私は寒村に辛い手紙を書きながら、とめどなく涙を流していた。こんな手紙を受取る寒村がいじらしくてたまらず、こういう手紙を書かねばならない自分がうらめしかった。そしてその悲しさと苦しさが、不当な罪で捕われている自分たちの運命をかえりみさせ、こんな人生の大事を、逢って相談も出来ないように自由を奪われている口惜しさにつながっていくのだった。

どんなにことばを尽したところで、所詮《しょせん》手紙は手紙にすぎない。逢って、目と目をあわせ、頼みもし、あやまりもし、怒りや制裁をまともに顔にも軀にも受けることが出来たら、どんなにさっぱりするだろうか。

人間の運命なんて全くわからない。もし、私が赤旗事件にあわなければ、私の一生は全くちがった方向をたどっていただろうし、またもし、赤旗事件で、武富検事にめぐりあわなければ、これまた私の一生はどう歩んだかしれない。

政府に対する憎悪、権力に対する徹底的な憎しみを私に植えつけた直接の動機は赤旗事件であり、武富検事であった。

それに赤旗事件の時、神田警察で、私の目の前で裸にされ、警察の廊下を巡査たちに手足をとられてひきずり廻され、打つ、踏む、蹴《け》るの暴行を受け、何度も悶絶《もんぜつ》するほど虐待されている寒村を見なければ、私と寒村は、赤旗事件の前に、別れたままの状態で、今度のような煮え湯をのませることもおきなかったのだ。あの残酷な目にあわされる寒村を目にしたら、たとい赤の他人だって同情せずにはいられまい。まして、私と寒村は、かつては相愛の仲で、何年か夫婦として暮した間柄なのだから、その当時、愛は互いにさめていたとしても、思わず寒村を抱きよせ、慰めてやりたい気持になったとしても不思議ではないだろう。私が釈放された後、刑に服した寒村に、表面は内縁の妻という形で、差入れや面会に行ってやったのも、人情としては自然の成行きだったし、同志としても当然の行為だっただろう。けれども、生れてはじめて獄に下った寒村が、私の親切を社会で受ける以上にあたたかいものとして受けとり、さめていた筈の愛情が寒村の胸によみがえり、また相愛の時のような幻影を描き甘い気分になっていただろうこともうなずける。過去の思い出をたどることしか許されない獄中で、寒村の胸に浮ぶ私との思い出は、赤旗事件直前の、さめた冷たい愛の姿ではなく、紀州の、あるいは京都の、あるいは上京後新家庭を持った柏木の幸福な日々だったとしても、これまた当然の感情だろう。あらゆる快楽を奪われた獄中の人間にとっては、愉しかった思い出の世界だけが唯一の慰めであり快楽なのだ。

周囲でもまた、私がまめまめしく獄中の寒村の面倒をみるのを見て、それまでの二人の不和を充分承知していた筈の同志までが、赤旗事件を契機に、私と寒村が、精神的によりをもどしたという感じをうけたのも無理からぬことだった。だからこそ、秋水に傾いていった私を見て、獄中の夫を裏切り、夫の先輩を誘惑し、その妻を去らせた無貞操な妖婦《ようふ》、毒婦と糾弾することにもなった。

寒村は、あの前の年の秋から、柏木の私たちの家から去って、堺さんのお世話で下阪《げはん》し、大阪日報の記者として就職していたが、半年ばかりで帰京して、私の所に戻ったもののの、もう私たちの間には以前の愛情はさめきっていた。大阪で、寒村は私の昔のことを識っているという新聞記者から、私の過去の汚辱の生活ぶりを針小棒大に聞かされてきて、そのことに根深くこだわっていた。

大阪から帰った寒村は、心に思っていることを持ちきれなくて、聞いてきたことをすべて私にうちつけ、宇田川文海のことからはじまって、もう私が忘れきっていたような男たちとのつまらないいきさつを根掘り葉掘り問いただすのだった。私たちの間は寒村が下阪する前の冷たさ以上に、収拾もつかないほどさめきっていく。

「こんなことなら、どうして帰ってきたのよ」

傷つけあうことだけのために、顔をつきあわしているような苦々しさから、私もヒステリックな声をあげるようになった。考えてみれば、寒村と暮した日の大半を、私は病気で寝ていることが多く、その上、妹まで長く寝ついて、寒村は晴々した新婚らしい気分などほとんど味わうひまもなかったのだから、可哀想なものだった。

寒村が、平民社の給仕をしていた百瀬晋といっしょに暮してみるからといって、私の所から出て行き、同じ柏木ながら、別居して、下宿したのは、赤旗事件のおこるほんの一カ月前のことだった。私ももう出て行く彼を引きとめようとはしなかった。

――これまで刑罰に処せられたことがあるか。

――昨年中当裁判所で新聞紙条例違反で百円、百四十円、ついで四百円の罰金刑の判決を受けました。

――被告はどの程度まで教育をうけたか。

――高等小学校を卒業しただけです。その後大阪の宇田川文海について、約二年間文学を修めました。

――被告は当時、誰かの妻になっていたか。

――幸徳伝次郎の妻です。

――幸徳と、いつからそのような関係になったのか。

――昨年からです。

――どういう動機からか。

――幸徳が平民社から雑誌『自由思想』を出す時、私がその手伝いをやり、署名人にもなりました。そんなことからです。

――互いに主義を同じくし、意気投合して一緒になったのか。

――私は幸徳を先輩として敬愛していました。

――しかし、当時、被告は荒畑勝三の妻だったのではないか。

――いいえ、ちがいます。私は、以前、荒畑と同棲《どうせい》していたことはありますが、四十一年に、私や荒畑が錦輝館でおこった赤旗事件のため入監する前に、すでに互いに話しあいの上承諾して別れていたのです。でも赤旗事件で神田警察に拘留された時、荒畑は巡査に裸にされ、廊下にひきずりだされて、踏んだり蹴ったりのひどい凌《りょう》辱《じょく》をうけました。それを見た私たちは、可哀そうに思って、みんな泣きました。その時、私は荒畑に同情して、いろいろ慰めてやりましたので、警察では、私を荒畑の妻だと思ったのです。私は無罪になりましたが、荒畑は有罪にされ千葉監獄で服役しましたから、私は便宜上、荒畑の妻だといって差入れなどしました。でも、事実はその前に、荒畑とは関係を断っていたのです。

――昨年六月頃幸徳と関係してから、引きつづき同人と同棲していたのか。

――そうです。

――被告は社会主義者中もっとも過激派に属するということだが、その通りか。

――そうです。

――過激派とは、どういう、目的を持っているのか。

――まず革命です。フランスの革命と同じことをやるのです。前に検事に訊かれて、暴動や革命を起すといいましたが、暴動といえばただ乱暴をするだけのように聞えて不穏当ですから、この言葉は取消して下さい。革命という方が正確です。

——具体的にはどんなことをやるのか。

——暗殺です。交通機関を一時止めるようなこともやります。また放火していろいろな建物を焼き払うということもあるでしょう。要するに、掠奪者《りゃくだつしゃ》から掠奪物をすべて取り返すことが目的です。

——被告がそんな過激な考えを持つようになったのはいつ頃からのことか。

——赤旗事件で入監した時からです。あの時は、ただ赤旗を振ったというだけで大したことでもないのに、社会主義者だというので言語道断な迫害を受け、堺枯川なども、理由もなく二年という重刑に処せられています。それに私などは、ただそこにいただけでひっぱられ、警察官の暴虐な行為を目の当り見て憤慨し、これでは到底普通の手段ではだめだと考えるようになったのです。

秋水は、いつだったか、私を女として印象にのこしたのは何時からだったのかと訊いた時、即座に、

「それは赤旗事件の公判の時だった」

と答えた。そのとたん、私にはあの明治四十一年八月十五日午前九時の東京地方裁判所第二法廷が目に浮び上ってきた。赤旗事件第一回の公判のまさに開かれようとする時だった。

堺枯川、大杉栄、山川均《ひとし》、荒畑寒村、村木源次郎たち十人の男の被告につづいて、神川マツ子、小暮れい子、大須賀さと子、私の四人の女被告が入廷した時、もうすでに入口からはみ出し、入れろ、入れるなと騒いでいた大入満員の傍聴席が、どよめいた。私たち若い女が四人も並んで法廷に立っていることで、その日の傍聴席は一種異様な雰囲気があった。ようやく、どよめきがおさまり、法廷に私たち女のための弁護人卜部《うらべ》喜太郎、井本常作もあらわれ、裁判長と立会い検事の入廷を待つばかりになって、しんとした時、入口に再び、ざわめきがおこり、小波《さざなみ》のようにそのざわめきはたちまち法廷中に伝わり、私たち女被告の入廷の時以上のどよめきとなって盛り上った。

「秋水だ」

「幸徳秋水が来た」

「土佐から来たんだ」

「やっぱり秋水は来た」

どよめきの中から、囁《ささや》きを聞きわけた時、私たち被告ははじかれたように、いっせいに入口をふりかえっていた。

故郷の土佐中村に帰省していて、赤旗事件の難をまぬがれた秋水が、この公判に間に合うように、土佐からはるばる駈けつけてくれたのだとわかると、私は力強さと感激で全身が燃え上ってくるのを感じた。私たちの最も尊敬し、信頼し、主義の伝道の最高指導者とかねがね仰いでいた秋水は、それまで私にはどこか近づき難いきびしい雰囲気を持っていて、まるで親か兄のように親しくしてもらっていた堺枯川とはちがい、はるかに仰ぎ見ているという感じの存在だった。

この日の秋水が長旅の疲れをとどめない爽《さわ》やかな顔色に見えたのは、私と並んだ被告たちが、みんな入監で薄汚れ、疲れた風貌をしていたせいかもしれない。秋水は白地の絣《かすり》の着物に、黒絽《くろろ》の紋付の羽織を着ていた。真白な真新しい羽織の紐《ひも》の輝きが、私の目に沁《し》みた。

秋水は私たちの喜びをあらわにした表情に応えて、一人一人にうなずくようなかたちで、切れ長の目に万感の情をこめて微笑を送ってきた。私は秋水の瞳が涙で光るのを見て、胸をつかれた。どこか冷たい、皮肉な人のように思っていた秋水の情の深さを、その時の慈眼ともいいたい目の表情に認めて、ふたたび全身が熱っぽくなるのを感じた。

新聞記者席にようやく割りこむようにして落ちついた秋水を見定めて、私は、何となく、もう大丈夫というような安心感に背を撫でられたような落着きを得たのを忘れない。ようやく首をめぐらせて、正面にむき直ろうとした時、秋水の黒い瞳が、私の目を真直《まっす》ぐ捕えてきた。私は思わず、微笑した。ありがとうございますというつもりだった。秋水は、鋭い目にかえって、私の顔を見つめ直すようにした。ようやく秋水がにっこり笑いかえしてくれるまで、なぜか、私にはたいそう長い時間だったような気がした。

その日、私が井桁《いげた》の模様の琉球絣《りゅうきゅうがすり》の上布に、錆朱《さびしゅ》の博多の帯をしめていたということまで秋水は覚えていてくれたのを後になって知った。

正面にむき直っても、私は自分の衿足《えりあし》に秋水の視線を感じつづけて力強さがいっそう私を落着かせるのを覚えていた。どんな審問を受けても、わざわざ駈けつけてくれた秋水に恥ずかしくないような態度をとろうという決意を私は改めて自分に誓った。

秋水はこの日の裁判傍聴記を『熊本評論』によせている。

——午前九時に僕が駈けつけた時は、傍聴席は最早満員で入ることが出来ぬ。公廷の開け放ちたる扉の前に立って見入ると、被告席の同志諸君が一斉に僕を見つけて、満面に笑みを湛えてどよみ渡ったのには、僕は覚えず胸迫って涙が落ちた。愛する人々よ。親しき人々よ。なつかしき人々よ。今は諸君と言葉を交わすことも出来ぬのだ。

僕は辛うじて新聞記者席に割り込んだ。証拠調べの了《おわ》らんとする時、大杉君は突立って「其の三個の赤旗は果して予等の持ちしものと同一なりや。今一度示して下さい」と要求し、故《こと》さら廷丁をして正面に広げさせた。鮮血滴るが如き赤地に、「無政府」「無政府共産」「革命」の白字は、鮮やかに示された。廷丁の旗を捲き了《ま》るや、大杉君は首を廻らして特に僕を省み、コレ見たかと言わぬばかりに、心地善げに一笑した。快男児、僕は彼らが言わんと欲する千万言を此の一笑の中に読み得たのである

——

その後、島田裁判長から私たち一人一人に「被告は無政府主義者であるか」という質問をむけられた。もちろん、それが一種の「踏絵」で迂潤《うかつ》に答えたら命とりになる審問であることは私たちにはよくわかっていた。もちろん、そんなわなにひっかかる連中ではない。

「いや、社会主義者である」

「無政府共産という言葉を使ったことはないのか」

「共産という言葉は、社会主義一般にみとめられ、かつ信じられているが、自分から進んで無政府という言葉をまだ使ったことはない」

と答えた堺さんをはじめ、

「自分から無政府主義者を名乗ったことはないが、無政府主義の説明如何によっては、社会主義はみな無政府主義といってよい」と山川均。

「キリスト教社会主義のつもりであったが、入獄後は、無政府主義にかたむいてきた」と村木源次郎など、みな巧みにわなを逃げるよう考えて答えた。女たちも大須賀さと子は「社会主義の研究をし、社会主義の傾向はあるが、まだ主義者としての資格はないように思う。むろん、無政府主義については、充分の知識がない」

小暮れい子は「目下社会主義の研究中だから、まだ無政府主義について、ハッキリ理解していない」

神川マツ子は「主義者として自分は、社会主義者・無政府主義者、そのいずれともまだきまっていない。近い将来に発表する機会があると思う」と答えて逃げた。けれども私はそんなごまかしは厭だと思った。私は立って顔をあげて裁判長の目を真直ぐみつめて、声をはって答えた。

「私はもっとも無政府主義に近い思想を持っています」

ざわめきがまた私の背後に風のように走るのを感じた。私は誰かに呼ばれたように感じ、ふりかえった。秋水の澄んだ目が私の目をしっかりと捕えてくれた。いつもは青黄いろい秋水の頬が上気していた。

あの時、あなたは私がちょっと頭を下げたのを見て、うなずいてくれたように思ったけれど、そうでしたか。ふたりで暮すようになって私が訊いた時、秋水はうなずいたと答えた。私はあれから監房に帰っても、秋水のあの上気した顔と、吊《つ》りあがった、光る瞳とを思い浮べ、心が高ぶりつづけていた。興奮しているのは、公判の緊張のせいだと思っていたが、秋水と目をあわせた時、うなずきかえされたことの衝撃が直接の原因だったのだとは気づかなかった。

それに気づいたのは、秋水と暮すようになってから、何度も、あの日のことを記憶の中からよびもどす癖がついてからだ。

赤旗事件、赤旗事件……寒村の運命を変え、私の運命を変え、私と秋水を結びつけ、今度の事件を招いた赤旗事件……

秋水の名文にかかると鮮血滴るが如き赤地に、という表現になり、どんな立派な赤旗かと思うが、法廷に麗々しく持ちだされ、大杉栄が、大見得きった三個の赤旗たるや、全くお粗末なものなのだ。

三本の中で一番小さい赤旗には、「革命」と白テープで縫いつけられているが、縦七寸、横一尺三寸程の赤ネルに、白カナキンを細く切ってテープにし、「革命」の字をつくったもので、制作者は堺枯川夫人の為子さんだった。堺さんが金曜講演の屋上演説事件で四十一年一月に捕えられ、一カ年半の服役後、出獄するのを出迎える時、真柄さんに持たせるため、手づくりで作ったものなのだ。文字通り、子供のおもちゃにすぎない。他の二本は、寒村の下宿のおばさんに、寒村が頼んでつくってもらったもので、赤地に白テープで、一つには「無政府共産」もう一つには「無政府」と縫いつけたものだった。三本とも、片はしを袋縫いにして竹竿《たけざお》に通し、かがりつけてあるだけの、お粗末至極なものだった。もし、寒村と私があの頃まだ同棲していたとしたら、当然、その二本は、私の手でつくられた運命のものだ。

まさかそんなちゃちな三本の赤旗が、市街戦のような大乱闘を産みだそうとは誰が予想したことか。

　事件は四十一年六月二十二日の日暮前に突発した。その日は神田錦町《にしきちょう》の錦輝館で、山口孤剣《こけん》の出獄歓迎会が開かれていた。孤剣は四十年三月日刊『平民新聞』に「父母を蹴《け》れ」というエッセイを書いてそれが危険思想だというので投獄され、一年二カ月の刑を受けていたのだった。

　さ夜嵐いたくな吹きそふるさとの衣《きぬ》ぬふ母の指冷ゆらしも
　こんな獄中吟を歌う孤剣は親想いの情の深い人間で、題名通りの思想など持ちあわせる筈はない。内容は、封建的な家族制度から、独立しなければ、社会主義者は真の闘争は出来ないし、人間の真の自由は得られないということを述べたものにすぎなかったのだ。

　警察当局は、そんな文章を楯《たて》にとって、実は、かねがね睨《にら》んでいた孤剣に報復したにすぎない。孤剣はかねて日刊『平民新聞』に「妖婦下田歌子」という見出しで、歌子と日本のラスプーチンといわれた飯野吉三郎との醜聞をあばき、日本の政界や上流社会の腐敗ぶりを暴露したからだった。

　この歓迎会の席上に、寒村や大杉栄などの若い血気にはやる連中が、赤旗を持ちこみ、「無政府共産」とか「アナ、アナ、アナーキー」とかエールをどなって旗をふり廻したかと思うと、エールの高唱は期せずして「革命の歌」に移っていた。

「起てよ、白屋襤褸《はくおくらんる》の子
醒《さ》めよ、市井の貧窮児
見よ、わが自由の楽園を
蹂躪《じゅうりん》したるは何者ぞ
見よ、わが正義の公道を
壊廃したるは何奴ぞ
圧制横暴迫害に
われらいつまで屈せんや
わが脈々の熱血は
あくまで自由を要求す
ああ、革命は近づけり
ああ、革命は近づけり
…………
わが子は曽《かつ》て戦場に
彼等の為に殺されき
老いたる父もいたましく
彼等の為に餓死したり

ああ、革命は近づけり
ああ、革命は近づけり」

歌いながら、赤旗を押したてて場内を練り歩くうち、彼等の興奮は次第に高揚し、一行は歌いながら、勢いにまかせて場内から往来へむかってなだれ出ていった。

錦輝館の外では、警官隊が事あらばと思って、待機していたから、たちまち、先頭に飛びだしていった大杉栄はじめ、寒村たちは取り囲まれてしまった。「赤旗を持って歩いてはいかん」といって、旗を取りあげようとする警官隊と、旗を渡すまいとする大杉たちがたちまち揉《も》みあいをはじめた。

私は神川マツ子、小暮れい子、大須賀さと子、堀保子たちといっしょに参会していて、女たちが一かたまりになって錦輝館の外へ出ていったら、まさに赤旗をめぐっての乱闘の最只中だった。

神田署からたちまち三十人余りの応援隊がかけつけてきて、混乱は益々大きくなる。私たちは危ないので、その場から、ともかく逃げのび、成行きを見守ろうとした。逃げるうちに、みんなばらばらになってしまって、気がついたら堀保子さんと神川マツ子さんと私だけが、人波に押されて、一ツ橋通りに出ていた。いつのまにか事件を見ようと野次馬が集まって、身動きも難しくなってきた。神田の町は市街戦さながらになって、警官隊はみるみるうちに数を増していく。

そのうち、「大杉さんもつかまった」とか、「寒村もやられた」とかいう声が聞えてきた。一番最後に錦輝館から出てきて、この騒ぎの中にまきこまれた堺さんは、警官と話しあいをつけ、「赤旗をまいて歩けばいいのだろう」といい、警官から旗をとりかえして、それをまいて、私たちの方へやってきた。

「女なら、やつらも手をかけないだろうから、あんたたち、これを持って早く引きあげなさい。寒村がやられたらしいよ。神田署にいるらしい」

そう私にいい残して、駈け去っていった。赤旗は神川マツ子さんが受けとった。私は堺さんのことばを寒村を見舞ってやれという意味にとった。私と寒村が一緒になる時、仲人役を頼んだ堺さんは、私と寒村が別れているとはいえ、二人のつながりを強く見ていられたのだろう。私は、二人の友人に、

「神田署に寒村を見舞ってやるわ」

といって駈けだした。神川マツ子は、おとなしい保子さんに赤旗を押しつけ、

「私もついてってあげる」

と叫んで、私の後から駈けてきた。私たちは群衆の中を縫い、ようやっと、神田署に辿《たど》りついたが、署では、面会を許すどころか、

「女など来るところでない。帰れ、帰れ。ぐずぐずすると、お前たちも一味とみてぶちこんでやるぞ」

とおどす。おどしなど一向怖くもないが、到底、寒村に逢わせてくれそうもないので、あきらめて、外に出た時、赤旗をかついで、得意そうに帰ってくるふたりの巡査と出逢いがしらに逢ってしまった。「無政府」とある旗は、さっき、堀保子にあずけてきたものにちがいなかった。神川マツ子がそれに気付き、すぐ抗議した。

「その旗は、さっき、話しあいであなたたちから、かえしてもらった旗じゃありませんか、また、分捕るのはひどいでしょう。かえして下さい」

旗を持っていない方の巡査が、

「何をっ、生意気いうな。おいっ、貴様の顔に覚えがあるぞ。ひっ捕えてやる」

といいざま、神川マツ子の手を摑《つか》んで乱暴にひったてようとした。旗を持った巡査も、居丈高《いたけだか》になって、

「こいつもか」

というなり、傍に立って、事の成行きの意外さにあきれて、つっ立っている私の腰をいきなり力まかせに突きとばした。不意をつかれて、私はその場に見苦しく転倒した。愕《おどろ》いて立ち上ろうとすると、腕を後ろにねじあげられ、抵抗する閑もなく、神川マツ子といっしょに、今出て来たばかりの神田署の中へ引きずりこまれてしまった。

その直後、堺さん外、五人の同志も、一先ず引き揚げるしかないと道を急いでいたら警官に呼び止められ、

「君たちは錦輝館へいっていたのか」

と聞かれ、そうだと答えた瞬間、警官隊にとり囲まれ、うむもいわさず捕えられてしまったのである。都合十四名の同志が、この日、一網打尽に検挙されてしまった。

いったい、私たちが何をしたというのか。ただ赤旗を持って、高唱しながら大道に出たというだけなのだ。私などはただ立っていたのを理不尽に突きとばされ暴力を加えられたというだけだ。むしろ、罪があるなら、理由なく婦人に暴力をふるった巡査の方ではないか。

それでも私はまだ、この時までは、日本の裁判をどこかで信じる気持が残っていた。興奮している巡査の野蛮この上ない乱暴狼藉《ろうぜき》はともかくとして、裁判にさえなれば、私たちの立場は当然黒白がはっきりするだろうと信じこんでいた。

生れてはじめて経験する未決監の五十五日の生活も、苦痛と屈辱の中で、公判さえ始まれば、この恨みはすべて晴らしてやることが出来ると耐えられた。掏摸《すり》も淫売《いんばい》も美人局《つつもたせ》もいっしょに押しこめられ、暑さと蚊とのみと下痢にさいなまれながらも、まだ法治国家の幻影を信じていた甘い私だった。

公判が始まった時、私ははじめて我が国の裁判の恐ろしさを骨身にこたえて識らされた。

裁判の事実審問は、予審決定書や、巡査口供の予審調書に基づいてすすめられるが、そのでたらめぶりは、開いた口がふさがらないというものだった。私の調べをしたのは武富済検事だったが、彼ははじめから、私を罪人扱いして、居丈高に取調べる。

——女だてらに、警官にはむかったりするからこういうことになるんだ。

——はむかったりしません。だまって立っている所をいきなり、つきとばされたんです。

——そんなことをする筈がない。

——する筈がないってしたんです。あなたが見ていたのではないでしょう、されたのは私ですよ。

——理屈っぽい女なんだな。

——当り前のことをいってるだけじゃありませんか。

——女のくせに、家にすっこんで、針仕事でもしてればこんな目にあわないですんだのに。

——男のくせに、あなたたちのように権力を笠にきて、中身はほがらのくせに威張りちらす連中がいるから、私たち女は安心して家になどすっこんでいられないんです。

予審調書の怖ろしさに私はあまりにも無知だった。無知といえば、私はあの時まで、立憲国の裁判というものはもっと、公平で公正なものと余りにも無邪気にも信じすぎていた。二言めには机を叩きつけて脅したり、睨みつけたり、腕を押えつけたりする検事が、まさか、それほど物をいう絶対的な調書を書きあげ、それが全面的に公判で採用されるなど思ってもいなかった。

いざ公判の蓋があいた時、巡査の口述の出たらめさには呆れはて、口もきけなくなってしまった。被告たちは、事実無根だ、事実誤認だと、立って口々に抗議したが、裁判長は、一向に取りあげようともしない。私は、五十余日の拘留ですっかり神経が疲れきっている上、ずっと発熱はするし、頭痛はひどいしで、いいたいこともいえないまま、あっけなく閉廷してしまった。

第二回公判が八月二十二日に開かれた時には、覚悟して出廷した。この日は四百人は入る控訴院第一号の大法廷で開かれた。これは第一回の公判の時、大杉栄が、

「裁判長、多勢の傍聴人が入れないでいるから、慣例により、もっと大きな法廷にかえてもらいたい」

といったことを、島田裁判長が、

「今日は許可できないが、後日の参考のため聞いておく」

と返答した約束が果されたように見えた。それを見て何でもいってみることだなと、私は考えた。しかしそれも単なる空手形にすぎないことがすぐわかった。広い大法廷も満員になり、やはり傍聴人は廊下にもあふれていた。私は秋水を探した。秋水の青白い顔はすぐ見つけることが出来た。私たちがみんな秋水の方を見るので、秋水はひとりひと

りに、暖かい視線を送って、軽くうなずいている。秋水の目を私は、しばらく見つめて放さなかった。秋水の口許《くちもと》がかすかに笑みをふくんでいるように私には見えた。私は勇気が全身にみなぎるのを感じた。気がついたら、もう私は席に立ち上っていた。満廷の視線が私一身に集まるのを感じた。舞台で脚光を浴びる役者の気分とはこういうものかもしれない。

「裁判長」

と私は声を張った。器量の悪いわりに、私はいい声を恵まれている。はりのある、よく透《とお》る声は、子供の時からよく人にほめられていた。自分の声が自分を励ますようにも聞えた。

「前回は健康をそこねていて、気分が悪く、思うよう喋《しゃべ》れませんでしたので、補充陳述させていただきたいと思います」

自分でも落ちついた声が出た。島田裁判長は、

「許可します。つづけなさい」といった。

「私は赤旗の奪い合いには全く関係がありません。ただ、群衆と共に流されていただけです。それなのに、警察の入口で巡査から無法な乱暴をうけ、つき倒され、暴力で警察に引きずりこまれてしまったのです。それなのに、予審調書にはおよそ身に覚えもないことが私の行為として羅列されています。巡査に反抗したとか、旗を奪いかえそうと

したとか、蹴とばしたとか、とても病身の私には出来る筈もない犯罪事項であります。どうして、あんな身に覚えもない調書が出来上るのか心外に堪えません。私が社会主義者であるという理由で罪の裁きを受けるなら、甘んじて受けもしましょう。しかし、巡査の明々白々たる非法行為をおおいごまかすために、事実無根の犯罪を捏造《ねつぞう》され、入獄させられているというのなら、断じて我慢するわけにはまいりません。裁判長の公正なる取調べを要求します」

言い終ると、私は全身が震え、目まいがして、椅子の上に崩れこむように坐った。法廷がしんと静まり、私の発言が少なからぬ感動を人々に与えたことが、緊張しきった空気から伝わってきた。

それから始まった証人審問はまさに茶番劇であった。証人台に次々立たされる巡査たちは、思わず傍聴席に失笑が湧《わ》くような前後辻褄《つじつま》もあわぬしどろもどろの証言をしては、私たちの猛烈な反撃にへこまされた。

横山玉三郎という巡査は、最後の赤旗「無政府」と書いたのを高商前の柳の木の下で大須賀さと子と堀保子の手から奪った男だった。裁判長からその二人の婦人はこの中の誰かと訊かれた時、神川マツ子を指さし「この人だろうと思います」といった。

神川マツ子は私と行動を共にしてその時は寒村を神田署に見舞ったのだから柳の下などにいる筈がない。神川マツ子は烈火のように怒りだし横山巡査に食ってかかった。

道ばたで拾った畳針一本を後生大事に証拠物品として持ち出し、それで私たちの誰かに突かれたというにいたっては、噴飯ものである。しかも証拠物品といえば、畳針一本と、平民新聞一枚なのだから話にもならない。

十三名の巡査の、こんなあやふやな証言だけが採用され、一方的なでたらめな口供や調書がでっちあげられた揚句、私たちに散々いいたい放題いわせておいて、何ひとつ私たちの言葉は取りあげられなかった。

結果は古賀行倫検事の正気とは思われない求刑を招いただけだ。

「これを要するに、主観的、また客観的に観察しても、被告らの罪は、予審終結決定書に記載された罪状に相当するものといわなければならない。ことに被告らは、あくまでも現代の制度と戦い、主義を実行しようとしているのだから、累犯の危険性がすこぶる高い。これをすてておくと、現代の社会に一大害悪をながす恐れがあるので、よろしく今において厳罰を加え、法律のゆるすかぎりの極刑に処せられんことを希望する」

気狂い沙汰としか思えない検事の論告を聞いてもまだ私は、おかしいのは検事だけで、裁判そのものは、こんな明々白々の事件から罪人を造りだすことは出来まいと思っていた。

午後になって行われた卜部喜太郎弁護士の弁論は、私たち被告の気持を代弁してくれていて余すところなく、胸がすっとした。

「本件は、社会党員と巡査の旗取りにはじまって、また旗取りに終ったしごく簡単な事件である。問題になった赤旗の掲揚に対して、被告らは禁止命令が出なかったという し、証人の巡査十三名も禁止命令を知らなかったと証言している。ただひとり大森巡査部長だけが、禁止命令を出したというが、真偽のほどはうたがわしい。先刻証人に喚問された横山巡査は、とにかく神田署を代表して出廷したのだろうが、予審とまったくちがった、あいまいな証言をしていた。ほかの十三名の巡査をよんでみても、十三名の横山巡査が不得要領な証言をするのと同じことだから、予審の決定書の文章がどんなにうまく書いてあろうが、ぜんぜん虚偽の証言というほかはない。虚偽の証言をもって被告の罪を裁判することができないのは、自明の理である。

しかし、一歩ゆずって、あとから禁止命令が出たものと仮定して考えてみても、元来治安警察法第十六条の命令を出して、もし被告らがしたがわなかったときは、警官がすぐ同法第二十九条によってすぐ捕縛、拘引すれば、それで充分。警官がなにを好んで子どもの運動会のように旗取りなどをする必要があろうか。第一、警官には旗をとりあげる権利がないのである。

とにかく被告らが錦輝館の門を出ると、巡査のような帽子をかぶり、巡査のような制服をつけ、巡査のようなサーベルをつるした一隊の暴漢が突然あらわれて、イキナリ被告らの持っていた赤旗を奪取しようとした。おどろいた被告らは、旗をとられまいとして極力争ったが、多勢に無勢で警察署へついにひきずっていかれたとしたら、はなはだ奇怪千万な出来事ではないか。しかも、本件は、このような次第でつくりあげられたのである。ただ行政法によって、旗を一時あずかることはできるが、本件のような場合ではない。しかも、実際に旗をうばいとろうとしたのは、行政官庁でもない、行政官でもない、一大森某およびその他の十数名だったではないか、もしかりに被告らが、赤旗の代りに数百円の金子を持っていたとしたら、そして、警官の服装をした一隊の暴漢がこれを奪取しようとした場合だったら、事件はどんな成行きを示すだろうか。

こうしてみると、十数名の警官の行為は、不法行為である。もちろん、被告らがこれに対して防衛したところで、官吏抗拒罪の成立する理由がない。曲は警官にあって被告らにないからである。本弁護人は、以上の理由をのべて、被告の全部に無罪の決があたえられることを希望する。

最後に、検事閣下は、社会主義者は累犯の恐れがあるから、厳罰に処せよとのことであったが、法律は一視同仁で、罪のない者を罪に落すことはできない。判官諸公には、充分冷静なご判断を乞うものである。ただいたずらに主義者を牢獄《ろうごく》に投じて、彼らを鎮圧したと思うのは、たいへんな誤解であって、むしろ笑うべき姑息《こそく》な社会主義取締法というのそしりをまぬがれない」

正常な神経と理性の持ち主なら、検事の論告と、卜部弁護士の弁論を並べて聴いただけでどちらに理が通っているかわかる筈である。

治安警察法の第十六条には、「街頭其ノ他公衆ノ自由ニ交通スルコトヲ得ル場所ニ於《お》テ、文書・図書・詩歌ノ掲示・頒布・朗読又ハ放吟又ハ言語・形容其ノ他ノ作為ヲ為シ、其ノ状況安寧・秩序ヲ紊《みだ》シ、若《も》ハ風俗ヲ害スルノ虞《おそれ》アリト認ムルトキハ、警察官ニ於テ禁止ヲ命スルコトヲ得」とあるが、禁止命令にしたがわなかった場合の第二十九条は、「第十六条ノ禁止ノ命令ニ違背シタル者ハ、一ケ月以下ノ『軽禁錮《けいきんこ》』又ハ二十円以下ノ罰金ニ処ス」という軽犯罪にすぎない。

しかし、それが、裁判の結果では、子供のけんかのような赤旗の奪い合いが、公務執行妨害にすりかえられ、刑法第九十五条の「公務員ノ職務ヲ執行スルニ当リ、之ニ対シテ暴行又ハ脅迫ヲ加ヘタル者ハ、三年以下ノ懲役又ハ禁錮ニ処ス」という官吏抗拒罪におとしいれられたのだ。

八月二十九日、相変らず超満員の傍聴席の前で開かれる赤旗事件判決言渡しは、定刻の九時をすぎても一向に開廷せず、午前十一時、ようやく島田裁判長があらわれた。裁判長の態度の異様さがすぐ私の目には映った。顔色は、この前の二度の時よりもはるかに悪く、眼が落ちくぼんでいる。判決文を持った手が滑稽なほど震えている。

「裁判長の手が震えているぜ」

寒村が、軽蔑《けいべつ》したように隣の者にいっている声が私の耳にも入る。声はさすがに震えてはいなかったが、そわそわした態度は改まらない。

「主文
被告大杉栄を重禁錮二年六月に処し罰金二拾円を付加す但し前発罪の刑重禁錮一年六月を通算す……」

被告席にも、傍聴席にも突然の風に樹々がゆれ騒ぐようなざわめきが拡がっていく。物々しい警戒ぶりの異様さから、有罪判決とは想像していたが、まさか、これほどの重刑だとは。つづいて、堺利彦《としひこ》、山川均《ひとし》、森岡永治がそれぞれ重禁錮二年、罰金二拾円、荒畑勝三、宇都宮卓爾が重禁錮一年六月、罰金拾五円、大須賀さと子、百瀬晋、村木源次郎、佐藤悟が、重禁錮一年、罰金拾円、徳永保之助、小暮れい子が重禁錮一年、罰金拾円、但し、五年間の執行猶予、神川マツ子と私は無罪という判決だった。

裁判長は判決文を読み終るや否や、まるで逃げるように、そそくさと退廷しようとする。

「裁判長」

と叫んだのは寒村だった。

「神聖なる当法廷において、弱者が強者のために圧迫された事実が、明瞭となったことを感謝します。いずれ出獄の上お礼をいたします」

大杉栄がつづいて、

「ム、ム、無政府党万歳」

と、どもりながら、やけくそのような大声をはりあげる。付添の看守たちはあわてふためき、全被告に手錠をかける。

私は当然ながら、無罪になった。しかし、自分が無罪になったといっても、この不当な判決にうなずくことが出来るだろうか。これが日本の裁判というものか。派手に暴れた大杉栄や、荒畑寒村たちの血気組はともかくとして、およそ、何もしらない堺さんが二年の禁錮とは。

坐っている腿《もも》が突然痒《かゆ》くなる。着物をめくってしらべようとしたら、股《また》の奥から蚤《のみ》がとびだしてくる。二跳びしたところを中指の腹で見事に捕える。左拇指の爪に移しす速く右の拇指の爪で圧《お》し殺す。大きいばかりで、大して血も吸っていない蚤がぺしゃんこになって爪にはりついている。ほとんど血らしいものさえ出さない冬の蚤。ちり紙に摑みとり捨てる。蚤やしらみを取ることがすっかりうまくなってしまった獄中生活に、何百匹の蚤を殺しただろうか。明日はわが身、蚤さん仇《かたき》はとってくれますよと苦笑する。今殺した蚤のように、私の死体からは、ほとんど血らしい血も出ないのではないかと思われる。

爪は、あんなに美しく幼い桜貝を並べたようだったのに、栄養失調で縦の筋が無数に走り、白っぽくかさかさに乾いて、見るからにもろそうに見える。顔は骨ばって大きく、肩もいかついくせに、私の手足は小さく、きゃしゃなのだ。文海は手足の大きい女は抱く気がしないなどといっていたが、秋水も私の指や爪の美しさを愛してくれた。小指が畸型《きけい》的に短く小さいのは、子供に縁がないとか、いつか大道易者がいったものだ。あれは京都時代のことだ。賀茂川の柳が青々と重そうに茂っている頃で、木屋町通りの料亭や席貸家が、川原にむかって床をはりだし、その床にぼんぼりの灯がともっていた。私はあの頃、同志社大学の外人の女教師に日本語を教えたりしていた。隣の娘や妹と夕涼みに出て、河原町荒神口《こうじんぐち》の家から川原伝いに三条大橋まで歩き、橋の袂《たもと》に出ていた手相見の前で立ち止った。隣の娘が、手相を見てもらいたいというので、私もからかい半分に、白い顎髭《あごひげ》をのばしたおじいさんの手相見の天眼鏡持つ手許をのぞきこんでいた。もうすぐ見合いする筈だとあてられて、隣の娘がすっかり喜んだ後で、手相見は、私の顔に天眼鏡をあて、ふむと、うなった。鉄ぶちのめがねをかけた色の黄色いしなびた貧相な爺さんだった。

「金はいらんから、あんた見て進ぜよう」

という。私はその頃熱心なクリスチャンだったので、手相など、てんで馬鹿にしていた。鼻先で笑ったのを手相見は見たのに、気を悪くもせず、

「あんたの人相は、尋常じゃない。千人に一人か、万人に一人の、激しい運命をたど

る人相じゃ、女に生れついたのが勿体《もったい》ない。ま、手を見せてごらん」

あんまり大真面目にいわれてつい、四角い行燈の灯かげに掌をさしだしてしまった。頭脳線と生命線の根元がこんなに離れているのは大胆で、人のど肝をぬくようなことを仕出かす性質だ。たとえば天下をひっくりかえすような大事をやる人間は、みんなこの手相じゃとか、感情線が無数の網目を編んでいるのは、多情な証拠だとか、いろいろ面白いことをいった爺さんは、最後に私の小さい小指をつまんで、

「子供は出来んなあ、男運は悪うないのになあ」

と、嘆息するようにいった。

またふいに痒みが増す。着物の裾をめくり直し、脚の奥をのぞきこむ。うす暗いので窓の陽のさす所へ移って、思いきって脚の奥の痒いところをのぞく。やはり、蚤はちゃんと目的を果していて、あんな薄い血しか吸っていないくせに、痒みだけは一人前にのこし、青白い腿の奥側に、赤くふくれあがった嚙《か》みあとがついている。ふくらみをぷつぷつ爪で押してやる。痛みと痒みがいりまじって、むしろ快感がおこる。脚はやせ細り、薄い皮膚の下に緑色の静脈がうっすらと走っている。皮をむいた時の葱《ねぎ》を思いだす。腿の内側を撫《な》でさすってやると、ふいに涙がこぼれおちてくる。私はまだ三十になったばかりだというのに。私はまだ、男を愛し、男に愛されることの出来る軀だというのに。泣く時の癖で、万一、覗《のぞ》き窓から覗かれても恥をかかないように、窓の下の簀《す》の子《こ》の方

へむいて、さも水でもいじっているような姿勢をして、ひとしきり泣く。泣いた後は、いつもそうだけれど、頭の奥は重くなり、軀は反対にすっと軽くなる。激しく愛しあった後、私の軀はまるで体重が三分の一に減ってしまったかと思うように、軽く思うものだが、思うさま、泣いた後の軀の軽さは、性愛の後の爽快《そうかい》さに通じるものがある。これは、私ひとりの特殊な感じ方で、愛することも泣くことも、まるで命がけみたいに、全身全霊をこめる私の癖がもたらす特異な現象なのだろうか。ふいに、素裸になって、自分の軀のすべてを眺め、確かめ、調べたいような衝動を感じてくる。今まで三十年の間、自分の軀のすみずみ隈《くま》なく識りつくしていると思いこんでいたことが急に不安になってくる。私の目のとどかない背中、首筋に、どんなホクロが生れ、どんなあざがついているかもしれない。あの三条大橋の大道易者はいった。人間の手相というものは変るものだ。今、あんたの手相がこうでも、一カ月後、半年後にはいつのまにか変っている。あんたの運命を示して、あんたの気づかない間に様々な筋が生れたり、消えたりしているものだ。毎日見馴れている掌の手相さえ変るのだもの、もっと目のとどかない軀の各部にどんな変化が生じているかわかったものではない。

目の前に両の掌をひろげてみる。薄い透きとおった掌の膚は気味が悪いくらいに美しい。貝殻の内側のように青白い中に、桃色の血の色がすけて、その中に紫と緑の静脈が走っている。どこか、まだ人の発見しない未知の国の地図のようだ。掌の中心のくぼみは無限に広い沙漠《さばく》に見えてくる。そこに濃《こま》かく刻みこまれている無数の皺《しわ》は、月のない夜に沙漠の風の足跡がつけていった風紋の砂文字。沙漠に嵐がおこり、一夜、颶風《ぐふう》が荒れ呻《うめ》いてすぎ去ったあとに、なだらかな丘にかこまれた平野があらわれる。丘は桃と李《すもも》の花ざかり、平野は菜種の花が空気を黄金色に染め、風が吹く度、菜種の花かげから、数千、数万の黄色の蝶々が舞い上る。黄金色の原を流れる三本の大川……指は沙漠よりもっと無限の広い海に突き出した孤独な岬。指の先の紋々。十の指紋がひとつとして同じものはない。うずを巻いているのやら、流れているのやら、流れているのも左流れ、右流れ、いろいろある。自分の指紋のいくつが流れ、いくつが巻いているかさえ、私は知らない。私はいったい自分をどの程度知っていることか。あと、何日、いや何時間この世に在るかわからない私自身のからだ。いのち。ああ、私とかりそめにも愛しあった男たちの誰が、私のどの部分を確かに記憶してくれるか。

これは弱気なのだろうか。否、私はもう長い間死に憧《あこが》れていた筈だ。はじめて私が死にたいと思ったのは、あの厭《いと》わしい夜のあけ方、獣のような男が出ていった後、正気づいた時だった。私は首を吊《つ》れば、一番たやすく死ねることを知っていたが、どうしても首吊りだけは厭《いや》だと思った。あれはいくつの時だっただろう。もう小学校へ上っていた夏休みだったように思う。まだ母が生きていて、私たちは一家をあげて有馬の温泉に何日か滞在していた。

弟や妹や、宿の子供たちといっしょに、宿の裏山に登って木の実なんか拾って遊んでいた時だった。いつのまにか夢中になって、私たちは深い椎林《しいばやし》の中に迷いこんでいた。林の中は椎の大木の枝葉がつくる翳《かげ》がこもり、水底のようにうす暗く、ひんやりと空気までしめっていた。足元は何年も前から散り敷いている落葉が、厚く積っていて、どうかするとぶすっと足首まで埋まってしまうような柔らかいところがある。かと思うと、磨きこんだすべり台のように、つもった葉が私たちの足元をすくい、私たちの小さなお尻をまたたくまに、半間ばかりもすべらせるような固いところもあった。その時、一番先頭に立っていた宿の男の子が、蛇でもふみつけたような悲鳴をあげ、ころげ落ちるように走って来た。

「首吊りやあ」

男の子は叫びながら、私たちを置き去りにして、一目散に逃げ去っていく。弟も妹も、わけがわからず、宿の子の恐怖がうつってむやみに泣き声をはりあげて、首吊りやあ、とわめきながら走り去ってしまった。私は宿の子が見たものを怖いもの見たさの好奇心から見定めたく、じっと、林の奥に目を凝らしながら歩いていった。十歩も歩き進まない時、私はそれを見た。行手の崖《がけ》になった高みにある椎の木の枝から黒いものがぶら下っていた。

それはぶらんと下って、私が考えている大人の身丈よりはるかに長いように見えた。

黒っぽい着物に細い縄をまきつけている。黒い帯を枝にかけたらしい。上からこっちを見ているように首をさげ、風船のようなのっぺらぼうの顔に見えた。その顔に青洟《あおばな》が下っていたと思うのは、その時見た印象なのか、後で首吊りは必ず洟を出すということを聞いたための幻影なのかわからない。

あの時の首吊りの醜悪な印象が強烈だったので、私は自殺したいという思いにとりつかれた時も、首吊りだけは厭だと考えた。水に入ることも少しぐらい泳げる私には、死にきれない怖れがあった。庖丁《ほうちょう》で咽喉《のど》を突くのも怖ろしく、あれこれ迷いぬいて、結局、芝居で見覚えたような、袂に石をつめて水に入ることしか思いつかず、川辺をさまよい、あやしまれて、人に連れ帰られてしまった。ふしだらしただけでまだたりず、変死して家の恥の上塗りするつもりかと、継母に折檻《せっかん》された辛さと口惜しさ。一人前になって、家を出たら、必ず、死んでやろうと、妙な誓いを自分にたてたのもあの頃だった。

辛い時、惨めな時、すぐああ、いっそ死んでしまいたいと思うのは、それ以来、私の身にしみついてしまった考えだが、結局、死にきれず、今まで生きのびてしまった。辛い時、惨めな時、死を思ったのが、主義のために生きようと思想が定まった頃から、自分の運命の惨めさのために死ぬのではなく、主義のために意義ある美しい死を選びとりたいと思うようになっていた。

——只一種の動物として、碌々《ろくろく》たる生涯を送るよりは、妾は寧《むし》ろ死を望む。

祖先伝来の特性にもや、妾はさして死ちょうものを恐ろしと思わず。今にしても、己れが満足する丈《だけ》の死場所あらば、決して辞さぬつもりなり、神がまだ其《そ》の機を与え給わぬなり。

妾は、グズグズとした病死が一番厭なり、思いきった死様をして見たく思うなり、平常成しつつある事物に就いても、成《な》る可《べ》く困難なる、人の二の足踏む如き難事を進んでやって見たき一種の癖あり。然して己れを試むる事を愉快とする、厄介な女なり。妾は純粋なる、侠《きょう》の一字を有《も》たぬ人間は、仮令《たとい》如何ばかり尊敬すべき人物なりとも、大厭《だいきら》いなり。侠の必要なき世とならば兎《と》に角《かく》、今日の社会に於て是れ無き者は、木偶《でくの》坊《ぼう》と何の択ぶ所なき亡者《もうじゃ》共なり。

遥《はる》かに大人物と仰望せし人も、親しゅう接すれば、大抵は興の醒めるものなり、親しゅう接して益々其の偉大を感ずる如き、大人物に逢いたきものなり、其の感化を受けたきものなり。

引込思案は益々人間を小ならしむ、可惜《おしむべき》青年男女を、碌々たる木偶に終らしむるの大害物は、只一つ引込思案の四字に外ならずと思う。起たずや諸君、広大無辺なる天地は、是れ我等の所有に非ずや――

今思い出しても気恥ずかしくなるような気焔《きえん》をあげたのは、田辺にいた頃、編集をまかされていた『牟婁《むろ》新報』に書いたものだ。私の死に対する憧れをあらわし、死生観がはからずも出ているのと、一、二年後に、私の運命が、私の書いたような死場所をめざして、急走するようになろうとは、あの時は夢にも考えなかった。人間の書く文章とは不思議な魔術を持っているように思う。ことばにも霊があり、一度ことばにすると、ことばにこもった命が働いて、呪《のろ》いや祈りがかなえられる奇蹟《きせき》を呼ぶように、文章にはもっと神秘な魔力がこもっていて、うっかり書くと、その文章の力が、書いた通りの運命を招きよせるということがあるのかもしれない。

あれを書いた時、私はまだ自分が日本で最初の女革命家として、断頭台に上る運命までは空想したこともなかった。まして自分の死が、一番嫌っていた絞首法をとろうとは。絞首刑というのは果してどういうものなのだろう。千駄ケ谷の平民社にいた頃、いろんな人たちが集まって、どうせ行く末は絞首刑さ、など気焔をあげていたことがあった。その時、私が絞首刑って、どういう方法で、どうなるんでしょうと訊いたら、誰も答えられなかった。

「監獄行きの経験者は多くても、まだこればっかりは経験者がいないからなあ」と、誰かがいったので大笑いになった。すると、秋水が、自分の書棚からごそごそと何かをひきだしてきて、みんなの前に置いた。

それは、茶色が黄色に霞みかけた一枚の写真であった。まるで屋根の上の物干みたいな粗末な台があり、四隅に四本の柱が立っていた。柱の上には瓦で屋根がふかれている。

柱の下方は、膝くらいまでの荒い格子がめぐらしてある。

天井の真中あたりから紐《ひも》が下っているが、写真が下手なのか、陽が当りすぎているのか、床はどうなっているのかよくわからない。

「これが絞首台だ」と、秋水が、安楽椅子でも示すようにいった。

一せいに秋水の手許をのぞきこんだ人々のうち、誰かがごくっと生唾をのみこむのが聞え、それを笑う者もなく、急にあたりの空気がしんとしてきた。

「頼りないものだなあ、こんなやわなつくりだったら、ぼくら、乗ったらべりっといきそうだ」

たしか新村忠雄が、わざと陽気な声でいった。

「みんなこの型ですか」

誰かがいう。

「大体、同じ型だと聞いているよ」

秋水がやはり落ちついた声でいった。

「目かくしをされて、この真中へ進み、そこで正坐させられる。すると首に縄がまかれる。皮紐だそうだ。その後で、坐っている下の床板がひき払われ、われわれは、その下へずどんと、いうわけだ」

ちょっと秋水の声が疳《かん》高くなる。私は聞いていて思わず、片掌を自分の首にあてて顎を押しあげてみた。そこに縄がまきつき、締めあげられるところを想像しただけで、唾が乾き上るようだった。

「目かくしをして、歩けといわれても、真直ぐ歩けるだろうか」

ちびの古河力作が体に似合わない大きな声でいった。

「今から少し目かくしで畳のへりの上でも歩く練習しといた方が、どたん場で醜態さらさないでいいかもしれない」

新村忠雄がまたいった。

「それでも、こんな原始的な方法で失敗することないのかなあ。ぼくなんか、子供並の体重だから、かえって、締りが悪くて、一思いにきゅっといかないのじゃないかな」

古河力作が自嘲《じちょう》するような、おどけたような口調でいう。

「この板の下の穴はどれくらいの深さなんですか」

私が秋水に訊いた。

「さあ、ぼくだって経験者じゃないからな」

秋水がからかうような目でみんなの顔を見廻し、自分の立てた膝をかかえこんだ。

「たいてい、四、五分から長くて十五分くらいで絶命すると聞いている。ただし、落ちた瞬間、神経の方はやられて、痛みも苦しみもないのではないか」

「そうかなあ。重い人はそうかもしれないけれど、体重の軽いぼくや、幸徳さんはどうかなあ」

疑い深い古河力作があくまでしんねりと喰い下った。

あの時、どうして秋水があんな写真を持ちだしたのか。私もあの時まであんな写真は見たことがなかったし、あの後も一度も見たことがない。あれはどうしましたかと、訊くのも何だか縁起が悪いようで、一度も訊かなかった。

よく、芝居で見る打ち首の場面などかえって怖い。打ち損じられるのはたまらない。麻紐だろうが、革紐だろうが、あるいは首かせで締めるのだろうが、一瞬のことで失敗のない方が有難い。それに洟汁をだしてぶらさがる閑もないほど素速く、立会い人がいて、さっさと取りかたづけてくれるそうだから、安心だ。あの椎の木の林の首吊りの黒い影のような不様な死に方ではないらしい。

『牟婁新報』で思いだすが、まだもうひとつあの中には、今となってみれば予言的なことを私は書いている。

もう新聞社を辞し、田辺を去って、京都から、投稿した原稿だから、あれはたしか三十九年の初夏のことだ。「女としての希望」と題して。

——半面の、ただ女としての、妾の希望を述べんも興ある可し。繰返し云う、こは優しき半面の妾なり。優しき半面の女としての妾が希望は何ぞや。理想の夫を見出す事なり。笑い給う勿《なか》れ読者。

世の所謂《いわゆる》道学者先生方の、卯《う》の花《は》頭《な》脳より判断すれば、妾などは、最早《もは》や結婚を云々《うんぬん》するの資格なき女なり。

されど読者よ、道学者先生は道学者先生なり、妾は妾なり、妾は己《おの》が信ずる事の為には、世を揚げての非難をも、尚且つ笑って、甘んじて受けんと思う剛情者なり、故に只己が思う儘《まま》を、大胆に、率直に述べんと思うなり。

理想の夫とは如何《いか》なる人ぞ。仮令不具なりとも、容姿に就いては一点の希望なし、また勿論、資産などは、妾が眼には塵埃《じんあい》も同様なり。

只、要するものは二あるのみ。

何ぞや、熱烈なる愛情と、宇宙を呑むの気概と、之《これ》なり。而して今の世には容れられぬ男なり。

順境にある、才子、学者を好むは、なべて女の情なるべし。されどそは普通なり、平凡なり、仮令お絹《かい》ぐ《こ》るみの奥様にて、何一つ不足なき生涯を送りたればとて、何の面白味あらんや。何の興味あらんや。

それも、理想世界の実現せられたる後ならばいざ知らず、今日の如き社会に生れて、斯《か》くの如き平凡の生涯を送らん事を希《ねが》う婦人は、実に意気地無しの骨頂という可し、滔々《とうとう》たる社会の婦人がこれなるを以て、婦人全体が、財物視し、翫弄物視《がんろうぶつし》せらるるなり。可嘆《なげくべし》。

夫婦間の愛情は割《さ》く可きものに非ず、断じて単純ならざる可からず、されば、嫉妬せぬを名誉と心得るが如き悪習を先ず第一に破壊し、嫉妬の必要なき男子を択ぶが、婦人諸子の為に、目下の最大急務なる可し。

而して今一つ妾に希望あり、熱烈なる相愛の夫妻が、私するものとては、只相互の愛情のみにして、余力を挙げて社会の為に捧げ、己が成すべきの務めを終りたる後は、即ち、莞爾《かんじ》として相抱いて情死をなす……是れ妾の理想なり。

妾は、情死を人生の尤《もっと》も神聖なるもの也《なり》と思う。されど仮令如何ばかり神聖なりとも、其の情死の動機なるものが、世に打負けて、首の廻らぬ様になりたる時、止《や》むなく成さざるを得ぬ如き、弱き情死は嫌いなり。

強き強き情死、即ち、剛胆に、同心一体となりて主義の為に戦い、理想の為に奮闘し、刀折れ矢尽きたるの時、大手を振りて花々しくする情死なり。

愉快ならずや、斯くて相愛の夫妻が、最後の笑みを交わすの瞬間。痛快ならずや。

妾の理想は即ち是れ。

基督《キリスト》教徒としての立場より言えば、之或いは随分の暴論なる可し、されど妾の希望は之なり、理想は之なり、而して妾の夫は、楽しんで之をなすの人ならざる可からず。

などと馬鹿な熱を吹いてるから、中々其の様な人は見つかりません。で、こそ天下は太平なんでしょう――

ずいぶん暢気な勝手な気焔をあげたものだ。昔は物を想わざりけり。まるで今日の私のすべてを予言したようなことを、書いている。後世になって、もし私と秋水の刑死のことだけを表面から見たとすれば、私の夢のような望みが、まんまとかなえられて、私は憧れの情死を、最も理想的な恋人を得て果したということになるだろう。

もしも、真実、秋水と私の刑死が、私の夢のように、完全な理想の形の情死であったなら……。

秋水と私が今は夫婦としては絶縁の、単なる同志として死に臨むことを、寒村にしらせることの出来なかったのが残念な気もする。堺さんはああいう人だから、おそらく、寒村には私たちのことを口にするのも遠慮されるにちがいない。

死は私にはちっとも怖くはない。どうせ、このまま生き長らえていても、私の病気だらけの軀はあと十年、いや、五年と生きられないだろう。秋水も肺病、私も肺病、秋水も私とふたりきりの時は、どうせ、長くない命だから、じめじめ病死するよりは意識の確かな間に、思いきって命をはったことをして自爆した方がましだといっていた。

ああ、人生は夢だ。時は墓。すべてのものは刻々に葬られていく。葬られた人の追想に泣く自分が、やがて葬られようとしている。

そうだ、辞世の歌でも用意しておかなければ……頭の中には今朝から過去の時間が、前後の順序もなくなだれこんできて、走馬燈のように駈けめぐっている。

歌の一首もつくりたいけれど、気持が波だっていて、上の句の一字も浮んで来ない。
想いを凝らそうとすると、人の顔ばかり浮んでくる。
二十日の「死出の道艸《みちくさ》」に、前の日記から、過去の歌を一応選び出してある。

限りなき時と空とのただ中に小さきものの何を争ふ
いと小さき国に生れて小さき身を小さき望みに捧げける哉《かな》
十万の血潮の精を一寸の地図に流して誇れる国よ
くろ鉄《がね》の窓にさし入る日の影の移るをまもり今日も暮しぬ
千仭《せんじん》の崕《がけ》と知りつつ急ぎ行く一すぢ道を振りも返らで
身じろがぬ夜寒《よさむ》の床に幾度《いくたび》か忍びやかなる剣の音きく
枯檜《ひ》葉《ば》の風に揺らぐを小半日《こはんにち》仰臥して見る三尺の窓
雪山を出でし聖《ひじり》のさまに似る冬の公孫樹《いてふ》を尊しと見る
燃えがらの灰の下より細々と煙ののぼる浅ましき恋
やがて来む終《つひ》の日思ひ限りなき生命《いのち》を思ひほほ笑みて居ぬ
強き強き革命の子が弱き弱き涙の子かとわが姿見る
野に落ちし種子《たね》の行方を問ひますな東風《こち》吹く春の日を待ちたまへ
波三里波《は》島《しま》の浮ぶ欄干《おばしま》に並びて聞きし磯の船うた
更けぬれば手負は泣きぬ古ききず新しききず痛みはじむと

往き返り三つ目の窓の蒼白《あをじろ》き顔を見しかな編笠ごしに
目は言ひぬ許し給へとされどわが目は北海の氷にも似し
二百日わが鉄窓に来ては去《い》ぬ光りと闇を呪《のろ》ふても見し
遅々として雨雲の行く大空をわびし気に見る夕鴉《ゆふがらす》かな
小蛙の夫婦楽み居る秋の昼なりし桜樹のうつろの中に
わが胸の言の柱の一つづつ崩れ行く日を秋風の吹く
廿二のわれを葬る見たまへとヰオリンの糸絶ちて泣きし日
西東海をへだてし心にて壙《おくつき》に行く君とわれかな
大悲閣石くれ道にホロホロと桜散るなり寺の鐘に

大した歌はない。文学に憧れ、文筆で立つことを夢みていたけれど、私の文才とは所詮この程度のものかと暗然とする。小説らしいものひとつ残せてもいない。文海の世話で下手な習作を『大阪朝報』に三、四篇のせてもらっただけで私の死後、これが管野須賀子の作品だといえる一篇の短篇すらない。

田辺から、京都から、寒村に出した恋の手紙を寒村は破ってしまっただろうか。今もう一度読みかえしたい私の書いたものといえば、あれらの手紙くらいだ。

この歌の中から選んで辞世にするとすれば、「やがて来む……」と「限りなき時……」の二つくらいだろうか。しかし、これを後の世の人に私の辞世として読んでほしいと思うのは、私のはかないバニティであって、私自身が私の死にはなむけするとすれば、「西東海をへだてし心にて……」の歌だ。

今日は何故か心がせいて、あの人にも、この人にも最後の手紙を書き残したいという気持にかられる。心がせくといえば、十八日の判決以来、一日がまたたくまにたってしまう。あれもしたい、これも片づけておきたいと思うのに、一日が過ぎてみたら、何ひとつ思う千分の一もしとげていない。明日をも知れぬ今の私の身では、一刻一刻が貴重で無限の重みを持ち、その時間を出来ることなら、箱につめてしっかりと閉じこめてしまいたいほどだ。どうして、今日はこれほど昔のことが後から後からあわただしく思い出されてくるのか。思い出の中に、ゆっくりと自分を沈めこめるほどの余裕はもう私には残されていないというのに。読まなければ、書かなければ。もっと言い遺しておかなければ。あれも……これも……あの人にも……この人にも……心ばかりが焦る。机の上に本が山のように積まれている。

哲学史要、純正哲学、人類原始生活、活地獄、ナショナル、ツルゲーネフの英訳のOn the Eve、歎異抄《たんにしょう》、信仰の余沢要略、聖書、晶子《あきこ》みだれ髪、佐保姫、酔古堂剣掃、何と様々雑多な種類の本、それに雑誌も、中央公論、趣味、早稲田文学、三田文学、スバル、太陽等々と積みあげられているのだから、まるで、女子学生の部屋のようだ。ツルゲーネフのオン・ゼ・イブは、秋水と暮している時、辞書と首っぴきで読みはじめたものだ。まだ三分の一も読めていない。去年の九月頃から発心して、死ぬまでに、も少し英語の力をつけておきたいと思いたったのだけれど、丁度寒さに向ったので、夜、辞書を持つ手が凍えて、頁もめくれなく、思わず辞書を取り落してしまうようなことも多かった。獄中では、どんなに時間がありあまるかと思うのは素人考えだった。

リーダーの五がまだ漸《ようよ》う三分の一位しか進んでいない。私の悲惨な過去の歴史の中では勉強らしい勉強は身についていない。学校に入り規則立った学問をした人の足許《あしもと》にも及ばないのは当然だけれど、その中でも、私が劣等感にさいなまれたのは語学の知識のないことだった。お千代さんに対してだって、私はあの人の何に対してもひけめは感じないが、英語の実力だけは及ばないのが口惜しかったし恥ずかしかった。少しでも読めるようになりたいと、社会にいた頃、稽古をはじめたのも一度や二度ではなかった。しかしその度、病気やら、何やら、彼やら、きっと故障が出来てしまって、とうとうものにならずじまいなのだ。

本だって、せめて、これまで読んだものの三倍は読んで死にたかった。寒村は私より六つも年下なのに、私よりはるかにたくさんの本を読破している。

今となってはもう、すべてのことに時間が足りない。もし、あとただ一人にしか遺書を書く閑《ひま》が残されていないと宣言されたら……やはり、私は寒村に書き遺したい。世間の常識からいえばおびただしかった私の男関係、それでも、指を折ってみればたかだか十指に足りない程度……その中で、何といっても私を純粋に、あらゆる私の過去の汚辱までふくめて、私を許し私のあるがままを愛してくれたのは、寒村ただひとりだった。しかも、けがれない童貞の清らかな操を私に捧げてくれたのも。

なつかしい寒村、私のかつ坊、もう一度、せめて一目だけこの世であなたに逢いたかった。

逢って、おわびをいいたかった。でももうあなたを裏切り、獄中のあなたに煮え湯をのませた私の罪の報いは、この世ですら、この様に十二分に受けている。

あなたは今、房州吉浜の秋良屋に居るそうですね。なつかしい思い出の秋良屋。あなたが、あそこへ行ってくれたということで、私はあなたから無言の許しを受けた喜びを感じました。あなたがまだ心の底から私を責め、私を愛の裏切り者として憎悪しつづけているなら、どうしてふたりの思い出のあの家へ、今更ひとりで行き投宿するでしょう。

今度の公判が終って三日め、二十一日の午後四時頃、面会だといって私は看守に呼び出されたのです。看守はその日、くどいほど、面会人に、公判についての感想をいってはならないといいました。この無法極まりない秘密裁判の真相を、敏感な同志たちにかぎつけられることを恐れ、政府から特別の注意が届いていたのにちがいないのです。ともあれ、日頃から、あなたも知るように孤独な境遇で、面会人の少ない私は、喜びでいっぱいになり面会室へおもむきました。堺さん、吉川守圀さんの外に大杉夫妻の顔が並んでいた時の嬉しさ。赤旗事件の公判の時、控訴院の三号法廷に共に並んだ以来の堺さんと大杉さん、もうあれからあしかけ四年もたつのかと、夢のようでした。四年前と全然変らない二人を目の当り見るにつけ、あなたを思わずにはいられなかった。「裁判長」と叫んだあなたの声がいきいきと耳によみがえってきました。三人の中では一番早く出獄したとはいうものの、かえって、何でも打ちあけられる堺さんや、頼もしい親友の大杉さんのいない社会で、あなたが、私と秋水の裏切りを改めて浮世の風の中に身にも心にも沁《し》みこませ、逆上した時の辛さを思いやると、たまらなくなった。保子さんは判決の二、三日前にも面会に来てくれただけに、大杉さんとふたり仲よく並んだ姿を見て、本当によかったと思った。もし、私が秋水とああなっていなければ、大杉さんや堺さんの出獄を、私たちふたりが保子さんや為子さんにつきそって出迎えたでしょうに。女は、愛する男の傍にいる時が一番美しくなるのだということを、あの日の保子さんを見た時くらい感じたことはありません。からだも小さいし、お世辞にもきれいな人とはいえない保子さんが、大きな大杉さんの横に、ぴったりよりそっている所は、文字通り、大木に、薄緑の繊細な蔦《つた》がからみついているような感じでした。ひとりでいる時の保子さんは地味で目だたない日蔭の雑草の花みたいな人で、とても、大杉さんが、自分の着ている着物に火をつけてくどき落し、親友の深尾さんの恋人とも許婚者《いいなずけ》とも自他共に相許した仲だったのを奪いとったほどの、情熱の対象になる人とも思われないのに——あの話は、京都ではじめて私と蜜月《みつげつ》をすごして帰京したあなたからの第一便に知らせてありましたね。保子さんも大杉より数歳の年上女房ですと、書いてきたあなたの手紙のことばを今でも覚えています。私もあなたより六歳の年長だったから、あなたは田辺時代からいつとはなく秀子と同じように私を姉さんと呼び、私はかつ坊と呼び馴れて……今ではもう私たちの田辺時代は仲間うちでは一種伝説化されていて、まるで田辺時代から、私たちは結ばれていたように思われているけれど、田辺ではほんとに清らかな、姉と弟のような関係でしたね。

私はここで暮すようになって、一番よく見る夢は、田辺と、京都なのですよ。私の潜在意識の中に、最も幸福な思い出としてあの頃が残っているのかもしれない。秋水との夢は、覚めると、べっとり、全身に汗を滲《にじ》ませているように重苦しい悪夢が多いのに、あなたのあらわれる夢は、いつでも覚めてから、もう一度、夢の中へ帰っていきたいような明るい、愉しいものばかりなのです。

なつかしい田辺、もう一度、いつかふたりで行ってみたいと話しあっていたのに。田辺へはあなたが三カ月ばかり先に行っていた。

三十八年十月、平民社の解散に先だち、寒村は堺さんにすすめられ、田辺の牟婁《むろ》新報社に籍を置いていた。

『牟婁新報』の主筆の毛利柴庵は、元来、田辺の高山寺の住職だった人だが、反骨の士で、進歩的な思想を理解し、平民社の運動にも同情している人で、社会主義者をかくまったりすることが好きだったから、文選工や植字工までが社会主義者だと自称するような面白い新聞だった。新聞は月十回の発行の田舎新聞で、これというものでもなかったが、相当勝手な気焔をあげてもいいし、東京の堺さんや秋水の原稿などものせていた。毛利主筆の外は記者は寒村ひとりというような小規模な新聞だったから、のんきといえばこの上ないのんきさ。その上、毛利柴庵は知事の清棲《きよす》家教《いえのり》伯に対する官吏侮辱事件で和歌山の裁判所へ始終呼び出されていたから、ほとんど、新聞は寒村ひとりの独擅《どくせん》場《じょう》になっていた。

毛利柴庵の刑が決り、いよいよ近く入獄と決定した時、京都にいた私の許へ、柴庵が堺さんの紹介状を持って訪ねて来たのだった。田舎紳士には珍しい洗練された風貌の柴庵は、身なりもなかなかのおしゃれで、鼻下に手入れのゆきとどいた美髯《びぜん》をたくわえていた。まだ前後二度しか逢ったことのない堺さんが、私のことをどう買いかぶってくれたのか、柴庵にたいそう推輓《すいばん》してくれていて、柴庵は、自分の下獄中の牟婁新報を、主筆代理として私に預かってくれという申し出だった。

私はその頃大阪の婦人矯風会の会長、林歌子女史の知遇で、京都の同志社のイギリス人の婦人教師に日本語を教えて生活をたてていたから、何も、田辺くんだりまで行く必要はなかった。第一、そんな大任は私の力で及ぶところではないと極力辞退した。柴庵は、どう私を買いかぶったか、なかなか引き下らない。ばかりか、交渉のためという名目で毎日のように荒神口の私のうちへ訪ねてくるうち、柴庵の態度は次第に個人的な愛情の告白に移っていった。自分は男子と対等に話の出来る知性的な女を需《もと》めていたのだけれど、今までそういう女にめぐりあったことはない。といっても、知性ばかりで男のようなうるおいのない女も困る。知性があって、女らしい女、そういう理想が今、ようやく実現されたのだ。あなたこそその人だった。逢って、まだ四、五日でこんな告白をすることを軽率だとさげすまないでほしい。あなたが自分の下獄中、牟婁新報を守ってくれたら、出獄したあかつきは、あなたと晴れて結婚したいというような話になってしまった。私は最初のうちは、相手にしなかったけれど、柴庵のかりそめとも思えない熱情に次第にほだされていった。

たまたま、私は身辺に整理したい苦しい情事もからんでいた。どういう前世の因縁か、私は人もあろうに、実の異母兄ともう二年ごし道ならぬ関係におちいっていたのだった。兄は私とは腹ちがいで、生母の姓を名乗っていたが、小さい時はわが家に私たちといっしょに育ち、優しい私の母は、自分の子供たちと差別せず、全く兄妹として育てられた仲だった。一見おとなしそうで、無口な男だけれど、芯《しん》はしつこい所があり、思いつめると自分の肉を切らせても相手の骨を切ろうとするような執念深いところがあった。私たちは幼時から、お医者さんごっこなど、母にかくれてした程度の無邪気な間柄だったがお互いに兄妹の中では一番気があって、仲の好い兄と妹だった。兄は早くから文学書など読み、私はこの兄の影響で文学少女になったといえる。

私の生母の後に来た継母はこの兄を嫌い、女中の子だといってことごとに虐待したので、兄は早くから家を出て京都で自活していた。もし、兄がいてくれたら、私のあの最初の不幸な夜の汚辱はまぬがれていたかもしれない。

兄とふたたび、めぐりあったのは、私が東京へ嫁がせられ、そこから逃げかえってからだった。中風で倒れてしまった父を見舞いに訪れた兄は、苦学して、その頃立命館の事務を執っていた。

「ロスチャイルドもカーネギーもこうなったらおしまいやんか。なあおとうちゃん、しっかりせんかいな」

兄は父の枕元でずけずけいう。父にはそんな兄の悪態がかえって嬉しいらしく、もどかしそうに胸の上で手を泳がせて、顔を歪《ゆが》めて笑う。鉱山事業で全盛だった頃の父が、

「今にロスチャイルドやカーネギーくらいの世界的な大富豪になってみせたるで」

と、酔うたび、胸を叩いていっていたのをからかっているのだった。

「そやけど、あの時はよかったなあ、須賀ちゃんも覚えてるか」

兄は、父に聞かせるつもりの話を私相手につづけるのだった。

「ほら、京都の叔父さんとこへ急に行くとおとうちゃんが思い立たはって三人で出かけたやないか、かあちゃんは、妊娠してて、おなかが痛いとかで、三人で出かけることになったやろ」

「うん、覚えてる、おとうちゃんと兄ちゃんに、うちまで洋服着て出かけたなあ」

「あの服は心斎橋の洋服屋でおとうちゃんがわざわざデザインして注文してつくった服や、須賀ちゃんの顔さえついてぇへなんだら、まるで異人さんの子みたいやったで」

兄は私や病床の父を笑わせるために、父の生涯で最も得意だった春の一日を想いおこさせるのだ。人力車を連ねて、嵐山の花見に行った遠い日。私は西洋の王子さまのように凜々《りり》しくハイカラに見える兄がまぶしくて誇らしく、兄の後ばかりについて歩いていた。兄は父に似て、子供の頃から人がふりかえるような美貌だった。

宇田川文海に弟子入りせよと、私に女の作家としての近道を教えたのもこの兄だった。

「本気で小説家になるつもりなら、どんなことでも経験してみることやな。自分の血も流さんといて、ええ小説なんか書ける筈あらへん。どうせ、須賀ちゃんは、もう処女やないのやし、捨身で何でもやって自分の運命を切りひらいていくしか手がないのんとちゃうやろか」

そんな無責任な煽動《せんどう》にやすやす乗っていった私も馬鹿だったが、婚家で頭の弱い夫と、義理の姑《しゅうとめ》との寝ている姿を見てしまった私は、二十になるやならずでもうすっかり虚無的になっていて、男女の愛や信を全く失っていたのだった。

病的に嫉妬《しっと》深い文海は、私のまわりに男は一切よせつけず、私と恋におちいる可能性のありそうな者はあくまで、排斥してしまって、私の幸福の芽はいち早くつみとってしまうのだった。けれども兄だけは、異母兄とは知っていたが、父の血がつながっているので安心して、私につきあわせていたし、自分の家にも出入りさせていた。

私は、この兄をだしにして、文海の目をかすめ、ただ文海の鼻をあかすことだけが目的のはかない抵抗から、根もない花火のような情事を兄以外の男たちといく度か経験していた。

兄とそうなったのは、文海とも別れて、京都に移ってからだった。兄も私も同じ父の体質を受け酒が強かった。大雪の夜、兄が酒をさげて来て、私たちはこたつをかこみながら、水いらずの酒もりをはじめていた。兄にはもうなじんだ宮川町の妓がいて、床に入ると女の耳が火であぶったように熱く赤くなるのだなどと、いつでもその妓ののろけを聞かせられていたから、私も安心しきっていた。いくらのんでも、大雪の夜の寒さのせいか、酔いがまわりそうもなく、ふたりは兄の持参の一升をとっくにあけて、うちに残っていた五合くらいの酒も大方あけていた。突然、酔いが出たと思った時は、もう、私は朦朧《もうろう》としていた。

「風邪をひくよ。須賀ちゃん、そのままやと、あかん」

兄の声が遠くなったり、近くなったりするのをぼんやり聞きながら、私は沼の底へひきずりこまれるように意識を失っていった。

気がついた時、私はもう逃れられない状態になっていた。

「かんにんや、須賀ちゃん。出来心やあらへん、ずうっと、ずうっと、好きでたまらへんかったんや」

兄の声を聞き、全身ではねのけようとするのに、まだ手も足もしびれたように自由がきかず、私はまるで人形のように他愛なく、兄の思いのままに遂げられていた。

その頃から二年ばかり、私が生涯で最も熱心にクリスチャンになっていたといえば、人は嗤《わら》うだろう。

自暴自棄になった私は、どうせ畜生道に堕《お》ちたのだからと、手当り次第、男に身をまかせることで、兄に復讐《ふくしゅう》しているつもりになっていた。そのくせ、兄との罪を二度、三度と重ねていく。他の男との時にはない不思議な蜜が兄との不倫の中にはたたえられていた。

「ほんまに嫌いやったら、女は舌を嚙《か》んでも身は守れる筈やで。須賀ちゃんは確かにはじめは抗ったけど、途中で気をかえたやないか。覚えがあるやろ。な、覚えがある筈や」

兄は私が声も出なくなるまで精も魂もつき果てないと許さない。泥まみれになった地獄の底から、私は身をふりしぼり声をかぎりに神を需《もと》める。昼は聖女のように敬虔《けいけん》な模範クリスチャンになり、夜は悪魔の爪に身を売渡す。私の矛盾相剋《そうこく》は、私のか弱い肉体ではもちきれないほどになった。心身の毒素に脳も子宮もおかされはじめていた。

立命館の館長の中川小十郎に逢ったのは、私が新聞記者をしていた時代だった。ちょっとしたインタビュー記事をとりにいった時、気にいられて、私と文海のことをどこから聞いて知っていた中川は、特別の興味を抱いたらしかった。その記事が要領よくまとまったというので、わざわざ新聞社に電話をかけてほめてきた。以来、私は中川小十郎係のようになって、何かといえば、社の用をつくって出かけるようになった。

中川は私を祇園《ぎおん》や上七軒《かみしちけん》などのお茶屋につれていってくれたり、神戸へ買物に出るといってはお供につれたりするようになった。精力的な中川はすでに愛人や妾《めかけ》のようなものもいて、母のちがう子供もいくたりか産ませていたが、これまでの玄人《くろうと》の女と私のちがいが新鮮だとでも思うのか、他愛ないほど私に打ちこんでくるようになった。

兄のことは、中川には全く話してなかったし、兄にも、中川とすでに肉体関係が出来てからもそのことだけは秘密にしていた。文海でもうこりている筈なのに、私はまたしても中川に身をまかせ、あまつさえ彼のくれるままに経済的援助をこばんでもいなかった。

文海にしても中川にしても、一応、私が誘惑されたといえば、世間はうなずいてくれるかもしれないが、私はふたりとも、私の誘惑に負けたのだというのが本当の姿だと思う。これは女のバニティではない。今、死を前にした私に何の虚栄が必要だろう。文海も、中川も、私に興味も好色の心も動かしたのは事実だけれど、最後の線は理性が強く、ふみとどまろうと努力していたのだ。その努力が私に見えてくると、私は不思議な情熱にかられて、男たちに熱中していく。男の理性の綱が情欲に焼き切れる瞬間が見たくて、全身で男になだれこんでいく。その時は、策略も、野心もなく、ひたすら、男を熱愛している幻想に、私自身がまきこまれているのだった。

一度狂った歯車は、どこまでいっても正常にもどろうとはしない。何もかも解体して、はじめから組み立て直さないかぎり、もうなめらかに廻ることはなさそうだった。

私との間に罪を重ねる度に、兄の邪恋はいよいよ深まり嫉妬は深まるばかりだ。私の行動のすべてを見のがすまいとしている兄の目に中川とのことを勘づかれない筈はなかった。文海の目をかすめていたあらゆる私の手の内も熟知している兄の目は、私の言動の裏の裏まで見通すことが出来る。たった今まで、万葉の歌を例に、近親相姦の正当さを力説していたかと思うと、その口の下から、裏切ったら、世間じゅうに近親相姦の事実をぶちまけて、地獄へ諸共《もろとも》にひきずりこんでやるなどといきまく。かと思うと、私の足に顔をすりつけ、涙で私の足を洗いながら「お願いや。捨てんといてくれ。須賀ちゃんはぼくの命綱や。捨てられたら、もう一日も生きてられへん」などとかきくどく。それでも、自分の職場を離れる勇気と才覚がないままに、結局は私の口の先にいいくるめられて、中川との事は、私が利用しているだけだということばを信じたふりをしたがるのだった。

この泥沼から、つれだしてくれるなら……私は柴庵の思いがけない誘いと熱情に少しずつ傾いていった。

それまで地図をひろげてみたこともなかった田辺という町はいかにも遠く、紀州の南端にあって、大阪からも名古屋からも船便でしかそこには行きつけない。まるで島流しにされに行くようなものだった。もし、私が今の泥沼から逃げだすとすれば、絶好の僻《へき》地《ち》かもしれなかった。

私はついに柴庵の申し出を承諾した。牟婁新報には早速、原稿を送った。十一月の終りのことだった。

「筆の雫《しずく》」と題した原稿は、ずいぶん肩肘《かたひじ》張って、声を大にした感じのものだった。柴庵にはじめて自分の文才や思想の程度を試験されているという意識があって、こちこちになっていた。同時に、柴庵とはじまった新しい恋についても一言したい気持も行間にほの見えている。ただし、堺枯川に推薦されただけの自覚も示し、社会主義者としての立場はもうしっかりと確立していた。自分の不運や、自分の堕落の根を「神」によって救われようという甘えはなくなっていたのだ。

——過ぐる十八日の「忙片」に柴庵先生の熱烈なる感情、冷静なる理性、此《こ》の外に少《すこし》許《ばかり》の穉気《ちき》が入用じゃ。「穉気入用」の一句、真に敬服の外なし。感情と理性の衝突。加うるに穉気の矛盾……斯《か》くてこそ始めて人生の趣味は深きなれ。妾は一方に偏したる人を好まず。

涙無き人、恋知らぬ人、ともに語るに足らじと思う。衷心より溢《あふ》れ出ずる一滴の清き涙は、人をして能《よ》く百巻の書に優《まさ》るの感動を与えしめ、熱烈なる恋愛の高潮は、あらゆる総ての情と欲とを焼き尽して顧みざる、驚く可き偉大なる力を人に与う。而して両者とも、人間の尤《もっと》も優しき情の権化《ごんげ》なり。

されど涙にも種類あるを忘る可からず。また恋愛と色情とは断じて混交すべからず。偽りの空涙、情欲の奴隷は、憎みても尚余りある醜の極なり。

戦後の経営、或いは政治に、或いは経済に或いは工業に、或いは教育に、其の種類多とある可しと雖《いえど》も、我等婦人の上より言えば婦人自身の自覚こそ、最も必要なる急務なる可けれと思う。因習の久しき、一種の財物視せられし我が邦婦人の奴隷的境遇は、先進文明国の位置に進みし今日尚、無形の鉄柵《てっさく》によりて自由を束縛せらるるに非ずや。

衣を以て誇りとし、美食を以て満足し観劇を以て最高の快楽となす、憐れむ可き婦人即ち己れ一身の他に思いを及ぼさざる奴隷根性の薄命なる婦人は暫《しば》し措き、苟《いやしく》も多少の教育あり、多少の社会的知識をもてる婦人は、必ずや己が位置を顧みて、切歯慷慨し給う可し。

されど婦人諸姉よ。男子すら尚、社会の不平等なる階級制度に拘束せられて、むなしくパンの奴隷となり居る今日、いかで我等が一躍して、自由の新天地に舞踏する事を将べけんや。噫《ああ》。

噫！　噫は真に噫なり、されど諸姉、我等が噫は唯単に失望の極「万事休す」の嘆声にはあらざるなり。否、それのみに止む可きに非ざるなり。戦後の我が国が一新生面を開きし今日、我等が大いに活躍すべき新舞台が、徐々に廻り来りし此の好機会を利用して、我等は花形役者となりて、充分に活動せざる可からず。活舞台の大立物となるの決心なかる可からず。

我等が理想は、国民平等の社会主義なり、されど大廈《たいか》は瞬間にして破壊し得ざるが如く、多年の月日を費やして根底を堅めし今日の階級制度は一朝一夕に覆すべからず、急激に事を行わんとすれば、却って失敗の歴史をのみくり返すに止まる可し、然れば我等は此の理想を希望として光明として先ず第一根本たる「自覚」を為し自らを養い、品性を高め、然して後徐々に、理想を現実に実行するの方法をとる可きなり。

政治の何者たるをも知らず、社会経済の一部をも心得ず、世の大勢にも通ぜずして、何ぞ残酷なる社会と戦い、根底深き階級鉄柵を破壊し得るの勇気あらん。

励み給え婦人諸君、我等が出演の幕はすでに、既に開かれたるにあらずや――


私が田辺についたのは、翌年の二月のはじめだった。

柴庵は刑が定まり、四十五日の入獄中の留守を、私が編集主任として、寒村とふたりで守ることになった。

はじめて、寒村に逢った時の印象、忘れもしない、紺絣《こんがすり》の着物が似合うまだ初々しい美少年の寒村は、大きな澄んだ目でちらっと私を見たとたん、こちらがどぎまぎするほど赤くなった。堺さんの愛弟子《まなでし》に荒畑寒村という暴れん坊の好青年がいるという噂《うわさ》は、もう私も聞いていたし、柴庵から送ってもらった新しい『牟婁新報』に「露国革命を学べ」というような精気溌剌《はつらつ》とした若々しい寒村の文章を見て、期待し、想像していたよりも、はるかに可愛らしい眉目《びもく》涼しい美少年ぶりに、私の方も一瞬、はっと目をはじかれたように思った。

照れた時や、物を考える時に爪を嚙む癖が寒村にあるのをその日のうちに見ぬいてしまった。病身な妹の秀子をつれていった私を羨《うらや》ましがり、「いいなあ、ひとりぼっちでなくって」という。まだどこかに乳離れしないような稚純な俤《おもかげ》や挙措が残っているのがいじらしさを誘った。私は一目見て、可愛い弟を得たようななつかしさを感じてしまった。まさかあの時、六つも年下の寒村を、やがて夫と呼ぶようになろうとは、誰が考えただろう。

田辺についたその日に、私はもうすぐにも京都に引きかえしたい事実に直面してしまった。

京都であれほど、熱情こめて性急な求婚をした柴庵には、入籍こそしないけれど、妻同然の女がれっきとして同棲《どうせい》していて、町じゅうの人はその女を柴庵夫人と呼んでいる。その上、その女は、もう数年来、結核で寝たっきりの状態だった。もとは芸者だったとかいう女の前身はともかくとして、妻同然のそういう女がいることを一言も打ちあけず、結婚を餌《えさ》に、田辺くんだりまでおびきよせられたかと思うと、柴庵に対しての不信感と憤りで腸《はらわた》が煮えくりかえるようだった。

すぐにも私が帰洛《きらく》するといきまくのを柴庵は涙まで流して必死に止めた。結婚問題はともかくとして、ここまできてしまった以上、社会主義の理解者としての柴庵を扶《たす》けると思って、何とかして、出獄まで、牟婁新報を守ってくれと手をつかんばかりにいう。長旅の疲れで、秀子が熱を出し寝こんでしまったことから、すぐにも出発といえなくなり、つい、ずるずると居ついたことが、そのまま、柴庵の願いをききいれた形になってしまったのだった。

さすがに、まだ若い寒村にそんな事情はすぐには訴えられず、私は、柴庵の入獄後、とにかく、出獄までという条件で、約束を果すことにした。あの時、秀子が寝つかず、すぐにも席を蹴《け》って、京都へ引きかえしていたら……また運命も大きく変っていただろうに。

知人も身寄りもない田辺で、柴庵が入獄してしまうと、自然に私たちは他所者《よそもの》同士の親愛感で固く結びついてしまった。まるで眠ったような淋しい田舎町は、浜辺から秋津川まで一筋道の両側にばらばら家が立ち並んでいるだけで、めぼしい商店さえなく、こわれかかった芝居小屋が辛うじて、町の人の唯一の娯楽場という程度だった。

扇ケ浜の松林、金鶏伝説の奇絶峡、高山寺、闘鶏神社……それくらいが、散策の杖のひける名所のすべてで、半日もかからずすみからすみまで歩きつくせてしまう。

事実、私たちは、親しさがまし、かつ坊、姉さんと呼ぶようになってから、三月のある日曜日は秀子と三人で、これらの名所めぐりをして歩いた。朝の十時に出て、午後の四時にはもう三人で私たちの宿にたどりついていた。

私が田辺についてまもなく、堺さんから受け取った手紙に、寒村が失恋して失意だから、適当に元気をつけてやってくれとあった。その手紙を見る前に、寒村はとうに私に自分の失恋話を打ちあけていたし、一年前になくなられた母上の思い出を、失った恋人以上の恋慕の情をこめて私に熱心に話していた。

「私たちふたりとも、母なしっ子なのね。それだけだって仲よくする理由はあるわけよ。その上、何の因縁か、こんな片田舎に吹きよせられて来て……これも何かの導きと思って姉弟のように思いましょう」

酔い泣きして子供のように泣きじゃくる寒村の頭を膝《ひざ》にのせ、私が背をさするうちに、寒村はおかあさんといって、私の膝を抱きしめながら、もうすやすやと眠ってしまう無邪気さだった。

寒村の失恋も、坂本清馬の時のように、誠に他愛ないお話だった。寒村の名前宛で、平民社に献金する女の読者がいて、その女に寒村が興味を持ち、見ぬ俤に次第に憧《あこが》れをよせるようになった。その女は、寒村が田辺に行ったという『平民新聞』の記事を見て、今度は『牟婁新報』の購読料として、また送金してくるようになった。社会主義の理解者を気取ったインテリ女性の、自慰的な遊戯だったのかもしれないそんな献金に、若い寒村はすっかり感激して、ますます憧れ、恋心をつのらせ、礼状にことよせ次第に情熱的な恋文を送る。それに対して、結構、こまやかな情緒的な返事をよこしていたその女性は、ある日、突然、自分には医大生の婚約者が前からいて、あなたには弟のような気持でつきあってきたが、これ以上、文通することは許婚者の誤解をまねくから、もう文通もやめてほしいといってきた。幸福なお嬢さんの恋の遊戯は、自分の未来の幸福の青写真を破ってまではつづかない。

十九の春にはじめて識った初恋だったから、寒村の失恋の痛手は思いの外、傷が深かった。こんな時はお酒で憂さを晴らすのが最も手っとり早い方法なのに、寒村は生憎《あいにく》酒を受けつけない体質だった。

「男じゃないの、お酒ぐらい覚えておおきなさい」

私がわざと蓮っ葉に自分でものんでみせ、盃《さかずき》をむりやり持たせ、ついでやると、高い鼻をつまむようにして、せんぶりでものむ顔付きでぐっと咽喉《のど》に流しこむおかしさ。あげく、たちまち、ゆでだこのようになって、苦しがり、胸をかきむしって、酔い泣きがはじまる。

二、三度試みてから、もう私は寒村に酒を覚えさすことをあきらめてしまった。一つの恋を忘れさせるにはもう一つの新しい恋を与え、ひとりの女の俤を忘れさせるには、もうひとりの女をあてがうに限る。とは、わかりきった公式だけれど、さて、田辺のような田舎町に、都会育ちの寒村の目に適《かな》うような女も見当らない。その上、寒村が、相当な放蕩者《ほうとうもの》の堺さんや秋水の許に出入りしながら、まだ一度も女を買ったこともないのはすぐわかった。寒村は主義のことや、東京の仲間の話になると、夢中になって喋《しゃべ》り、そういう時は、私の目を穴のあくほど見つめているくせに、そのことには気がついていない。主義や仲間に関係のない話をする時、寒村は私の目をまともに見たことがない。向いあった机の上で、お互いに仕事に熱中していて、私の寒村の机の方に移っていた漢和辞典をひきよせようと、目は原稿用紙にあてたまま、手をのばしたら、寒村も、私と同じ姿勢で、片手だけのばし、その手と手がふれあってしまった時の、寒村のあわてた表情、まるで熱い火箸《ひばし》でもつかんだようなあわて方と、恐怖といってもいい表情を浮べた寒村の顔付きを見て、私はあっ気にとられてしまった。次の瞬間、あんまり私が高い声で笑いだしたら、寒村は、真赤になった顔をたちまち青くして、唇をけいれんさせ私を睨《にら》みつけた。

「何がおかしいんですか。ちっともおかしくなんかないじゃないか」

「だって、あなたが、蛇にさわったらそんな顔するかと思って」

私がいっそう身をよじり、高い笑い声がとめられないのを見た時、寒村は席を蹴って出ていってしまった。寒村の蛇嫌いは大へんなもので、何間も先にでも、ちらとそのぬめぬめした長いものの影をみつけただけで、きゃっと悲鳴をあげ、まるで少女のように胸を抱いて一目散に逃げだしてしまう。

時々、何気なく、袂《たもと》と袂とがふれあっただけでも、寒村が電気にでもさわったように敏感に軀をおののかせるのをみて、私は内心寒村はまだ童貞なんだなと見破り、いっそう寒村の清らかさや純情さがいとしくなっていた。汚れはてた私にくらべて、何と寒村は清潔で初心だったことだろう。寒村を見つめる私の気持の中には、けがれをしらなかった頃の私の清らかさへの郷愁があり、無意識に、寒村の清潔さに触れることで、自分のよごれを清めようとする気持がひそんでいたのかもしれない。

和歌山県会に公娼設置議案が通り、和歌山や新宮の二、三カ所に遊廓《ゆうかく》設置の許可がおりたことに対して示した、寒村の激憤ぶりや反応のしかたの中には、この問題を、社会主義者の立場から許し難い罪悪だ、人間侮蔑《ぶべつ》だと見る観方の外に、処女や童貞が、こういう問題に示す反射的な生理的嫌悪感《けんおかん》がみなぎっていた。

寒村が牟婁新報を退社するより外方法がなくなったのも、この問題がからんでいる。寒村は新宮の同志大石誠之助の情報に基づいて、新宮の遊廓予定敷地をめぐり、地主と和歌山県知事の清棲家教との間に汚職がからんでいるかのように書きたてたから大変だった。

柴庵は、社会主義に対して同情的立場を示し、清棲知事の件で筆禍事件をおこすほどの骨は持っているけれど、一面、私への求婚の便宜主義的なルーズさをみてもわかる様に、世渡りの上手な如才なさも結構そなえていた。それに内心、将来は政界へ打って出ようという野心があったから、町の有力者や資本家には適当につきあってもいた。彼等の中には柴庵の将来をみこんで、牟婁新報に少なからぬ資金援助をしている者もあった。ところが、そんな裏面の深い事情など一向知らない私たちにとっては、誰が味方で、誰に手加減せねばならぬなどわかり様もない。寒村はあたり構わず、手当り次第、情報通りに事実を素っ破ぬき、容赦ない筆剣にかけたものだ。

書かれた側では名誉毀損《きそん》で告訴するとおどしたり、同盟して、新聞の購読中止を申しこんできたり、腕力で脅迫してきたりした。元来風来坊の私たちは面白半分に見ていればよかったものの、獄中の柴庵にとっては一大事件だった。

こんなこともあるかと予想して、柴庵は入獄する前、くどいほど繰りかえし、留守中は出来るだけ穏健にやってくれと、私たちに頼んでいったのだということが理解出来たのは、すべて後の祭。

寒村は、今にもつぶされそうになった新聞に対して責任を感じるのと同時に、土地の権力者の汚なさに愛想をつかし、もう一刻も田辺に留まるのを厭だといいだす。私にしても、とにかく柴庵の留守を堺さんの口ききで預かっている以上、四十五日の刑を終え、無事柴庵が出獄するまでは、どうにか牟婁新報を曲りなりにも守っていなければ恰好がつかない。怒りたけっている土地の権力者、しかも柴庵とは、深い経済関係や力関係の因縁のある牟婁新報の応援者たちをなだめる方法は、寒村に身を引かせるしかなかった。私は単純な寒村の直情径行の性質を利用して、こんな土地に留まっているべきではないとすすめ、帰心をそそのかし、一方、堺さんに事情をひそかに報告しておいた。察しのいい堺さんが、寒村に帰京をそれとなくうながしても来た。

たまたま、その頃東京では、一月はじめに桂内閣に替り、西園寺内閣が成立し、社会主義思想取締の新政策を発表した。軍閥官僚主義の桂内閣に比べ、政友会の総裁を首相にする西園寺内閣は、政党政治を称《とな》え、官僚勢力を弱め、自由主義化をはかろうとした。その政策の一つとして、官僚派の非難を真向から受けながら、社会主義運動に対しても、弾圧一本槍だったこれまでの桂内閣の方針とは打ってかわって、自由主義的態度でのぞみ、社会主義もまた世界の一大風潮であり、みだりに警察力で弾圧すべきではない。穏健なものはこれを善導し、国家の進運に貢献さすべきであるという見解と政策を、新聞に発表した。

秋水は、前年十一月、寒村が田辺に出発した後に、横浜からサンフランシスコへ渡っていたので留守だったが、堺さんは早速、この機を捕え新政府に「日本社会党」の結社届を出したところ、これが簡単に許可され、はじめて我が国で合法的な社会主義が公然と認められることになった。

わずか二カ月前、平民社を解散し「我れの去るは去らんと欲するが故に非ず、止まらんとして、止まる能《あた》わざれば也《なり》」といい、日本では、もう公然と運動する余地もなくなったので、刀折れ、矢尽きた感じで、追われるように秋水がサンフランシスコへ行ったことを思えば、夢のような成行きだった。

正式の党員数は二百人に充たなかったが、全国には二万五千人の主義者がいると推定されていた。

歴史的誕生をしたばかりの日本社会党が、創立早々取り組んだことは、東京市の電車賃値上げ反対運動だった。連日の反対演説会や、華々しい反対デモで大いに気勢をあげたのはよかったが、二回めのデモの時、電車会社、電車、市役所などに、瓦礫《がれき》を投げて、窓ガラスをこわした者があり、警視庁はこれ幸と、直ちに兇徒嘯集罪《きょうとしょうしゅうざい》として、党員や集会者を検挙し、起訴した。大杉栄や西川光二郎、山口義三等、主な党員で、有力な目ぼしい活動分子が、この時ごっそり十名も検挙されてしまったので、たちまち社会党は、手足をもぎとられたようになってしまった。

こんな情報が次々、田辺に伝わってくるのを聞き、寒村は切歯して口惜しがった。

「ぼくがいないと、必ず東京で事件がおこるんだ」

折も折、私の手紙を見た堺さんから、今度の事件で人手が足りなくなったから、寒村に帰って来て手伝ってもらいたいという手紙が届いた。党は機関誌『光』を発行していたが、その編集事務だけでも人手不足で堺さんが音をあげていたのは事実だった。

柴庵には秘密で、後の事は一切私が責任を負うことにし、寒村を田辺から出発させたのは四月なかばだった。前年十月から丁度半年、寒村は田辺ですごし、私は二月のはじめから、まだ二カ月半しか寒村とつきあっていないのに、私たちは、無人島に島流しにあった流人ふたりが、互いの肌であたためあうしか孤独を忘れようがなかったように、ぴったりと気持をあわせて暮してきた。寒村を去らせてから、私は予想もしなかった激しい寂寥《せきりょう》に捕えられてしまった。寒村のいない田辺が如何《いか》に耐え難いほどの片田舎で無理解と悪意にみちみちているかが身にしみて感じられてきた。同時に、二カ月半の私の田辺の生活に、寒村の存在が如何に欠くことの出来ない密接さで重なりあっていたかを思いしらされた。

堺さんの内密の依頼を受け、まるで寒村のお守りをしているようなつもりでいた自分の思いあがりが恥ずかしかった。慰められていたのは私だったかもしれないのだ。

四月十五日の晩、私と秀子は下宿の部屋に寒村を迎え、手料理を並べ、寒村の送別会をした。ピクニックの日のように、誰に遠慮もなく、私たちは詩吟や唱歌や讃美歌を次々歌いあった。この間、秀子におそわったばかりの「滋賀の湖」という唱歌も寒村と私で合唱したりもした。

讃美歌の「また逢う日まで」を歌っていると、私は年甲斐《としがい》もなく誰よりも早く涙をこぼして咽喉をつまらせてしまった。つづいて秀子がわっと声をあげて泣きだしてしまう。

「困るなあ、ぼく、発てなくなってしまいますよ」

寒村まで心細いことをいいだす。夜更けて、帰っていく寒村を見送って私は家を出た。夜風に当ると軀に悪いので、秀子は家にのこしておく。自然にふたりの足は扇ケ浜へ向った。もう数日来、顔をあわせると、帰京の意義や、田辺の資本家どもの悪口や、東京の社会党の今後の方針などについて語りつくしているので、今更もう、話しあう話題もなかった。

月も星もない浜辺は暗く、ただ波の音だけが物淋しく聞えてくる。砂地に足をのめりこませた私に、思わず寒村が手をかしてくれたのを、私はそのまま握りしめて離そうとはしなかった。これまで、まるで弟のようにからかったり叱ったり、いつくしんできたりしていても、私のきゃしゃな手をしっかりと支えてくれる寒村の掌の大きさ、指の長さ、そして、とくとくと脈うって掌から掌に伝わってくる寒村のいのちの音のたくましさ、熱さを私は知らなかった。まるで保護者ぶって寒村に対してきた二カ月半の自分の態度が、急にその場で、もろく崩れ去りそうな感じを味わった。

「これっきりでお別れにはならないわ」

私は自分にいいきかせるように何度もつぶやいた。必ず、やがて上京し、堺さんにお願いして、東京で生活のめどをつけ、主義のために尽したいと、本気で考えはじめていた。

寒村は田辺へ来る時、尾張の熱田から紀州通いの小汽船に乗って、熊野灘《くまのなだ》の荒波にさんざん翻弄《ほんろう》され、死ぬほどの思いをなめさせられているので、二度とあの船には乗りたくないという。私は大阪通いの船で大阪へ上り、京都奈良の見物をするようすすめた。

「私がいっしょに帰れたら、いいところを案内してあげるのに……必ず、いつかいっしょに、奈良へいきましょうね。あなたは感じ易いから、仏像を見ても、お寺を見ても、きっとたくさん感じとるところがあると思うの、いっしょに二カ月あまりこの町で暮してみて、つくづく、あなたの才能を感じているのよ。あなたは天才よ。きっと、そのうち、大きな仕事をするに決っている。誰が何といっても、私は信じているわ。私は、さんざん苦労して、人の中にもまれて来たから、人を見ぬく才能だけはあるのよ。私の予言を信じなさい」

私は寒村の手を胸にひきよせて、まるで神がかりにあったようにいいつづけた。そんな私のことばもおかしく聞えないほど、私たちは明日にひかえた別れに感傷的になっていたのかもしれなかった。

「きょうだいの接吻よ」

私が寒村の首をひきよせ、額に唇をつけた時、寒村は身震いしながら、こわいものでも見た子供のように、しっかりと私にしがみついてきた。

翌十六日は朝からどんより曇っていて、今にも泣き出しそうな天候だった。九時出発の寒村を見送りに扇ケ浜へいったら、海は白い牙《きば》をみせ空は鈍色《にびいろ》の雨雲をはらんで、黒っぽい海に落ちかかるように低く垂れこめていた。

紺絣のお対の着物にバスケットをさげ、鳥打帽をかぶった旅立ちの姿で、すでに寒村は浜辺に立っていた。口をきいたら涙の出そうな私の沈黙に対して、寒村も、人なつっこい、大きな瞳《ひとみ》をしばたたいただけで、いつものように冗談もいわず、だまって頭を下げる。

昨夜、私たちが、唇をあわせたままもつれあって、尻もちをついてしまったのはどのあたりだったのだろうかと私がさぐっている視線を感じたように、寒村も、心もちうるんだ瞳で、浜辺のそのあたりを見かえしている。

小さな汽船には、あふれるように客が乗りこみ、寒村は甲板に立って、私たちの方へ心細そうな笑顔をむけていた。寒村の振る手がついに見えなくなり、寒村の端正な顔がもう豆つぶのようになってしまい、ただ、一条の煙だけが、船のありかを示してくるまで、私と秀子は浜辺に立って、腕がしびれて感じなくなるまでハンカチをふりつづけていた。

浜辺からすぐ社に出たら、私の机の向うにあった寒村の机は、きちんと片づけられていて、いつもの乱雑さはどこにもない。まだ誰も出社していないのを幸に、寒村の椅子に坐って、寒村がよくそうして、資料や本ごしに私の方に話しかけてきたように、片肘つき、顎《あご》を掌にのせてみた。寒村の真似をして、自分の小指の爪を嚙んでみたら、ふいに涙があふれてきて、私は声をあげて泣き伏してしまった。ようやく涙をおさめた時、寒村の机の上に、あの女のイニシアルがうすく刻みこまれているのを発見した。切りだし小刀の先で彫りこんだそのイニシアルを指の腹でなぞっていたら、寒村が、この一カ月ほど、もうひとことも、あのひとの名も噂も口にしなくなっていたのに、はじめて気づいた。そしてその時、私はもうすでに、弟のように思いこもうとし、扱ってきた寒村に、離れ難い熱情を抱いている自分に気づいたのだった。

ペンを執り、その場で私は押え難い気持を叩きつけるように書きつけた。

浜辺に立ちぬ、青年詩人。

思い出多き半歳の歴史を結ばんとや、瞑目《めいもく》しばし、身動きもせず、端舟はまさに来《きた》らんとす。

さらばとばかり。

田辺の土を踏み収め、揺めく船に突立て、陸の我等を見返りぬ。

うるむ眼《まな》ざし、何をか語る？

空を仰ぎて。

今にも降り出でんず、暗澹《あんたん》たる雲の奥深く、何物をか求めんとするものの如し。過去を語らんとてか未来を聞かんとてか。

軈《やが》て曳々《えいえい》声と共に、満載の人を運ぶ可く、船はゆるやかに動き出だしぬ。万歳の声もなく、淋しき笑みを互いに交して。貫之《つらゆき》ならねど、船にも言う事あるべし、岸にも思う事あれど如何にせん。

熱情の詩人を送らんとや、扇ケ浜の松風もしばし声無く、只寄せては返す浪の音のみ、我等が思いの如く、千々に砕けぬ。

船はいよいよ遠ざかりぬ。

高く、低く、波のまにまに動くそれと共に、社内同人の視線は動きぬ。つらきは人の別れ哉《かな》。

熱情の人、主義の人、直言直筆の人。塵程《ちりほど》も己れを曲げぬ、意志のまにまに言動したる人。

今の世には些《いささ》か容れられぬ君なり。

歳はまだ、漸《ようよ》う廿歳の、常ならば乳の香の失せぬ青年なり。されど君は、群を抜ける青年なりき。君が欠点は只一つ、余りに感情の極端なりしそれのみ。

清き人なり、優しき人なり、邪気なき人なり、天才なり。

君の如き人を容《い》るるに、田辺は余りに小さかりき。

君を送る人も、或いは幸と思いしならん。送らるる人は、尚更幸と思いしなるべし。

繰返す。

田辺は君を容るるに余りに小さかりき。

さらば行きね。

行きて自由の天地に活躍せよ。君。

人世の戦闘に労《つか》れたる人が、余命を楽しまんとするに適せるこの地。

志ある青年の、長く止まる処にあらず。

春秋に富む君、願わくは極端なる感情を押えて、永《とこし》えに主義の犠牲となられよかし。正義は最後の勝利に非ずや。遂行の一念を本尊とし、堅忍自重、彼《か》の起上り達磨《だるま》を理想として、剛健不屈、常に微笑を含んで、主義の為に戦い給え。君よ、犠牲の二字は、我等現代に於ける社会主義の、生命にあらずや。

一抹《いちまつ》の黒煙を残して、刻々遠ざかり行く、愛せし君を送りし十六日の午前九時妾は永えに忘れざる可し。

健在なれ、健在なれ、君よ、主義の為めに健在なれ。

その場で私は『牟婁新報』の次号に載せるよう、その原稿をおろした。新聞を借りて、寒村への愛を発表することが、柴庵に対して、あるいは、寒村を追い出した柴庵の不正な後援者たちに対しての復讐かのようにせいせいした気持が私を一瞬陽気にした。そして次には、さっきよりもっと深い寂寥と絶望が私をおそってきた。その時私ははっきり悟った。もう私はあの乳臭い青年の寒村なしには生きていくことが出来ないことを。

柴庵が出獄するのを待ちかねて、私は田辺を後に帰洛した。寒村がいなくなって、柴庵が出獄し、私が田辺を去るまでの間は、わずか二十日にもみたなかった。その間に、私は清滝智竜を誘惑した。智竜は真言宗を奉じ僧籍に身を置いていたけれど、思想的には社会主義を理解した進歩的な考えの持ち主で、『六大新報』の主筆だった。友人の柴庵に頼まれ、私と同じく、柴庵の留守を見るため、田辺に来て高山寺に身をよせていた。色白の端正な顔の美男子で、なかなかのおしゃれだった。話は抹香臭《まっこう》くなく、大学の先生の講義でも聞いているように知的な雰囲気がした。根がおだやかな人物らしく、ことばつきや態度はあくまで落ちつき、私や寒村の青臭さに比べると、大人だった。

「寒村君も幽月さんも中々お筆が激しいが、まあなる可く穏やかに婉曲《えんきょく》に……また筆禍事件でも起してはつまらないから……ははは、これは老婆心ですよ」

などと、やんわり、私たちに釘《くぎ》をさしたりする役目を柴庵から頼まれていた。寒村のやりすぎの後始末をして、たけりたった有力者の間を謝ってまわり、柴庵の留守中にともかく新聞がつづけられるよう経済的破綻《はたん》をまねかなかったのは智竜の働きに負うところが多かった。私から寒村に、帰京するよう、すすめさせたのも、実は智竜のさしがねだった。

「寒村さえ、田辺から出してくれれば、後は私が何とでもいいくるめてみせます。とにかく、犠牲者を一人出してみせないことには、この場はおさまらない」

そんなことをいう時でも、おだやかな表情をかげらせもせず、まるで恋でもささやいているような口調でいう。

寒村が発ってしまった後、私は身の置き場もないような淋しさを忘れたくて、毎晩のように高山寺の智竜を訪ねていった。説教上手の日本の坊さんらしくなく、智竜はまるでカトリックの神父のように聞き上手で、いつのまにか私の身の上や、過去の過失をこまかく訊《き》き出してしまっていた。春雨に花の香のとけこんだなやましい春の夜、高山寺の静かな小座敷で、智竜とふたりきりで向いあっていると、そこがお寺であることを忘れて、どこかの温泉場のなまめいた夜の奥座敷にでも密会をしている男女のような気分になってくる。私は智竜の聞き上手に誘われて、ある夜などは思わず、兄との秘密まで洩らしそうな危険にまでおちこんでいた。

智竜をかりそめにも愛したなどとはいえない。私が彼を誘ってしまったのは、寒村を去らしてみて、寒村への自分の愛を確認した心身の動揺と不安定のもたらした過ちにすぎなかったのだ。春雨とか、酒とか、人気ない寺の小座敷とかの雰囲気にあわせて、文海とのこと以来、男なしの日というのは半月と送ったことのなかった私が……しかも、田辺へ来る直前までは、兄との異常な性愛に荒廃しきって、肉体的にはそれに馴れきっていた私が、田辺へ来て三カ月の禁欲生活を強いていたことも、雰囲気に負ける要因の大きなものになっていただろう。智竜の方からいえば、もっと直接的な誘惑だったにちがいなかった。

私の話す過去は、すべて小説のように数奇な運命だし、煽情《せんじょう》的な場面の連続だった。話している女は、運命に翻弄されたとはいえ、あきらかに身を持ち崩してしまった不倫の女なのだ。その上、したたかに酒に酔い、自分のことばに酔い、姿態はみだらに乱れていく。

終った時、智竜の最初にいったことばは、

「必ず結婚する。これはあやまちではない」というのだった。

「柴庵に仲人になってもらおう」

智竜が軀を離したとたん、私は寒村の熱っぽいうるんだ瞳を思い浮べ、身をきりきざみたいような後悔を感じていた時だったので、智竜の思いつめた誓いのことばなど虚《むな》しく耳をふきぬけていくだけだった。

「柴庵にですって」

私が不謹慎な笑い声をあげたので、智竜は明らかに心をそこねられた不快な表情をみせた。

「柴庵は私をくどいたんですよ。だめよ」

智竜はおそらく私との過ちを、私のような不運な女の運命を救うのだというようないいわけで、自分に納得させようとしていたのだろう。智竜の思い上りは私の一言で打ちくだかれてしまった。

私は智竜の狼狽《ろうばい》ぶりがいっそ小気味よく、柴庵が京都で私をくどいた話を改めて誇張して大げさに話してやった。それでも、智竜は私との結婚をあきらめようとはしなかった。そして私もまた、智竜との性的な快楽に身のおきどころもない淋しさをごまかそうと、過ちを承知で愛のない関係を、二度、三度と繰りかえした。

京都へあわただしく引きあげたのは、智竜のますますのぼせてくる情熱をかわし様がなくなったからでもあった。

帰洛して、私は兄をよせつけまいとすることに心を配るのがせい一杯だった。

一日も早く上京して、汚辱にみちた関西の絆《きずな》をすべて断ちきり、新生活をしたいという渇望が強くなってきた。同時に寒村への愛が日一日と自分の中につのってくるのをどうしようもなく認めないわけにはいかなかった。幸なことに、兄はその頃、宮川町の女との間が好転し、その女と所帯を持つところまですすんでいったので、私に対する関心はようやく薄くなっていた。それでも、ふたりきりになった時などは、女はいつでも捨てていいなどいいだすので、油断は出来ない。

金にこまれば、中川に無心すれば、いくらでも融通してくれる。ただし、中川は私の申しこむ時しか出さず、自分から気をきかせて、先に金をよこすということは絶対しなかった。私は荒神口《こうじんぐち》の家で、田辺での疲れをいやしながら、ぶらぶらして暮し、毎日のように寒村に厚い恋文を書きつづけていた。

寒村の去った後の智竜との情交が、まるで寒村とのプラトニックな恋の総仕上げのように、私の中では何の矛盾もなく重なりあっている。私にとっては、いずれも、田辺の恋であった。自然な恋をし、自然な性愛を受けることを人生のはじめから断たれた私は、恋も情事も、自分で演出し、創造していく過程にしか情熱を感じなくなっているのかもしれなかった。

寒村からもひんぴんと返事が来た。

秋水がサンフランシスコで大地震にあい、岡繁樹と共に六月二十三日帰国したことも、『光』で読むより前に、私は寒村の手紙でくわしく報《しら》されていた。

横浜から新橋についた秋水が、一まず小泉三申の家に旅装を解き、二十五日には片山潜宅で同志たちの茶話会が開かれ、二十七日にはメトロポールで歓迎会が開かれたことも寒村は報してきた。私の手紙が日記形式で、毎日のことをことこまかに報じるのに真似て、寒村も日記のようにその日その日のことを日付にしたがって報告してくる。

六月二十八日の夜には、神田の錦輝館で秋水の歓迎演説会が開かれた。

――アメリカ帰りの幸徳さんは相変らずで、格別、変ったところも見られません。堺さんの家で、トランクから青や赤の編みこみの派手なストッキングをつまみだし、ぼくらの目の前でふってみせ「どうだい、ハイにしてカラなるものだろう」などといって笑わせていた顔は無邪気なものです――

などと報じてあったのが、二十八日の報告になると、俄然、寒村の筆に熱気がこもってくる。

――昨夜の錦輝館での演説会は素晴らしいものでした。はじめから超満員の聴衆は興奮していました。何しろ幸徳秋水の帰国第一声なのですから。錦輝館のまわりは開会前から物々しい警備が固めています。森近運平、堺利彦、加藤時次郎、木下尚江《なおえ》たちが、応援出演しましたが、何といっても昨夜の主役は幸徳秋水です。あなたは、まだ秋水の演説を聞いたことがないのでしょう。幸徳さんの文章も素晴らしいけれど、演説はまたすごいですよ。あの小さな軀のどこから出るかと思われるような熱気が鋭い剣のような言葉になってとびだし、聴衆の肺腑《はいふ》に刺し通します。

「世界革命運動の潮流」という題でした。まず彼の言うには、過去一年有余の入獄と外遊は、自分の主義思想に何ら変化を与えるものではなく、自分は依然として社会主義者である。しかし、これを実現する手段方法に於《おい》ては、自然に変化を来たして来た。今や欧米の社会主義運動の方針は、まさに一大変革期にさし当っている。自分はそれをつぶさに外遊で見聞し感じてきた。日本の社会党もまた、この新しい世界の潮流におくれることが出来ないのではないか……こういう前提で、演説の論旨が堂々と自信をもって展開されていったのです。ぼくたちは次第に火を吹くようになる幸徳さんの熱気にあふれた一語一語に、熱くなったり、しんとなったりしながら、時々、止むに止まれぬ感銘から、怒濤《どとう》のような拍手を、夢中で演壇にむかってあびせかけているのでした――

寒村のどの手紙にも、いきいきと生気にあふれた青春のいぶきがむれあふれていた。私は京都で寒村の手紙を読む度、自分ひとりが時代の激しい潮流から取り残され、島流しにあっているような淋しさと頼りなさを感じた。

——あんまりそちらからのお手紙が度々くるのと、切手を三枚も四枚もはっていることから、ぼくは大杉たちにひやかされ通しです。でも悪い気持ではありません——

などと寒村がいってくる。寒村は堺家に大杉さんや深尾さんなんかと一緒に寄食して、『光』の編集や『家庭雑誌』や『研究』の雑務を手伝っていた。夜は神田の正則英語学校に通っていると報じてきた。

——堺先生が英語の教科書まで買って下さったので、是が非でもものにしなければなりません。しかし、ああ、京都からの便りは、ぼくの勉学に対する決意までひとたまりもなく突き崩してしまいます。何という魔力なのでしょう——

そんな寒村の手紙を受けとると、私まで身内に熱く、炎がゆれさかるような気がしてくる。私は前後の見境もなく、寒村に入洛をすすめ、どうしても手紙でつくりあげたふたりの恋の情緒を、現《うつ》し身で確かめあってみなければ気がすまなくなってきた。

——とにかく、来て下さればいいのよ。あなたの目を見、あなたの手に触れ、あなたの体温をしっかりと感じたいのです。すぐ、帰してあげますとも。とにかく一度でいいから来て下さい。こんな手紙を女の私に書かせるなんて、あなたは何という人でしよう——

京都の最も暑い七月の末、寒村は、白絣《しろがすり》の着物に袴《はかま》をつけ、その両方とも汗でよれよれにして私の荒神口の暗い紅殻《べんがら》格子の玄関の土間に立っていた。

その夜から、私たちは結ばれた。女にかけてはそれぞれ猛者《もさ》揃《ぞろ》いのあんな先輩や友人にかこまれていながら、寒村は私の想像通り子供のままの無垢《むく》だった。二階に寝かせておいた寒村の所へ、蚊帳の裾に穴があいていた筈だという口実をつくって、上っていったのは私からだった。

「たしか、このあたりよ。もうこれは長い間使わなかったから」

そんなことをいって、蚊帳の裾をめくり、中へ入っていったのも私からだ。どぎまぎして、口もきけず、指一本動かせないで震えている寒村を、かわいいといいざま抱きしめたのも私だった。寒村の肉体の清らかさが、私の肉体にしみついた数々の汚辱のしみを潔め流してくれるような錯覚があった。

はじめて、女を識った寒村は日を逐うにつれ、快楽の美味に酔い溺《おぼ》れていく。

「遊戯はいやだ。本気でなくっちゃ。こんなことをもう外の男に絶対許させるものか」

若い寒村を私は本気で自分の生涯の伴侶《はんりょ》として考えていなかった。寒村の才能を愛し、寒村の肉体の若さに溺れこむことと、寒村と結婚することとは自ずから別のことだった。けれども純情で一徹な寒村に、私のデカダンで虚無的な男女哲学など理解出来る筈はなかった。どうしても正式に結婚しようといってきかない。私はとうとう寒村の情熱にまきこまれ、上京して、必ず結婚しようと誓いあった。

京都の一カ月はまたたくまにすぎてしまった。酷暑と酷寒は、京都の名物だが、その年も例年に劣らず暑かった。歩いていると、道の熱気が、湯気のように着物の裾から這《は》いのぼってくる。一日に二度くらい行水しても、たちまち汗で着ている物はしぼるようになった。そんな暑さは私たちの頭の中まで焼きつくしただれさすのか、私たちは暑さを忘れるためには、それしかないように、互いの軀を需《もと》めあった。

京都の夏は千年の昔からつづく美しい行事にみちあふれていた。鴨川の河原づたいに歩けば、蛍《ほたる》のとびかう水ぎわで、私たちのように片時も手を離すことの出来ない男女が抱きあっているのにあった。大文字の夜の輝きを寒村は詩人らしく、感動して、死ぬまで忘れないと何度も繰りかえし見つめていた。

地蔵盆の子供の踊りの輪の中へ私の手をとっていっしょに踊りこんでいったりもした。鴨川にはりだした床の上で芸者や舞妓《まいこ》をはべらして夕涼みしている人たちを下から見上げ、私たちはその下の床のかげを利用して接吻してやったりした。いい気な資本家たちの遊蕩《ゆうとう》ぶりに対する子供っぽいそんな腹いせまで、ふたりにとっては結構愉しい遊びになった。

田辺から帰京の時、ひとりでかけ足で見物してつまらなかったという寒村を案内して、一日奈良へ行った日もあった。私の好きな唐招提寺《とうしょうだいじ》や、秋篠寺《あきしのでら》などでは、寒村も動きたくないというほどだった。何を見せても、寒村の瑞々《みずみず》しい感受性は敏感な強い反応を見せる。寒村の感動の波長が私に伝わって私の中に麻痺《まひ》しかけていた感動をゆり動かし、生きかえらせ、もう一度新しく感じ直させるというような経験を幾度もした。

日帰りのつもりだったのに、欲ばって、次々足をのばしていたら、いつのまにか長い夏の日も暮れかけていた。いっそ泊っていこうといいだしたのは私だった。

秀子に電報を打って、私たちは旅館に入った。この場合も勝手のわからない寒村の先に立って、私が旅館を選ぶしかない。知らない宿は何となく不安心なので、以前、宇田川文海につれて来てもらった時投宿した旅館へ入った。あれからもう何年もたっているし、まさか、あの時の女中は私を覚えていないだろうし、第一、あの頃の女中などはもういる筈もないだろうと思っていた。

ところが、玄関で番頭に迎えられ、私たちが揃って下駄をぬいだとたん、奥から駈けだしてきた中年の女中が、

「ようおこしやす」といいざま、私を見て、

「まあ、お久しぶりですなあ」という。銀杏《いちょう》返しのよく似合う、ちょっと色っぽい女で、気がつきすぎるほどよく気がついた女中だった。文海が夕食の時、

「今、男に苦労してるだろう。眉間《みけん》にそれが出ている」などと、出まかせの人相見らしいことをいったら、

「あれ、わかりますか、お客さん」と、まんまとひっかかって、膝《ひざ》を乗りだしてきた女だった。そんなことから、四、五日滞在して、文海があちこち案内してくれた間じゅう、私たちの部屋づきになって、まめまめしく仕えてくれた。旅館の客など、浜の真砂《まさご》ほどもあるだろうに、私を覚えていたのは、女中の目にも、文海に大切にされている私が羨《うらや》ましく映ったのか、文海のチップがけた外れに多かったせいかなのだろう。

今更、知らない顔も出来ず、私もひっこみのつかない気持で、さりげなく「あれから東京暮しで」など挨拶をかわしたものの、肝が冷えるやら、間が悪いやら。寒村はすぐ、私がかつて、誰かと来た宿だと察したらしく、たちまち不機嫌になる。それでもさすがに、それと口には出せない。私は覚悟をきめ、女中の案内で廊下を渡りながら、寒村につと顔をよせた。

「以前、来たことがあるのよ。顔みしりだから、チップをはずんでやらなきゃならないでしょうね」

と、甘えたように話しかけてごまかしてしまった。もちろん、後でこっそり、女中に祝儀をはずみ、以前のことはこれよと、指を唇に持っていっただけで、わけ知り顔の女中は、両手で胸元をつきあげるようにしてうなずき、ぬけぬけとお世辞をいう。

「わかっていますよ奥さん。でも、えろう男前ですねえ旦那は、お若うて」

そんなこともあったけれど、この一夏は文字通り夢の中にすぎてしまった。

大方、事情は察していられたものの、さすがの堺さんも、私たちのでれでれぶりに呆《あき》れはて、寒村あて、いいかげんに性根をいれ、勉強してはどうかと、葉書をよこされた。当然、私も見るようにと、わざと葉書にされている意味は、寒村を叱るふりをして、寒村をいつまでもひきとめている年上の私の責任を問われているのだ。

さすがに私も恥ずかしくなり、結婚の約束を改めて寒村に誓ってなだめすかし、必ず近く後を追って上京するからという誓約で、寒村を一まず東京の堺家へ帰させた。既に八月末になっていた。

帰京するなり寒村は、九月十一日から実施ときまった電車賃値上げの反対運動に加わって、社会党が決議した実施の十一日から三日間、電車に乗らないというボイコット決議を徹底させるため、チラシをまいていて検挙され、十日の夜、留置場に泊められるなど、大いに活躍していた。ボイコット事件の只中へ帰京したおかげで、寒村は堺さんの叱責《しっせき》や、大杉さんらに冷やかされることも思ったほどでなかったと報せてきたりした。

その年の十一月、私は京都をたたんで秀子をつれ上京した。寒村がみつけておいてくれた牛込区市ケ谷の下宿に入って、毎日電報の記者として職を得た。

堺さんも『光』を十二月で廃刊させ、新年からは社会党の機関紙の日刊新聞を出すため、柏木に移っていて、寒村もいっしょについていった。堺さんに、私は過去のことをすっかり話し、こんな私でも、寒村と結婚して、更生して生き直したいと真剣に打ちあけた。

「寒村はなんといっても若いから……あんたがしっかりして、時には母性愛で包んでやっていかなければ……何《いず》れにしろ大変だけれど、まあしっかりやりなさい。ぼくからも寒村を頼みますよ」

堺さんにも励まされ、ふたりは新居がみつかりさえすれば、もういつでも所帯を持っていい状態になった。

明治三十九年の暮は、日刊『平民新聞』発行の準備で、寒村ははりきっており、私との仲も逢いたい時は逢えるので幸福そのものの表情だった。

明けて明治四十年寒村二十一歳、私は二十七歳の新年を迎えた。

一月十五日の日刊『平民新聞』の創刊号発行日は、私の市ケ谷の下宿に、寒村は山口孤剣《こけん》や、白柳秀湖《しらやなぎしゅうこ》、安成《やすなり》貞雄、土岐哀果《ときあいか》、佐藤緑葉《りょくよう》等をつれて集まってきた。みんな一様に興奮していて、せまい私の部屋は、彼等の体臭と熱気で、火鉢もこたつもいらないほどに熱っぽく空気がむされていた。私と秀子がつくった京都風の味噌雑煮をたくましい食欲で平らげ、山盛りのお菓子や蜜柑《みかん》もたちまちなくなってしまう。寒村は一滴ものめないけれど、お酒も出して、大いに気焔《きえん》は上りつづけた。話題は専《もっぱ》ら、創刊号の第七面にのった寒村の「舞い姫」についての批評だった。みんなが一葉《いちよう》の「たけくらべ」と比較したりしてほめるので、寒村はすっかり照れながら、しかしやはり嬉しさはかくしきれず、無邪気な笑顔で時々私の方を盗みみる。

遊里に少年時代を送った男が、自分に優しい同情をよせてくれた美しい雛妓《おしゃく》への追懐の情を、美文調にうたいあげたものだった。私も原稿を見せられた時から感心していたものなので、寒村の友人たちの好評が嬉しくてならなかった。彼等といっしょに談笑していると、私まで若がえり、「青春」を実感する。もう、とっくに失っていたと思っていた私の「青春」がよみがえってくるのを感じるのだった。手の指の爪まで赤い血がとくとくと走り通うように思いはじめた。

その夜は十二時すぎみんなと出ていった寒村が、途中からひとり引きかえしてきて私のふとんの中にもぐりこんだ。まだ興奮していて、酒ものまないのに寒村の手足は酔ったようにあつかった。

私たちは寝床で顔を並べ、頰がくっつきそうにして、創刊号の『平民新聞』をまた隅から隅まで眺めるのだった。

第一面には「宣言」として、秋水の発刊の辞が載っている。挿絵《さしえ》は小川芋銭《うせん》で、花束を持った女神をバックに、労働者にかこまれた半裸の青年が、左手に炬火《たいまつ》と、右手にソシアリズムと書いた旗をかざしている図柄だった。秋水の達筆で、それに「鶴鳴于九皐《つるきゆうこうにないて》、声聞于天《こえてんにきこゆ》」と書いてある。それだけでも、日刊『平民新聞』創刊の決意と抱負があふれている。「宣言」は例によって、秋水節ともいうべき名文で、私たちは期せずして、声を和して、読みあげていた。

——吾人は明白に吾人の目的を宣言す。平民新聞発刊の目的が、天下に向って社会主義的思想を弘通するに至ることを宣言す。世界に於ける社会主義運動を応援するに在ることを宣言す——

私たちは秋水の宣言の熱気にあおられたように熱くなった軀をひしとよせあい、脚と脚をからませあっていた。

——……吾人は言論の自由を有す。吾人は彼の新聞条例ちょう悪法律を除くの外は、吾人の議論と報道とに関して、決して何らの干渉、掣肘《せいちゅう》、束縛を受くる所なき也《なり》。何らの遠慮し、忌憚《きたん》し、躊躇《ちゅうちょ》する所なき也。是《こ》れ其《そ》の一也。

吾人は多数の後援を有す。万国各派の社会主義者は実に吾人の有力なる後援也。資本家の貪欲《どんよく》を憤れる多数の労働者は皆な吾人の味方也。地主の残酷を怒れる多数の小作人は皆な吾人の兄弟也。貴族の傲慢《ごうまん》に激せる多数の平民は皆な吾人の同志也。男子の虐遇に泣ける婦人は皆な吾人の姉妹也。平民新聞は実に此《こ》れら大多数の後援に依《よ》りて、此れら大多数が当然の権利利益の要求を代弁せんとする者也。是れ其の二也。……――

「名文ねえ、胸がすっとするわ」

私は心の底からため息をだして寒村にいった。寒村も感激で鼻をつまらせたような声で「うん」という。二人で軀をよせあって、秋水の文章に感動していたあの時、それからわずか二年後に、私が寒村を裏切り、秋水と結ばれるようになろうなどと、ふたりが想像もしただろうか。まして、あの寒村がピストルを胸に、秋水や私をつけ狙うほど嫉《しっ》妬《と》に心を狂わせてしまおうなどと……。いや、それどころか、あの私が、こんな事件で、明日しれぬ絞首刑の断罪を待つ身の上になろうとは……。

寒村は、日刊『平民新聞』では、編集部に名を列《つら》ね、正社員としての扱いをうけていた。

社員は二十四名で編集部員は、秋水、堺さんの外、赤羽巖穴、石川三四郎、西川光二郎、岡千代彦、原霞外《かがい》、山川均、深尾韶《しょう》、山口孤剣、小川芋銭で、岡野辰之介と徳永保之助が校正、百瀬晋が給仕をしていた。この中に寒村も記者として加わり、最年少者だった。堺さんが何号めかに編集部を自讃して、わずか十四人の編集部員だけれど、大新聞にひけをとらない人材揃いだといい、

──世間の新聞社には殆ど全く文章の書けぬ新聞記者が随分多いが、平民社にはそんな者は一人もない。余所見《よそみ》には安っぽい青二才でも、筆を持たせれば既に一廉《いっかど》の文章家である。余の如き小器晩成の鈍物より見れば、実に驚くべき早熟の天才が幾らも転がって居る──

と書いている。この早熟の天才は、あなたのことねと私がいったら、寒村は照れて、

「ばかだなあ、そんなことをいったら人に笑われるよ」

と赫《あか》くなった。

堺さんの住む柏木村に、私たちの住いも見つけて、いよいよ二人の所帯を持った。寒村はそこから京橋新富町にあった平民社へ出かけることが嬉しく、毎日はりきっていた。

二月には、足尾銅山の取材に出かけるなどして、一人前の記者らしい態度も身についてきた。それでもまだ、家の中では子供っぽく、特に私とふたりの時は、所謂《いわゆる》亭主面は一向に板につかず、いい馴れた「姉ちゃん」が改まらない。まるで子供が母親に甘えるような所があった。先頃なくなった母の代りにされているのだと、私もつとめて姉《あね》さま女房ぶりを発揮して、秀子の外に寒村という弟が出来たような気がするのだった。

とはいっても、嫉妬は人並に強く、別れた私の夫が、どう伝え聞いたのか、家の前をうろうろした時などは厭《いや》がったり、寒村との結婚を知った清滝智竜が、恨みつらみを書き並べた部厚い封書を何度もよこした時は、扱いに困ってしまった。智竜の手紙を読め

ば、寒村の発った後での、私と智竜の情交などはたちまちばれてしまう。結局かくし様もなくて、智竜との間を認めざるを得なくなってしまった。堺さんにはすべてを懺悔《ざんげ》しておいたけれど、寒村にはすべてを打ちあけるわけにはいかなかった。時々、そんな嫉妬の招く小さな波立ちはあったけれど、一応新婚気分で、他所目《よそめ》には相当いい気な大甘ぶりに見られていたらしい。福田英子さんがいつか外出の帰りに寒村といっしょになって、自分の家に寄っていかないかと誘われたら、寒村が、

「早く帰らないと姉ちゃんが待ってるから」

といって、そそくさと私たちの家へ駈けこんだというので、当分、逢う度、私はひやかされてしまった。柏木での生活といえば、秀子をなくした悲しいこともあったけれど、寒村の兵役のがれの珍談もまじっていて、やはりなつかしい蜜月《みつげつ》だった。二十一歳の寒村は兵隊検査の時「社会主義者だから、兵隊になるのは嫌いです」などといってしまったものだから、わざと兵役四年の海軍水兵に廻されてしまった。十二月一日入団する時、私が医者にこっそり教えてもらった悪智恵をさずけ、体格検査の直前、カンフルを〇・五グラム服用させたものだった。そのため、心臓が異常に激しく打ち、医者はびっくりして翌日兵役免除で除隊させられて帰ってきた。

鬼の首でも取ったように意気揚々と帰ってきた時の寒村のあの時の顔は忘れられない。

どうして、こんなにあれもこれも、すっかり忘れきっていた筈の寒村との生活をこまごま思いだすのだろう。

死の直前になって、私を真実愛してくれた男というのは、寒村ひとりだったと思い知ったからか。あの稀有《けう》な純情をふみにじった私が、女としても罰をうけるのは当然だと、天が今、思い知らせるつもりなのか。

今、寒村が居る房州吉浜の秋良屋は、私がかつて二カ月ばかり静養のため滞在していたところ。寒村が私たちとの新婚生活を一年と持ちきれず、お互いに傷つけあい疲れはてた末、見かねた堺さんのすすめで大阪へひとり発ち、大阪日報に就職した頃だった。私は、もう、寒村ともこれっきりだろうという予感から、後追いしない決心で、秋良屋に行っていた。大阪にいった寒村からもはがき一本来ず、ほとんど絶縁状態になっていた。そんなある日、いきなり、秋良屋の人が、

「大阪から弟さんが見えました」

といって案内してきたのが、寒村だった。見馴れない洋服姿の寒村がはにかんだような微笑を浮べて立っていた。逢ってみれば互いに憎しみがあるわけでもなく、たちまち、撚《よ》りがもどってしまった。たまたま同宿していた阿部幹三などもいっしょになって、浜を歩いたり、山に登ったり、蜜柑をたべながら焚火《たきび》したり、ついでのことに、どこから石地蔵の首をひろってきて火あぶりにしたりして子供っぽいいたずらに興じた。寒村

と私は浜を歩いたり、蜜柑をもいだりしていると、言わず語らず、田辺を思いだして郷愁に似た甘い感情が通いあうのだった。

たぶん、今も寒村は、あの同じ南向きの部屋にいることだろう。暖かい陽のさす障子ぎわに机を置いて、例の癖の爪を噛みながら、書いたり、読んだりしていることだろう。私とその部屋ですごした時のことも思い出してくれているだろうか。

でも人の運命とは本当にわからない。もしまだ私と寒村があのまま、つづいていたら、或いは、いや、おそらく、寒村も、同じ絞首台に上る運命をたどっていたと思う。前途有望な彼の幸福や、真の人生はこれからひらかれていく筈だ。いとしい人よ。多幸なれ。


珍しいことだ。机にうつ伏していつのまにか私は眠っていたらしい。顔がはれあがったようで重い。入口に中食がさしいれられている。いつ運んできたのかしらなかった。居眠りしていたら、声をかけそうなものなのに。見ただけで不味《まず》そうな御飯に、団子汁。もうすっかりさめてしまって、泥水のような汁の中に、黒いメリケン粉の団子が二つくらい沈んでいる。口にする気にもなれない。看守を呼びつけて、洋食のさしいれはどうしたとどなってやりたくなる。そう思ったとたん、煙がつまったようにぼんやりしていた寝起きの頭がふいにさっと、霧がはれたようにはっきりする。すると、今、浅い居眠りの中で見つづけていた夢がはっきり浮ぶ。

秋水が訪ねてきたのだった。どこでもない、この独房に。
—風邪をひくじゃないか
肩に手をかけて囁《ささや》かれて私はふりむく。
—まあ、どうやっていらしたのです
—忍術さ、忍術
秋水はいたずらを思いついた時によくする皮肉なうす笑いを口許《くちもと》に浮べていう。
—でも、そんなにやせてしまって、またおなかは痛むのですか
—大丈夫だ。気力がたしかだからな。それよりお前こそどうかと心配していた
—私はこんなに元気よ
—それはよかった。熱いねえ。首がやけつくようだ
—熱い？　熱いですって
—熱いよ。燃えるようだ
—あなた、大丈夫なの、ここは、こんなに寒いじゃないの、熱でもあるんですか
—首がね、やけつくようだよ
—あなた、しっかりして下さい、どうしたのよ
秋水が急に、がくっとうつむきこむと、そのまま、すっと何かに背後からひっぱりよせられるように遠ざかっていく。丁度、人形廻しの人形が最後にがくんと首をおとし両

手を前にだらりとさげて、つづらの中に二つ折りにしてしまわれる時のような恰好なのだ。

思いだすと、全身に冷たい汗がわいてきた。

思わず、まわりを見廻してみる。何もかわらないいつもの独房、畳の上にいつぬけたのか、私の黒髪が一筋落ちているだけだ。髪だけはどの男もほめてくれた。洗い髪の時、秋水は特に私の髪を好んで、冗談に自分の首をまかせ、そのまま締めてくれとよくいった。

「いやよ、ほんとに殺したくなってしまう」

私も冗談にじわじわ自分の髪で秋水の細い首を締めあげながら、急に無気味になったことがあった。

女の黒髪は、剪《き》って何十年経っても、剪った時のままの色艶を保っているとか聞いたけれど、本当だろうか。今のうちに髪を少し剪ってかたみにしておくべきだろうか。でもいったい私の黒髪を誰に残そう。突然、涙があふれてくる。みれんだと自分をののしる。気分をかえて、「死出の道艸《みちくさ》」でも書きつごうとして、ひらく。最初の頁から読み直してみる。

明治四十四年一月十八日　曇

死刑は元より覚悟の私、只廿五人の相被《あい》告中幾人を助け得られ様かと、それのみ日夜案じ暮した軀を、檻車《かんしゃ》に運ばれたのは正午前、薄日さす都の町の道筋に、帯剣の人の厳かに警戒せる様が、檻車の窓越しに見えるのも、何とのう此の裁判の結果を語って居る様に案じられるので、私は午後一時の開廷を一刻千秋の思いで待った。

時は来た。二階へ上り三階を通り、再び二階へ降って、大審院の法廷へ入るまでの道すがらは勿論《もちろん》のこと、法廷内の警戒も亦《また》、公判中に倍する厳重さであった。其の上弁護士、新聞記者はじめ傍聴人等がヒシヒシと詰めかけて、流石《さすが》の大法廷も人をもって埋まるの感があった。

幾つとなく上る石段の息苦しさと、廷内の蒸される様な人のイキレに、逆上しやすい私は一寸《ちょっと》軽い眩暈《めまい》を感じたが、やや落ちついて相被告はと見ると、何れも不安の念を眉に見せて、相見て微笑するさえ憚《はばか》る如く、いと静粛に控えて居る。

獅子の群飢ゑし爪とぎ牙《きば》ならしある前に見ぬ廿五の犠牲《にへ》

ややあって正面左側の扉を排して裁判官が顕《あら》われる。死か生か、廿六人の運命は愈々《いよいよ》眼前に迫って来た。胸に波打つ被告等も定めて多かった事であろう。

書記が例によって被告の姓名を読み終ると、鶴裁判長は口を開いて二、三の注意を与えた後、主文を後廻しにして、幾度か洋盃《コップ》の水に咽喉《のど》を潤しながら、長い判決文を読下した。

読む程に聞く程に、無罪と信じて居た者まで、強いて七十三条に結びつけ様とする、無法極まる牽強付会《けんきょうふかい》が、益々甚《はなは》だしく成って来るので、私の不安は海嘯《つなみ》の様に刻々に胸の内に広がって行くのであったが、それでも刑の適用に進むまでは、若《も》しやに惹《ひ》かされて一人でも、成る可く軽く済みます様にと、そればかり祈って居たが、噫《ああ》、終《つい》に……万事休す矣。新田の十一年、新村善兵衛の八年を除く他の廿四人は凡《すべ》て悉《ことごと》く之死刑！

実に斯うも有ろうかと最初から思わないでは無かったが、公判の調べ方が、思いの外行届いて居ったので、此の様子では、或いは比較的公平な裁判をして呉れようも知れぬという、世間的な一縷《いちる》の望みを繋《つな》いで居たので、今此の判決を聞くと同時に、余りの意外と憤懣《ふんまん》の激情に、私の満身の血は一時に嚇《かっ》と火の様に燃えた。弱い肉はブルブルと慄《ふる》えた。

噫、気の毒なる友よ。同志よ。彼等の大半は私共五、六人の為に、此の不幸な巻添えにせられたのである。私達と交際して居ったが為に、此の驚く可き犠牲に供されたのである。無政府主義者であったが為に、図らず死の淵《ふち》に投込まれたのである。

噫。気の毒なる友よ。同志よ。

余りに事の意外に驚き呆れたのは単に私ばかりじゃ無い。弁護士でも監獄員でも警官でも、十六日間の公判に立会って、事件の真相を知った人々は、何れも余りに無法なるこの判決を、驚かない訳に行かなかったので有ろう。人々の顔には何れも共通のある感情が、一時に潮の様に流れて見えた。語なく声なく沈黙の間に、やる方なく悲憤は凝って、被告等の唇に冷やかなる笑みと成って表われた。

噫。神聖なる裁判よ。公平なる判決よ。日本政府よ。東洋の文明国よ。

行《や》れ、縦《ほしい》ままの暴虐を。為《な》せ、無法なる残虐を。

殷鑑《いんかん》遠からず赤旗事件にあり。此の暴横、無法なる裁判の結果は果して如何《いかん》？

記憶せよ、我が同志、世界の同志!!

私は不運なる相被告に対して何か一言慰めたかった。然し余りに憤慨の極、咄嗟《とっさ》に適当な言葉が出て来なかった。「驚いた無法な裁判だ」と、独り繰り返す外は無かった。

と突然編笠は私の頭に乗せられた。入廷の逆順に私が第一に退廷させられるのである。

私は立上った。噫、我が友、再び相見る機会の無い我が友、同じ絞首台に上さるる我が友、中には私達を恨んで居る人も有ろう。然し兎《と》にも角《かく》にも相被告として法廷に並んだ我が友である。さらば、廿五人の人々よ。さらば廿五人の犠牲者よ。さらば！

「皆さん左様なら」

私は僅かこれ丈を言い得た。

「左様なら……」

「左様なら……」

太い声は私の背に返された。私が法廷を出たあとで、

「万歳」

と叫ぶ声が聞えた。多分熱烈な主義者が、無政府党万歳を叫んで居るので有ろう。第一の石段を上る時、

「管野さん」

と高声に叫んだ者もあった。

仮監に帰って暫時すると、私の血はだんだん以前の冷静に帰った。余り憤慨したのが、自分乍《なが》ら少し極りが悪くも思われた。

無法な裁判！

それは今更驚く迄《まで》も無い事である。従来幾度の経験から言っても、これ位の結果は寧《むし》ろ当然の事である。斯かる無法な裁判や暴虐な権威ちょうものがあればこそ、畢竟《ひっきょう》私達が今回の様な陰謀を企てる様になったのでは無いか。如何に取調べ方が行届いて居たからって、仮令《たとい》一時でも、己れの認めない権力に縋《すが》って、同志を助けたいなどと思ったのは、第一大間違いの骨頂である。多数の相被告に対しては、挨拶の言葉も無い程気の毒ではあるが、これも一面から言えば其の人々の運命である。平生無政府主義者と名乗って居る程の人々なら、此の尊い犠牲が決して無意義で無い位の道理は見

えよう。また自ら慰藉《いしゃ》の念も有ろう。今となっては、気の毒乍ら諦めて貰うより外はない。と考え乍らも矢張り気の毒で気の毒で仕方がない。

軈《やが》て檻車が来た。私は薄暗い仮監を出た。前列の仮監の小窓から、武田九平君が充血した顔を出して、

「左様なら」

と叫ぶ。私も「左様なら」と答える。また何処からか「左様なら」という声が聞える。此の短い言葉の中に千万無量の思いが籠って居るのである。

檻車は夕日を斜めに受けて永久に踏む事の無い都の町を市ケ谷へ走った。

終《つひ》に来ぬ運命《さだめ》の神の黒き征矢《そや》わが額《ぬか》に立つ日は終に来ぬ

尽きぬ今我が細指に手繰《たぐ》り来し運命《さだめ》の糸の長き短き

読みかえすと、あの日の憤りがふたたび全身によみがえってきて、頭に血が上りつめる。

まだあれから一週間と経っていないのに、まるで、一年も前のように思う反面、こうして、あの日のことを思い出してみると、昨日あの判決を申し渡されたようななまなましい衝撃がよみがえってくる。

この日記は、十八日は、興奮のあまり、一行も書けないで、翌十九日の朝、起きぬけにしたためたものだ。

そうだ。私は、まだ自分ひとりの死刑という境遇に甘えて、どこか感傷的になり、十八日以来、書かでもの繰り言ばかり、「死出の道艸」に書きつづっていたように思う。本当に、私がこの世に書き残すことがあるとすれば、個人的なめめしい感想などではなく、この史上未曽有《みぞう》の悪裁判が、如何にして行われたか、真の事件の真相とは、如何なるものであったかということを、冷静かつ、正確に書き残すべきではなかったか。

秋水は、たとえ殺されても、書いた物によって、彼の思想を永生に伝え残されていく。看守をおだてて聞き出したところによると、秋水は獄中にあっても、寸暇を惜しんで「基督抹殺論《キリストまっさつ》」を書きつづけていたという。あれは、湯河原で、稿を起したものであって、「キリストの名を借りているけれど、勿論天皇抹殺論だ」といっていた。天皇の権威を破壊し、天皇制への迷信を覚ますことが目的で、書いていた。たぶん、これなら、政府の目をごまかせて、出版出来るだろうと笑っていた。あれを獄中でも書きつづけていたとすれば、秋水は他の事は書きのこす閑がなかった筈だ。

新村忠雄は、頭がいいし、記憶力は天才的だけれども、惜しいことに筆が立たない。とても事件を後世に伝える仕事の出来る人ではない。宮下太吉、古河力作もまたその任ではない。もし、それをするとすれば、私を措いて誰があろう。何故、今までそのことに思い至らなかったのか。

ああ、もし、私に、後、百日の命が許されているならば、私は必ずこれをなしとげなければならない。しかし、明日まで、いや、今日夕刻までさえ、私の命がはたしてあるものか、どうか……。

女は、やはり駄目だと思う。今、この「死出の道艸」を読みかえす時、あまりにも情緒過多なのに我ながらうんざりする。人間は自分をわかっているつもりで、結局は自分一人すら、よくはわかっていないのだと思う。ましてや、夫婦や恋人といえども、他人のことがわかる筈があろうか。死刑を宣告されて以来の、私の書いたものを読みかえしてみても、私は改めて、知らなかった自分というものを何と多く発見することだろう。けれども、書くということは、心に浮ぶ様々な情念のうち、ほんの千万分の一にもすぎない。人間は同時に、三つも四つものことを一挙に思い浮べるし、考えている。それらを同時に紙に写すということは到底不可能である。この書き置きで、後世、遺す価値ありとするのは、まあ、この十八日の記録と、二十一日の、やはり裁判についての私の感想だろう。これは、当事者でなければわからないことだし、私でなければ、書けないものだ。二十一日に私は書いている。

——社会の同志に対する其の筋の警戒は益々きびしい様子である。今回の驚くべき無法なる裁判の結果から考えても、政府は今回の事件を好機として、極端なる強圧手段を執ろうとして居るに相違ない。迫害せよ。迫害せよ。圧力に反抗力の相伴うという原則を知らないか。迫害せよ。思い切って迫害せよ。

旧思想と新思想、帝国主義と無政府主義！

まあ必死に蒲鉾板《かまぼこいた》で隅田川の流れを止めて見るが好い。

沼波教誨師《きょうかいし》が見えて「どうです……」と聞かれる。「相変らずでございます」と答える。主義という一つの信念の上に立って居るから其の安心が出来るので有ろう。事件に対する関係の厚薄に依って、多少残念に思う人も有ろうが、アナタなどは初めから終りまでずっと事にたずさわって居たのだから相当の覚悟があるので有ろうといわれた。宗教上の安心をすすめられるより嬉しかった。私は斯《こ》ういう言葉を聞く方が嬉しい。

然し相被告の中には随分残念に思って居る人も多かろう。此の事件が有史以来の大事件である代り、刑罰も亦有史以来の無法極まる。

今回の事件は無政府主義者の陰謀というよりも、寧《むし》ろ検事の手によって作られた陰謀という方が適当である。公判廷にあらわれた七十三条の内容は、真相は驚くばかり馬鹿気たものので、其の外観と実質の伴わない事、譬《たと》えば軽焼煎餅《せんべい》か三文文士の小説見た様なものであった。検事の所謂幸徳直轄の下の陰謀予備、即ち幸徳、宮下、新村、古河、私、と此の五人の陰謀の外は、総て煙の様な過去の座談を強いて此の事件に結びつけて了《しま》ったのである。

此の事件は無政府主義者の陰謀也、何某は無政府主義者也、若しくは何某は無政府主義者の友人也、故に何某は此の陰謀に加担せりという、誤った、無法極まる三段論法から出発して検挙に着手し、功名、手柄を争って、一人でも多くの被告を出そうと苦心惨憺《さんたん》の結果は終に、詐欺、ペテン、強迫、甚だしきに至っては昔の拷問にも比《ひと》しいウツツ責《ぜめ》同様の悪辣《あくらつ》極まる手段をとって、無政府主義者ならぬ世間一般の人達でも、少しく新知識ある者が、政治に不満でもある場合には、平気で口にして居る様な只一場の座談を嗅《か》ぎ出し、それをさもさも深い意味でもあるかの如く総て此の事件に結びつけて了ったのである。

仮に百歩、千歩を譲って、それ等の座談を一の陰謀と見做《みな》した所で、七十三条は元より何等の交渉も無い。内乱罪に問わるべきものである。それを検事や予審判事が強いて七十三条に結びつけんがために、己れ先ず無政府主義者の位置に立ってさまざまの質問を被告に仕かけ、結局無政府主義者の理想――単に理想である――其の理想は絶対の自由、平等にある事故、自然皇室をも認めないという結論に達するや、否、達せしめるや、直ちに其の法論を取って以て調書に記し、それ等の理論や理想と直接に何等の交渉もない今回の事件に結びつけて、強いて罪なき者を陥れて了ったのである。

考えれば考える程、私は癪《しゃく》に障って仕方がない。法廷にそれ等の事実が赤裸々に暴露されて居るにも拘《かかわ》らず、あの無法極まる判決を下した事を思うと、私は実に切歯せずには居られない。

憐《あわ》れむべき裁判官よ。汝等は単に己れの地位を保たんが為に、己れの地位を安全ならしめんがために、不法と知りつつ無法と知りつつ、心にも無い判決を下すの止むを得なかったので有ろう。憐れむべき裁判官よ。政府の奴隷よ。私は汝等を憤るよりも、寧ろ汝等を憐れんでやるのである。身は鉄窓に繋がれても、自由の思想界に翼を拡げて、何者の束縛をも干渉をも受けない我々の眼に映ずる汝等は、実に憐れむべき人間である。人と生れて人たる価値の無い憐れむべき人間である。自由なき百年の奴隷的生涯が果して幾何《いくばく》の価値があるか、憐れむべき奴隷よ、憐れむべき裁判官よ――

この裁判に対する私の洞察は神かけて誤っていないと信じる。私はこの事件にかかわって以来、無私無欲に臨んだため、こと、この事件に関してだけは、心眼が明鏡のように澄み渡りどんなかすかな誤りや、虚偽も敏感に写しとってしまうのである。

この事件の弁護を引き受けてくれた弁護士の中で、最も若い、平出修《ひらいでしゅう》という人も、一昨日、わざわざ手紙をくれて、この裁判の不法ぶりを言外に匂わせ、憤り、慰めてくれている。

――……私は理由の朗読十行に及ばざる以前、既に主文の預知が出来ました。あれまでは弁護人としての欲心が五、六の人の処は、どうにか寛大なこともあろうかと、一縷《る》の望みもあったのですが、それもみんな空《むな》しくなりました。もう座にも堪えぬのでしたが、私の預かって居る二人の人に落胆させまいと、私は辛い中を辛棒して終りまで立会い一、二言励ましても置きました。法の適用は致し方がありません。また判決の当否は後世の批判に任せましょう。また貴下に対しては何の慰言も無用と思います。覚悟のない人が覚悟を迫られたらどんな心持ちでしたろうと、それが私の心を惹《ひ》いて十八日以来何も手につきません――

平出修という若い弁護士を、私は公判の時まで、顔を見たことも、名を聞いたこともなかった。十二月十日からはじまった大審院法廷の公判の席で、はじめて十一名の弁護人にまじった一きわ若い、きゃしゃな面立ちの人を見たのだった。連日の公判の末、二十七、八、九の三日間にわたって、弁護人の弁論が陳開された時、二十八日に、はじめてその人が立ち、平出修という名の人だと知った。同時に、その弁論の軀つきに似合わぬ堂々とした論述ぶりに心から愕《おどろ》かされた。どの弁護人も、予想していたよりはるかに熱心に、誠心誠意やってくれたが、私は、平出修の二時間にわたる弁論に最も強い感動を受けた。歌舞伎の女形にしたいようなほっそりした肉の薄い青白い顔に、たちまち血が上って、処女の興奮したような顔付きになった。私は黒い法衣が重そうなそのきゃしゃな撫肩《なでがた》や、線の弱々しい顔や、頰の紅潮を見て、私と同じ病の人ではないかと思った。しかし、切れ長の目は鋭く、冷たく刃物のようにさえかえって弁論が進むにつれ、炎を吹くように見えた。

「平沼検事は本件犯罪の動機は無政府主義者の信念にあると言われた。無政府主義者は権力を否認する、国家組織を否認する、其《そ》の為に現在の国家組織を破壊しようとする、本件は実に其の計画の一端のほのめきであると断定せられた、しかし此《こ》の断定は、少なくとも二箇の前提を置いてある。平沼検事は頭脳明晰《めいせき》を以て法曹《ほうそう》界に鳴って居る方である、其の明晰なる頭脳の中に描かれた論旨は秩序整然一糸乱れずと言う有様であるが、惜しいかな、二つの仮定の上に築かれた議論であるから、此の仮定が打ち破られると、折角の議論も根底から覆《くつがえ》ってくるのである」

自信と信念に満ちた若い平出修の論戦ぶりは、まさに緋《ひ》おどしの鎧《よろい》をつけ白毛の馬に乗った初陣《ういじん》の若武者のような凜々《りり》しさを感じさせた。検事席で板倉松太郎検事と、武富済検事の間に坐っていた平沼騏一郎は、無表情な顔の口もとを、かすかに冷笑を浮べるように歪《ゆが》めただけで、微動もせず、上目を使って天井を見上げているのが、如何《いか》にも、若僧勝手にしゃべっておれといわんばかりで憎々しく見えた。

私は平出修の舌鋒が鋭く尚も平沼検事の杜撰《ずさん》な立論に迫るのを小気味よく聞いていたが、その論旨が次第に、思想の変遷を説き明かすにつれて、全身が緊張し、髪の毛一筋まで聴覚になったようにその弁論に吸いつけられてしまった。

「――日本が東洋の一端に位して、西欧の文明を吸収する、広く知識を世界に求むることを国是とする、其の結果は、世界の文化が、東西より輸入され来る。其の内に種々な思想が輸入される、その輸入された思想が、日本のどこに根ざし、如何なる色で花咲き、如何なる味の果を結ぶかは、いくらかの年月を貸さなくては、判定はつかぬのである、嘗《かつ》て欽明《きんめい》天皇の朝に輸入された仏教思想、元亀《げんき》、天正《てんしょう》の頃に渡来した耶蘇《やそ》教思想のごときも、一は幸に時の貴族殊に、皇太子に結び付いて繁盛し、一は、信長によりて漸《ようや》く隆盛を来さんとし、徳川政府の迫害により一時は逼塞《ひっそく》したが、失政維新信教自由となりて、また復活した、而して此の二つの思想も、全く日本化されて、今では誰も之《これ》を危険なる思想と言うものはない、けれども、仏教渡来当時の歴史、または徳川時代の切支《きりし》丹《たん》邪宗の禁令等に付いて考うれば、外来思想が日本化する迄《まで》には幾多の変遷があったのである、現に耶蘇教と日本国体との衝突は、文科大学教授井上哲次郎氏によりて唱えられたることは、我々の耳にも尚新たなることである。

然るに思想の変遷と言うものは、面白いもので、本件に於て板倉検事は、被告新村善兵衛の不利益なる証拠として、武田万亀太の証言を援用せられて居る、武田万亀太は耶蘇教の信者である、此の男が新村兄弟にメソジスト教会に入会せよとすすめたけれども、彼等は、無政府主義者だから、耶蘇教へは這入《はい》らないと言うたと証言して居る、検事は之を援用して、新村善兵衛は無政府主義者であるから耶蘇教へ帰依しなかった、誠に危険な思想であると論下せられて居る、之がもしもう十四、五年前であったならば、新村善兵衛は誠にしっかりした男である、耶蘇教の様な危険な宗教に帰依しなかったと、或いは板倉検事に御褒めを蒙《こうむ》ったかもしれないのである、更にまた幾百千年後には無政府主義と言うものを信頼しないことを以て、それは甚だ訳の分らぬ人物であると、攻撃さるる時代が来ぬとも限らないのである。

元来新思想と言うものは、在来の思想で満足の出来ぬ時に、其の欠陥を補うべく入り込んで来るのであるから、其の欠陥の度合如何《いかん》によりて、其の思想の寛猛の度が違って来るものである、今日本へ社会主義思想・無政府主義思想が輸入されたとしても、日本の国民が、その思想の必要を感じて居るや否や、日本の社会が其の思想を容れざる可からざるや否やが問題であって、思想そのものを外部から押しのけて、之を逐い出したとしても、目に見えぬ、耳に聞えぬ、五官で知覚の出来ぬ、心と心との感応から、いつかしらず人の心の欠陥を見出してそれに根ざしを固めるものである。

現代社会を完全無欠なりとするならばいざ知らず、苟《いやし》くも之に欠陥あり、不満ありとするならば、そこに何等かの思想が入り込む隙があるのである、其の隙を塞《ふさ》がずに、只外来思想を圧抑しようとしても、それは結局徒労である、一体思想の危険と言うことは、比較上から来ることで、新しい思想と言うものは、之を在来思想から見れば常に危険であらねばならぬ、それは新思想は、旧思想に対する反抗若しくは破壊であるからである、それで新旧両思想の何《いず》れが勝つか負くるかは、つまり何れの思想が人間本然の性情に適合するか否やによりて定まるので、之は社会進化論の是認し来た法則である、されば思想自体から言えば危険と言うものはない訳である。

平沼検事は、茲《ここ》の道理を閑却せられたのではあるまいか、社会主義は危険だ、無政府主義は恐るべしと一概に論断されるけれど、日本の社会主義、日本の無政府主義が何程の危険を含んで居ると言うのか、また何程の実行を其の信条としたと言うのか、その点に論及して居らぬのである、或いは本件を指し、斯《か》くの如き危険な乱暴な事を仕出かすではないか、之が無政府主義の恐るべき処ではないかと言わるるかもしれぬが、それは原因結果を顚倒《てんとう》して居る事になる、之は人間にある程度以上の取締、私は敢えて迫害とは言わぬ、取締を加えるときは、斯くの如き反抗心を起すものだという証明にはなるが、無政府主義そのものが危険であるという証明にはならない、無政府主義者ならずとも、即ち仏教徒にでも、耶蘇教徒にでも、乃至《ないし》は帝国主義者にでも、過度の圧抑を加えれば、反抗の形は或いは違うかもしれぬが、ある反抗を起すものである。――」

そこまで聞き進むうち、私は共感と感激に幾度か軽い身震いがおこるのをとめることが出来なかった。私についている看守が、私が卒倒でもするのかと、その度びくっと肩を震わせていた。私は涙をこらえるのに必死になった。よくぞここまで、私の叫びたいことをいってくれたものだと思った。

在来の旧思想はいつの時代でも新思想に圧迫と迫害の形で臨み、新思想は、破壊の形でそれに反抗する。迫害が勝つか、反抗が勝つか、それは長い長い歴史の将来しか見定めることは出来ない。私たちは、今、現にこうして無残な敗北をなめている。しかし、キリスト教だって、あの長い苛酷《かこく》な迫害の末、死灰の中からよみがえってきているではないか。私たちの死が、私の流す血と砕かれる骨が、次の時代に、私たちの思想を花開かせる種にならぬとは誰が断言出来よう。

平出修の弁論を聞いた日は、感激の余り、仮監に帰るなり、看守にむかって言ってしまった。

「今日ほど、胸がすっとしたことはないわ。あの若い平出さんという人は素晴らしいわね、あんたも感心したでしょう」

「ええ、あの人は、歌もつくるし、なかなかの文学士なんですよ」

「へえ、あんた、どうしてそんなこと知ってるの」

「ぼくも、少し、『明星《みょうじょう》』の歌をならったりしたものですから」

この看守も若い。軀が大きいけれど、気だてはおとなしい男で、長い間私のヒステリーのつきあいをしてきてくれた男だ。長い間には時々は規則違反の話をするような親しさも生れていたけれど、こんな個人的なことをもらしたのははじめてだった。緊張しつづけた公判もあと一日になったという心のゆるみと、何より、平出修の名弁論に、やはり看守といえど心をうたれた感激と興奮から、ついそんなことまで喋《しゃべ》ったのだろう。

「あの人は『スバル』を出していますよ」

「えっ、『スバル』の平出修があの弁護士さんなの」

私はそのことにどうして今まで気がつかなかったのか、自分のうかつさに呆然としてしまった。明星時代から、あの歌人の平出修なら、私も読んでいたのに。

二十九日の午後八時までかかった弁護人側の弁論が終り、独房へ帰った時はもう十時になっていた。長い公判が終った疲れで、全身綿のようになりながら、頭ばかり冴《さ》えかえり寝つけなかった。翌日はすぐ、今村弁護士たちに礼状を書いたが、その時、平出修にも礼状を書きたいと思った。しかし、あの『明星』の、『スバル』の平出修だと思うと、なまじっか文学に憧《あこが》れていたばかりに気おくれがして筆がとれなかった。今村弁護士あての礼状の中に、平出さんに対する感謝をのべてようやく心を慰めておいた。まるでその気持が通じたように、年があけ、一度にわたされた来信の中に、全く思いがけず平出修の手紙が入っていて、あんなにほしかった『スバル』の近刊号や与謝野《よさの》晶子の「佐保姫」まで、平出さんの手で差入れてくれてあった。しかも、手紙の日付は、十二月三十日、あの公判が終った翌日なのであった。死の直前になって、こんな知己を恵まれたということは何という有難いことだっただろう。その手紙には、この事件について、あなたをヒロインにした感想記をやがて必ず書きたいといってきてくれた。感想記と、ごまかしてあるけれど、ヒロインとある以上、これは小説に書いてくれるという意味なのだと受けとる。私の死に捧げてくれる平出さんの美しい花輪と、素直に受けたいと思った。あの前髪立《まえがみだて》のお小姓姿にさせたら似合いそうなきゃしゃな人の中に、こんな世間も怖れぬ強い正義への意志がかくされているのかと、一日、私は、社会の陽光の下にひきだされたような心のときめきを覚えたものだ。嬉しさを押えきれず、礼状を書く。

——御弁論を承りあまりの嬉しさに一筆御礼申上げんと筆とりながらまた思い返して今村先生へ御伝言を願上候、同じ日に御認《したた》めの御芳書に図らず接し、実に実に嬉しく存じ申候。実は御弁論を承り候迄は、他の五、六の御方と共に御名も存ぜず、只一人目に立つは若き方の御熱心さ、同時にまた如何なる御論の出ずべきやなど、ひそかに存じ候いしに、力ある御論、殊に私の耳には千万言の法律論にもまして嬉しき思想論を承り、余りの嬉しさに、仮監に帰りて直ちに没交渉の看守の人に御噂致し候程にて候、私は性来の口不調法と罪なき多数の相被告に遠慮して終に何事をも述べ得ず候いしが、御高論を承り候て、全く日頃の胸の蟠《わだかま》り一時に晴れたる心地致し申候、改めて厚く厚く御礼申上度候。感想記御起稿被下《くだされ》候由、御趣味といい御思想といい私は御手になる事を衷心より喜び申候。私は元日より追想懺悔《ざんげ》希望等時折々のあらゆる感じを率直に日記として記し居り申候、終の日の後何卒《なにとぞ》御一覧被下度候、また仰せに随《したが》い折ふしのつまらぬ感想なども御目にかけ申すべく候。

禁止解除後、一、二の人に頼みて待ちこがれ候御経営のスバル並に佐保姫御差入れ被下何より有難く御礼申上候、晶子女史は、鳳《おおとり》を名乗られ候頃より、私の大すきな人にて候、紫式部よりも一葉よりも日本の女性中一番すきな人に候、学なく才なき私は、読んで自ら学ぶ程の力は御座なく候えども、只この女天才等一派の人の短詩の前に常に涙多き己れの境遇を忘れ得るの楽しさを味わい得るのみに候。

先ずは不取敢《とりあえず》乱筆もて御礼のみ——

晶子の好きな歌を書きたかったけれど、恥ずかしいのでやめにした。晶子も恋を女のいのち、文学のいのちとして世間の道徳をふみにじって強く生きた人だから、私はいっそうなつかしい人に慕うのだ。妻子ある人を親友と争ってまで自分のものにしなければならなかった晶子の情熱と捨身の実行力に私は惹かれるのだ。

「佐保姫」は四十二年五月に出版されている。丁度、『自由思想』の一号が出た頃で、私は新聞広告で「佐保姫」が出たことをみつけ、ああ欲しいと、口に出しながら、それを買いに行く時間も、金銭のゆとりさえなかったのだ。その頃から、私と秋水の恋は白熱化していったのだから、私にはまだ手に入れられない「佐保姫」の中に、どんな大胆な恋歌があろうかと、いっそう憧れを覚えていた。

獄中から、度々、色んな人に差入れを頼んだけれど適《かな》えてもらえず、こうして、死の直前、漸く、手にすることが出来たのだ。美しい和田英作の装幀《そうてい》の歌集を、私は見るだけであきたらず、手で撫で、頬に押しあて愛撫《あいぶ》せずにはいられなかった。華やかな灯の下で、髪かんざしのゆらぐ黒髪も高く結いあげた令嬢たちのなまめいた膝《ひざ》にひらかれるこの歌集が、冷たい、暗い、真冬の監獄の独房で、かじかんだ女囚のひび割れた手から何度もとりだされながら、繰りかえし読まれているなど、晶子女史は想像されたことがあるだろうか。

　恋ひぬべき人をわすれて相よりぬその不覚者この不覚者
　みづからの恋のきゆるをあやしまぬ君は御空の夕雲男
　さきに恋ひさきにおとろへ先に死ぬ女《をみな》の道にたがはじとする
　あなかしこ楊貴妃《ようきひ》のごと斬られむと思ひたちしは十五の少女

こんな歌が今の私の気持を慰めてくれたり、苦笑させてくれたりする。
以前から好きな「みだれ髪」の中の恋の歌は枚挙にいとまないけれど、たったひとつ好きな歌を選べといわれたら、

　わざはひかたふとき事か知らねどもわれは心を野晒《のざら》しにする

という歌は、どの恋の歌にもまして私の一番好きな歌である。私もまた自分の心をいつわることの嫌いな女、こんな激しい正直そのものの歌を、こうも力強く歌いきれる人の自信と才能がただ羨《うらや》ましい。生きていたら、一度はお目にかかり、歌の手ほどきをお願いしたかったのに。それもこれもみれんか。

　私は死刑を目前にして今、つくづく思う。宇宙の悠久からみれば、花火の消えるほどの束《つか》の間《ま》の三十年のはかない私の生涯だったけれど、その人並より短い私の生涯の中で

も、最後の、獄中の八カ月に、私は私の全人生を凝縮させ、人が五十年、あるいは七十年生きて到達するべきところまで一挙に生命を昇華させてしまったような気がしてきた。

今、私は、この無法な裁判について、どんな些細《ささい》な誤りも適切に正確に指摘してみせることが出来るし、この裁判にしくまれた政府の陰謀のことごとくを摘発して見せることが出来る。しかし、この事件が発覚した頃、私は果して今ほどの自信と、確信にみちた信念で、こうまで言い切れたかどうか。

今の私は確かに八カ月前の私とは別人のように成長している。人生の皮肉とは、こういう形であらわれるらしい。もちろん、私は昨年五月入獄した時でも、革命家としての自覚を持っていたし、無政府共産主義者としての信念も誇りも持っていた。けれどもそれがいっそう堅固なものになり、これほど高揚した感動にひきあげられたのは、六月二日から開始された検事の取調べにはじまり、二週間にわたる予審調べ、愈々《いよいよ》十二月十日からはじまった公判、そして今年一月十八日の例の判決によって、鍛え直され、叩き直されたものであった。今になって思えば、まだまだ入監当初の私は、国家権力に対して洞察も甘かったし、自覚も浅かった。

その点では若い新村忠雄の方が余程しっかりしていた。新村忠雄は、はじめから一度も迷わず、裁判の結果を見通した。公判中も、はっきり裁判官にむかって、自分は過去の社会主義者に対するどの裁判を見ても、その判決が苛酷を極めていたのを見てきている、今度の事件だけに特別の沙汰があるとも考えられない。捕われた日から断頭台の露と覚悟の出来ている自分にとって、こんな長い日時をかけての裁判はただ、苦痛と屈辱だけであると、いいきっている。無政府主義者の体面からいっても、認めていない国家権力下の裁判に命請いする気持は毛頭ないともいいきった。全くその通りだった。私にしても自分の覚悟はついていたから迷いは毛筋もなかったが、ひたすら、無実の人たちを救いたいと思ったばかりに、認めてはならない国家権力にすがっても彼等の命を扶《たす》けてほしいと考えていたのだ。

国家は私たちに極悪非道の大逆罪人というレッテルをはりつけたが、真の意味での極悪人は、あれほど歴然と無実が立証されている人々の上にも無実の罪をでっちあげ、かくも大量な殺人を行う裁判官であり、それをさせた背後の政府の要人たちであり、更に彼等にその横暴を行わせ平然としている人である。彼等こそ、天も神も怖れぬ人々でなくて何であろう。

「死出の道艸」にはっきり私が書き残しているように、彼等がこの裁判で見せた計画的陰謀の残虐無道さに比べたなら、私たちの計画した天皇暗殺計画など、何と子供だましのちゃちなものだったことか。

これだけは、死んでも私は地下から叫びつづけたい。七度生れ変って、このことだけは叫びつづけたい。彼等は無実で殺されたのだと。

十二月十日、はじめて公判が開かれた時、大審院で顔をあわせた相被告たちを見た時の衝撃は忘れられない。それまでの予審調べで、私は全く意外な方向に事件の拡大していくのを感じ、相当多くの同志が、次々捕えられているのは感じていたが、二十六名もずらりと並んだ人々の大半は、顔も知らない人がほとんどであった。

彼等は公判の時、はじめて、私たち三、四人がたてていた事件の真相を知ったくらいのもので、私の方を、憎悪の目で睨《にら》みつける者もあったくらいだ。

——お前のために、無実の罪におとされたのだぞ。女だてらに、こんな恐ろしい計画をして、それでも、自分ひとりが死ぬなら、お前はしたいことをして死ぬのだからいいようなものの、どうして私等のような無関係な者までひきこんで死なせるのだ——

それらの目は恨みと憎悪をこめて、公判の間じゅう私にそそがれていたものだった。彼等がそういうまなざしで私や新村忠雄や宮下太吉の方を見るのは当然で、私は彼等がひたすらいとしく、すまなさでいっぱいになった。

中でも新村忠雄の兄善兵衛の善良そのもののやつれきった顔を見ると、私は、彼の方にかけよって、その手をとり、その足許に身を投げだしてわびたかった。

忠雄から座談の中に、よく家族のこと、善兵衛のことを聞いて、彼の善良な人間性を知っていたからである。善兵衛は、忠雄に頼まれて、薬研《やげん》を漢方医の娘西村八重治から借りて、宮下太吉に送ったというだけで、捕えられ、懲役八年の刑を申し渡されたのである。全被告の中で最も軽い彼の刑にしても、全く身に覚えのない善兵衛自身にとっては、どんなに口惜しく、愕き呆《あき》れたことか。

ああ、刑法七十三条。すべては七十三条に結びつけ、片づけてしまった恨みの悪刑法。

——被告は刑法を調べたことがあるか。

——法律は何も知りません。ただ新聞法と官吏抗拒のことだけはききました。

——国家の元首に危害を加えればどういう法条に触れるかということは知らなかったか。

——少しも知りません。でも、どうせ一番重い刑罰で死刑でしょう。私は目的の幾分でも達したのなら犠牲になるのは覚悟の上ですが、つまらないことから発覚してこんなことになったのは、本当に残念でたまりません。

六月四日の、第一回の予審の時の最後の問答を思い出す。不貞腐《ふてくさ》れて答えたのではなく、本当に、あの当時は正確に刑法など調べてもいなかったのである。今は熟知している。

大逆罪と呼ばれる刑法第七十三条とは、刑法第二編第一章の「皇室ニ対スル罪」に属するものである。

「第七十三条　天皇、太皇太后、皇太后、皇后、皇太子又ハ皇太孫ニ対シ危害ヲ加ヘ又ハ加ヘントシタル者ハ死刑ニ処ス」

というものだ。更に、

「第七十四条　天皇、太皇太后、皇太后、皇后、皇太子、又ハ皇太孫ニ対シ、不敬ノ行為アリタル者ハ、三ケ月以上五年以下ノ懲役ニ処ス」

とつづく。我が国の憲法には第一章に天皇の項を設け、

「第一条　大日本帝国ハ万世一系ノ天皇之ヲ統治ス」

「第三条　天皇ハ神聖ニシテ侵スヘカラス」

としてあるのに則《のっと》った刑法である。いうまでもなく、明治維新によって作りあげられた天皇制は、人間を神格扱いする矛盾を押し通すため、あくまで天皇を神聖視して、指一本触れ得ないものという神秘的な感覚を国民の間につくりあげなければならなかったのだ。

憲法のどこを探したって、天皇が何故神聖なのか、何故侵すべからざるほど尊いのか、理由も説明も何もない。

中江兆民先生が、憲法発布で世間が浮かれきっている時、大阪曽根崎の家で、その憲法の印刷物を手にして一読し、傍にひかえていた秋水の方へ投げてよこして、ただ苦笑いされただけだったと、秋水がよく話してくれた。兆民先生は、「天皇ハ神聖ニシテ侵

スヘカラス」をうたった日本ではじめての憲法が決して国民に真の自由や幸福をもたらすものではないことを、一読して見抜いていられたのだ。

政府は今度の裁判で、自分たちが勝ったといい気分になっているだろうけれど、何時《いつ》までこんな非科学的な天皇制に国民が盲従しつづけるだろうか、たしかに今度の恐怖裁判で、単純で無知な国民の大多数は脅《おび》え上っただろうし、この先何年かは、いっそう社会主義者たちは鳴りをひそめなくてはならなくなるだろう。しかし、私は歴史は生きて動いていくことを信じる。この非常識で無法な裁判の残虐の爪を身に受けた今でさえも私はそれを信じる。それは信仰ではない。もっと科学的な、秋水がよく話してくれた唯物論の哲学から割りだした信念である。

三十年後、五十年後、いや、迷信深い日本人のことだから、もしかしたら百年も後になって、人々は私たちの刑死を再検討し、罪名を書き直してくれるだろう。

――被告の情人幸徳は、社会主義者中どういう派に属するのか。

――幸徳も無政府共産主義に属します。

――やはり過激派に属するのか。

――まあそうですが、いますぐ革命を起すという考えではなく、幸徳は、まず、人民に主義についての教育を普及しなければならぬと常々話していました。

——被告は革命決行のことを幸徳に話し、その意見をきいたのか。

——特に革命決行についてはきいてみませんが、いつも主義に対する幸徳の意見はきいていましたから、今度の計画についても、急に革命をやるという過激な考えはないことを知っていました。それで幸徳には急に革命をやるという過激な考えはないことを知っていました。

——被告は宮下太吉、新村忠雄、古河力作らと本年十一月三日の天長節に爆裂弾をもって大仕事をするという計画をしたそうだが、その通りか。

——天長節とは限りません。宮下、新村とは相談しましたが、私から古河に直接話したことはありません。ただあの時、宮下に、新村と古河を同志にしたらいいとは言いました。

——そのほかにも謀議者があるだろう。

——ほかにはありません。大事のことですからみだりに人に話しはしません。宮下が軽率にも清水とかいう者に爆裂弾を預けたために、こんな始末になったのだと思います。しかし私は、ほかにもしっかりした同志があれば、もっと大仕掛けなことをやろうと考えていました。

——天長節に天皇が青山の観兵式の行幸のとき、爆裂弾をもって事を挙げるという計画ではなかったのか。

——元首を斃《たお》すということももちろん必要です。宮下などはただ元首だけを目的にしていたようですが、私は元首はもちろんのこと、いっそ事をおこすなら、もっと手広くやるつもりでした。

——手広くとはどういうことか。

——たとえば、監獄の焼打ちです。囚人を救い出し、手分けしてさらに裁判所、警察などもやります。また岩崎なども焼いてしまい、大革命とまではいかなくても、小革命位のことをやりたいと考えていました。

事が発覚した当時の私の向う意気の強い答弁を思い出すだけでもおかしくなる。何が小革命だろう。たかが、子供だましのような杜撰《ずさん》な天皇制打倒の陰謀が、見事に失敗した事件にすぎない。

失敗の第一因は、共に計るに足りない軽率な同志をかたらったことである。

宮下太吉とはじめて逢ったのは、まだ平民社が巣鴨にあった明治四十二年二月の中頃だ。私はその頃赤旗事件から釈放された後をまだ柏木に住んでいて、時々、平民社を訪れていた。ひどく寒い日だと覚えている。その日も私が平民社の玄関脇の三帖の部屋で新村忠雄たちと火鉢を囲んで話しこんでいたら、亀崎《かめざき》から宮下太吉が訪ねてきた。四十一年頃から宮下太吉は『平民新聞』の購読者で、秋水あてに手紙などもよこしていた。地方の同志がいきなり訪ねてくるのには馴れているので誰も愕かなかった。秋水は初対面の宮下を六帖の部屋に通して一人で面会してやった。

私は当時はまだ居たお千代さんを手伝って、その部屋に火鉢の火や茶菓を運んでいった。

はじめてみた宮下は、髪を短く五分刈りにし、きれいに鬚《ひげ》を剃《そ》っていてこざっぱり見えた。労働者らしく軀つきも大きくがっちりして、顔つきもきりっとしていた。なかなかのおしゃれとみえ、服装などにも相当凝っていた。こまかな絣《かすり》の着物に粋《いき》な縦縞の真新しい羽織など着こみ、部屋のすみには茶色の二重マントと、鼠色の、これもまだ新しい中折帽子が置いてあった。年は三十前に見えたが私より六つ上で秋水より四つ若いから、その時は三十五だった筈だ。

二時間近くも秋水と二人で話しこんで、帰る時、秋水が私たちのいる三帖をのぞき、私と新村忠雄に宮下を紹介した。

これから線路向うの森近運平を訪ねるというのでお千代さんが案内してあげた。秋水は宮下の帰った後で、私と新村忠雄に、

「なかなかしっかりした男だよ」

といった。甲府の生れで小学校しか出ていないが、独力で機械の勉強をつづけ、十六歳から見習工になり、今では熟練工として認められ、出張工員になり、一日十時間働いて一円五十銭という、相当高給を取っているらしいなどという話もその時秋水から訊いた。後、私が秋水と暮すようになってからわかったことだが、宮下は東京、大阪、神戸、

名古屋と、処々の工場を十数年も廻っているうち、労働者としての立場から階級意識にめざめ社会主義を信じるようになり、亀崎鉄工所では熱心に社会主義を伝導し、同志を集めて労働組合「友愛義団」を組織してリーダー格になっていた。片山潜を迎えて講演会を行なったりもしていたが、片山潜の議会主義にあきたらなく思っていた。

たまたま私や新村忠雄も愛読した早稲田叢書《そうしょ》の、煙山専太郎著「近世無政府主義」を宮下も読んでいて、血を湧《わ》かせたという。ツアーと天皇を照合して考え、日本でもこんな決死的革命を行わなければだめだと思いはじめた。

宮下は四十年の末頃、大阪へ機械の据付で出張した時、「大阪平民社」を訪れ、森近運平に逢って、天皇についての疑問を質問したところ、森近運平は日本歴史は御用学者が勝手に現皇室に都合のいいようにつくったもので、紀元二千五百年など何の根拠もないし、神武天皇の橿原《かしはら》の即位の話もいいかげんなことで、九州の僻地《へきち》から起った大和民族の一酋長《しゅうちょう》が侵略戦争に勝って、長髄彦《ながすねひこ》を破り、その領土を横領したというにすぎないと説明され、その子孫を天子として現人神《あらひとがみ》扱いする愚かしさに目ざめたという。

宮下が組織した組合でもうまくいかないことがおこり、悶々《もんもん》としていた頃、例の『入獄記念無政府共産』という内山愚童の秘密出版の雑誌五十部が宮下の許に小包で送られてきた。それから一週間ばかり後、四十一年十一月十日に、たまたま天皇が東海道線大《おお》府《ぶ》駅を通過することになっていたので、行幸を見ようと集まった群衆に、愚童のパンフレットを手渡し、天皇なんて、神でも何でもないんですよ。これを見たらわかると、伝道しようとした。宮下の無政府共産の伝道には耳を傾けてしきりにうなずいたりした群衆も、こと皇室に関する非難になると、全然、宮下の言葉に耳を傾けようとせず、むしろ、露骨に反撥の表情を示す。天皇信仰が、日本人の国民感情にはどれほど根深くしみ通っているかを悟らされた宮下は、もう、この上は爆裂弾でも天皇に投げつけ、天皇が血も出れば爆死もする生身の人間だということを見せて、民衆の迷妄《めいもう》をさますより外ないと考え及んだ。

宮下は、秋水を訪ねた最初の日に、すでにこうした自分の考えを打ちあけていた。あの日は、秋水はくわしいことはいわなかったが、後で私と新村に実行力のありそうな男だといった。

宮下は、夜になってまた森近運平とつれだって平民社を訪れ、夜おそくまで、みんなで話しこんでいった。その時は私はもう下宿へ帰っていて逢わなかった。同席した新村忠雄から、後でその時の話を聞かされた。亀崎の鉄工所で起したストライキが会社側の切りくずしにあって失敗した話や、片山潜に、彼の持論のように、議会だけに頼っていても、現在の天皇制、天皇の絶対権力に対して対抗することが出来るだろうかと質問したら、片山潜が議会に労働者を多数送りこみ、社会主義者の政党が政権を握って内閣を組織する時代がくれば、皇室絶対の憲法も変更することが出来るといった話や、その片

山が、普通選挙の請願用紙に請願者の調印を集めてくれと宮下に頼み、その時、

「なるべく、地方の有力者の署名調印を先にもらって下さい。その方が効果的だから」

といったので、失望したという話などをした後で、世間では少しは天皇制に対しての迷信もゆらいではいるけれど、まだまだ根強く生活感情にくいいっているから、爆裂弾でも投げつけてみせないとわからない。自分などは機械にまかれていつ死ぬかわからないのだから、一身を投げだして、それをやってみるつもりだと、生きのいいことをいったという。忠雄は宮下の熱気に相当あおられていたようだった。私はちょっと逢っただけの宮下太吉から、男臭さをまず感じた。脂の浮いてくる皮膚や、こちらをみる時、とびだしてくるようなまるい目や、部厚い唇の上に、なまなましい男の性を感じ、こんな男は田舎では相当女にもてるだろうとひそかに思った。す速い横目で私の方を見た目つきの大胆さを見ても、女にかけてはもうずいぶん遊んだ男だということが察しられた。

宮下が夜、来た時は、二重マントの下に、白い絹ハンカチを首にまいていたということを忠雄がいい、それが奴《やっこ》さん、なかなかしゃれたつもりなんだなと、忠雄が面白がって笑った。

それから半月ほど後、私は秋水と暮すようになってから、改めて宮下太吉の話を聞いた。

「あの男も爆裂弾をつくって、天皇に投げつけるというんだ」

「へえ、そうですか」

私はうす笑いをうかべて秋水を見た。私は赤旗事件以来、これほど横暴な政府にはそうするしかないと考えはじめていたのを、すでに秋水には話してあったからだった。私のその決心は、赤旗事件の時、獄中で得たものだったが、出獄してもそれは衰えるどころではなかった。女の仲間は、あれほどしっかりした同志でも、赤旗事件でこりてしまって、出獄後はすっかりおとなしくなっていて、とても共に語るにたりなかったし、周囲の男たちも、目ぼしい人はみんな獄中で、やはり大事を打ちあけるような人はひとりも見当らなかった。かえって、地方の同志の中に、そういう頼もしい男がいるかもしれないと考えたりしたこともあった。

秋水と暮すようになって、私がその考えを打ちあけた時、秋水はうす笑いを浮べて、そうなれば、いよいよロシアの女革命家のように歴史に残るねなどとからかった。秋水も私の考えに心中同意していることを私は確信していた。秋水の書棚の奥には外国の新聞や雑誌からとった、爆裂弾の図のある切りぬきがあった。秋水は私がそんな過激なことをいう時、いつも面白そうに聞いていたが、そのうす笑いの中には茶化しているようなところがあって、本気に扱おうとしていなかった。その頃は、秋水の方が私に恋する熱度は高かったから、私が何をいっても、そういう過激なことをいうほど可愛くなるという状態だったのだ。事実、秋水はそんな話をする私を、

「お前自身が時限爆弾そのものだよ」

といって笑っていた。秋水の集めていた爆裂弾の図の中に、鞄《かばん》の中や袋の中に時計をしこんだ時限爆弾の図があって、いつかその説明をしてくれたことがあったからだ。またある時は真面目に、しみじみいうこともあった。

「誰だって、こう、無茶な迫害を加えられれば、それくらいのことは考えるよ。しかし、今、天皇をやっつけるというようなことが十中八、九、成功する筈ないし、とすれば、そのことだけで、また、もっと弾圧がひどくなり、辛うじて絶え絶えに残っている同志や運動を全滅させられないともかぎらない。うかつなことはそれだから出来ない」

もちろん、機熟し、人が揃《そろ》えば、それくらいのことはやるつもりだろうと、私は秋水の腹を読んでいた。

「宮下太吉に何ていってやったのですか」

と私が訊いた。

「まあ、初対面の人間だし、どこまで信用していいかわからないからね、この状態でいけばそういう考えも、次第に出てくるだろう。また、将来、そういうことも必要になる時もあるだろうねと、あいまいな返事をしておいた。不満そうな表情をしていたよ」

と秋水が答えた。私もその頃、煙山専太郎の本を読んで、ロシア革命のようなものこそ、革命というべきものだと思っていたし、その中にある女革命家の活躍にたいそう魅せられていたので、宮下太吉のような同じ考えの男が出現したというだけで心強く思った。

それでももし、秋水と共に出した『自由思想』が、あれほど苛酷な弾圧を受けなければ、事態は変っていた筈だった。元来、秋水の直接行動論というものは、同盟罷工《ひこう》をすることで、伝道して、同志を一人でも増やすということにあったのだから、『自由思想』を出しつづけることによって、赤旗事件で半壊滅の危機に立たされた社会主義の孤塁を死守し、仲間が帰って来た時、改めて華々しい活躍をする土壌をたがやしておければ、それで我慢出来た筈であった。

宮下太吉が二度めに私たちを訪れたのは、最初の時から四カ月ばかりもすぎた六月五日だった。その前に、亀崎から手紙をよこしていて、遂に爆裂弾の製法がわかったから、後はその処方に従って一日も早く、実物をつくってみたいなどいって来ていた。

亀崎は花火の盛んな土地柄なので、花火師から火薬の製法を教えられたということが書いてあり、現実感のある話なので、私は胸が高鳴るような興奮を覚えたものだ。

たまたま、宮下の手紙が来た時は『自由思想』第一号が蟻《あり》の出るすきもない官憲の包囲陣監視の中で刷りあがり、その発送に全力をそそいでいた時なので、私たちの意気は高揚の絶頂にあった。

発行日の五月二十五日にはもうすでに、二千部を発送し終っていて、残部をわざと差押えさせたのだから、私たちとしては痛快この上なかった。宮下太吉はその第一送の便を受けとって、その報せの中に爆裂弾製法発見の快報をおりこんできたのだった。

内山愚童が、『自由思想』の発行と時を同じくして、捕えられてしまったけれど、また時を同じくして、宮下太吉が爆裂弾の製造法を会得したというのだから、やはり、革命の気運成るというような劇的な興奮に私はひとり捕えられずにはいなかった。たしかにあの頃、私は自分が生きていることが、これほど生甲斐《いきがい》のあることだとはかつて思いも及ばなかったほど感じていた。しかも秋水との恋もまさに灼熱《しゃくねつ》の頂点のさなかだった。

宮下の手紙は、私と秋水の心身の結婚への天からの贈り物のように私にはまぶしく思えた。結婚の祝いといえば、おかしなことがあった。私ははじめて秋水にすべてをあたえ、彼の胸にぐっすり朝まで眠りこんでしまった日のことだった。

はじめて秋水に見せるきぬぎぬの朝の顔を少しでも美しくしたいと、そっと、秋水の腕からぬけだして自分の部屋へ帰った。鏡台に陽をあてようとふと何気なく、窓をあけたら、愕いてしまった。家の真前にあった生垣が破られ、紅白のまん幕を引き廻した一間に一間半ばかりの天幕が張られている。しかもその中に、籐椅子《とういす》と床几《しょうぎ》が並べられている。まるで園遊会のような有様なのだ。そこに、数人の角袖が、所在なさそうにたむろしている。

これまではす向いの増田家に年中はりこんでいたのが、更に大っぴらに警戒体制を示したというわけらしい。

私は、すぐ秋水の寝床へかけ戻ってそのことを報告した。

「まるで私たちの婚礼のためのまん幕みたいよ。紅白の幕なんですもの、結婚披露宴か、祝賀会の受付みたい」

私は秋水の胸にまた身をなげかけて、いつまでも身をもんで笑ったものだ。

けれどもそれ以来、彼等の態度はいっそう厚顔になり、平民社へ出入りの者は入る時も出る時も、帯をとかされたり、足袋までぬがされて身体検査をされる。住所氏名を訊くのは勿論《もちろん》のこと、中でどんな話をしたかまで根掘り葉掘り訊く。裏口へ出てみると、ここにも空の炭俵を数枚並べ敷いて角袖が二人、その上にぼんやり腰をおろしている。文字通り犬だった。

そんな中へ何も知らず宮下太吉がのこのこ訪ねて来て、血気にまかせ、入口で彼等と事でもおこしたら大変だし、巣鴨から千駄ケ谷に移っていたから、その日は秋水が新宿まで迎えにいった。朝早かった。さすがに彼等も秋水には一目も二目もおいているので出かける時は向うの方から立ち上って礼をするくらいだから、秋水がついてさえいれば、質問ぜめにはしないのだった。

宮下太吉は二晩泊って六月七日朝早く発っていった。その間に私たちは、宮下からくわしく、爆裂弾製造法発見の過程を話して聞かされた。

まず古本屋で国民百科辞典を買い、火薬のことを調べるため、ひとり研究してみたこと、亀崎の工場の旋盤工の徳重という男が、昔は田舎芝居の道具方で、舞台用の火薬の爆発で指をとばしていることから、徳重に近づきその調合を聞きだした苦心談。ようやく徳重から芝居で使う「ソロリン」という投げ玉の調合を訊きだしたこと。

「徳重の奴、危ないからおよしなさいって、なかなか教えないんですよ。そりゃ、奴の四本指のない手をみたら気持のいいものじゃありません。兄貴が花火屋をするからといっておどしたりすかしたりして、やっと口を割らしたのが五月も半ばでしたよ」

そのためほしくもない流星という花火のつくり方まで教わったと宮下はいった。徳重の教えたのは鶏冠石7に、塩酸加里《カリ》3の割合だった。宮下はそれを強力にするため、10と5の割合にして覚えた。

私は早速、百科辞典をひろげて、鶏冠石のところをあけてみた。

――ケイカンセキ　鶏冠石　As_2S_2　赤石の美麗なる結晶。単斜晶系に属し、成分は砒《ひ》素《そ》の硫化物。結晶は短柱状をなすものなれど、通常塊状をなして温泉火山地方に産出す。人工にては砒素を硫黄《いおう》と共に熔解《ようかい》して得べし。軟らかく脂光沢を有し、赤又は橙黄色《とうこうしょく》。透明又は半透明。空気中或いは酸素中にて熱すれば、青焔《せいえん》を揚げて燃ゆ。本邦にては石狩定山渓《じょうざんけい》、陸前文字《もんじ》、陸中尾去沢《おさりざわ》、下野《しもつけ》栗山等に産す。用途は、霰弾《さんだん》及び煙火の製造に供し、又顔料とし、製革の際の脱毛剤とし、又支那人は此れにて洋盃等を作る――

とある。私は鶏冠石の美しいといわれる結晶が血の色で思い描かれた。恋と革命の情熱に燃えている私の今の心臓こそ、鶏冠石の色をして煮えたぎっているのではないだろうか。火をつければ、青い焰《ほのお》をあげて燃えあがるのではあるまいかと。

宮下は亀崎をやめ、信州の明科《あかしな》へ転勤する途中だった。亀崎では、もう主義者としての宮下は、あまりにも有名で警察の目につきすぎるし、新しい天地で爆薬作りの実験をする方がいいように私も思った。宮下は、妻のさくが警察にそそのかされて、宮下に社会主義をやめてくれと迫ったり、家出したりする悩みも私に打ちあけた。宮下の話に相《あい》槌《づち》を打ったり、うながしたりするのは専《もっぱ》ら私の役で、秋水は始終、私たちのやりとりを面白そうに聞いているだけだった。

宮下が、爆裂弾を信州で作ってみて、山の中で実験してみたいといった時も、

「うん、信州なら人のいない山中もあるし、やれるかもしれないね」

というような相槌だった。私は秋水がもっと私たちほどに熱してくれてもいいのにと、ものたりなく思ったほどだ。

そんな秋水も、『自由思想』の相つぐ発禁にひきつづき、私たちの恋愛に対する嫉妬《しっと》と不満から同志が次々離れていき、匿名の原稿さえ断わられるようになってからは、もう、私たちの計画に冷淡を装うことはしなくなってきた。

餓死か、爆死か、政府の弾圧の手は私たちにそのいずれかを選ばせようとする。秋水

がついに私たちの計画を「正当防衛」だと認めだしたのは、私が病床からひきたてられ、投獄された頃からだった。

　覚悟は決めていたものの、私の三度の投獄経験の中で、この時が一番辛かった。何しろ、秋水とは恋の白熱のさ中だったし、生木《なまき》をさかれる思いとは、骨もきしむほどの辛さなのだということをはじめて思い知った。

　最初に取調べたのは、またあの憎らしい武富検事であった。赤旗事件の時、この検事がどんなに悪どい取調べ方をし、弱いとみると居丈高《いたけだか》にかさにかかって脅しにかかるか、知っているので、私は頭を下げてやらなかった。赤旗事件の時、この男が、どんな苛酷な論告をこの厚ぼったい口でしたかと思うと、顔を見るのも胸が悪かった。はじめから終りまで、私と武富は仇敵《きゅうてき》のように向いあった。

　しかし、またしても三度、この男から、今度の事件の取調べを受けるはめになろうとは、さすがにその時は考えもしなかった。

　昨年六月二日、それまで『自由思想』の罰金刑で服役中の私が、検事局に引き出され、そこでまたしても選《よ》りに選って、怨敵《おんてき》武富検事から、事件の発覚したこと、宮下太吉をはじめ、秋水まで検挙されたことを聞かされたのだった。まるで鬼の首でも取ったように得意満面でそれを告げる武富検事の顔を見ると、私は、事の重大さを聞き、すわと、足元の床が真二つに割れるような一瞬の目まいの後には、はっと立ち直り、満身に力をこめ、ありたけの憎悪の念を燃えたたして、眼のさけるほど、武富検事の顔を睨《にら》みかえした。

鬼検事と呼ばれていることが内心得意の武富は、被告さえ見れば、居丈高な態度で、出来るだけ、いかめしい、猛々《たけだけ》しい顔付きと目付きで威嚇してかかり、脅したりすかしたり、かと思うとまるで猫が鼠をなぶるような残酷ないじめ方をする。そのくせ、こっちが強く出れば、たちまち卑屈な態度で機嫌をとるようになり、ほんの少しでも油断し、気をゆるめると見るや、たちまち、かくしていた爪をといで飛びかかってくる。全く悪魔の申し子のような陰険極まりない男である。

私はこの男の『自由思想』の時の論告の峻烈《しゅんれつ》苛酷なことを骨身に徹して覚えていて、恨みは骨髄に徹していた。あの時は、未決にいた間じゅう、朝も夜も武富検事を呪《のろ》いつづけ、どんな報復をしてやろうかと、そればかり考えていた。怨みはよくよく激しかったとみえ、九月一日、四十七日ぶりで釈放されて、千駄ケ谷の平民社へ帰ってからも高熱にうなされる度、歯ぎしりして、武富検事を殺してやると口ばしっていたそうだ。その宿敵である鬼検事にどうして私が素直に会えるわけがあろう。

八月二十七日の『自由思想』の公判の時も、私は満田裁判長から、

「被告は発売禁止の命令に違反したのを悪事とは思わないのか」

と訊かれた時、

「今日のように政府の迫害がいたずらに甚だしく、社会党といえば、直ちに法律を濫《らん》用《よう》して之に臨む時にあっては、悪事とは思いません」

と答え、

「それならば、法律に違反しても主義の為にはするというのか」

「ことさらに法律に違反することは望みませんが、或る場合には已むを得ないことがあります」

といいきり、自分は社会主義者ではない、無政府主義者ですと、裁判長の心証を悪くするのを承知でことさらに明言したのも、武富のどんな卑劣な圧迫を受け、おとし穴に落ちても、私は私の信念をいささかもまげないことを、武富の前に誇示する気分があったからだ。

例によって、初めは居丈高に、まるで脅迫がましく、今度の事件の自白を迫る武富にむかって、私は怒り心頭に発して、ほとんど絶叫に近い声をあびせかけた。

「私は宮下太吉たちと爆裂弾で天皇を弑逆《しいぎゃく》しようという謀議をしたことはありません。どんなに訊ねられても、今日は何もいわない。いわないといったらいわない。あなたには断じていうものか。

私は一昨年の夏、赤旗事件のときあなたの取調べを受け、昨年の夏はまた『自由思想』の秘密頒布《はんぷ》と『自由思想』に掲載した「家庭破壊論」の事件でもあなたの起訴をうけ、情け容赦もない論告をされて、それによって有罪の判決をされ、現在はその罰金の換金刑で就役中だということは、よもやあなたも忘れてはいない筈だ。

警視庁の告発もなく、また『京都日出新聞』に掲載されたときは問題にもされなかった「家庭破壊論」を、幸徳と私が『自由思想』に掲載すると、たちまち起訴しただけでなく、公判の時のあなたの論告はあれで人間の血が通っているかと思うほど冷酷無比だった。私はあれを聞きながら、実に口惜しく、無念の歯をかみならし、悲憤の涙をしぼった。未決監に入ってからは、憎むべきわが仇敵武富検事を殺さずにおくものかと決意を固め、もし革命運動を起す時は、第一にあなたに爆裂弾を投げつけようと思っていました。その時は、あなたの法廷での論告の勢いが強いように、さぞ鮮血が勢いよくほとばしることでしょう。

四十二年出獄後の数カ月間も、あなたを倒そうという決心は変らなかったのですが、十月病気のため街頭で卒倒し、発熱がひどかった時も、うわごとに武富検事が、武富がといいつづけ、そんなに深く恨んでいるのかと笑われたくらいです。その後誰だったか、武富検事は個人としてはそれほど残酷な人ではないといったので、多少反感もおさまったのと、主義のための仕事もあり、私用もあって、今日まであなたを倒す機会を失っていたのです。けれども今、ここであなたを殺すことができれば殺します。爆裂弾か刃物をここに持っていたら、決行します。

あなたを憎悪している人は私ばかりではありません。あなたを憎んでいる人が幾人もあります。監内での悪評も非常なものです。畳の上でお死にになることができれば、大変な幸福です。お母さまがおありだそうですから、せいぜいおからだを大切になさいまし。私は裁判官の中であなたがいちばん憎いのです。その仇敵には何事もいう必要を認めません。今度の事件に私が関係があるとすれば、むろん死刑ものだから、充分覚悟していますので、万事包みかくさずに申し述べますが、あなたにだけは口が腐ったっていいませんとも」

思う存分ののしっているうちに、私は自分のことばに興奮して恨みと怒りがこみあげてきて、全身が震えてきた。取調所の机の上に、鉄の灰皿がのっていたが、私は無意識にそれを摑《つか》み、引きよせて、すきがあれば、武富検事をめがけて投げつけてやりたいと狙っていた。私の剣幕の物凄《ものすご》さに、さすがの検事も次第に蒼白《そうはく》になって睨みつけていたが、いつものおどしもおだても全く受けつけない私の状態にさじを投げだし、その日の取調べはそれまでで終り、退廷してしまった。翌三日からは小原直《おはらなおし》検事が武富にかわり、私の取調べに当った。

武富検事は私に恥をかかされっ放しでは、裁判所でも体面がないらしく、その後数日して、猫撫声《ねこなでごえ》でやってきて、

「あなたが僕には事件に関して一言もいわないと拒否するのはまことに面白い。僕も

そうまでいうあなたから、もう一切聞くまいと思う。そのかわり、あなたの生立ちや経歴を話してくれませんか。あなたの最も憎んでいる僕に、自分の経歴を書かせるのも面白いでしょう。実は僕も平穏に育った人間でもないのですよ」

と、自分の老母と貧乏の中を様々な苦労をして育ったことから、苦学してきた辛さなどをしみじみ語ってきかせたりする。裁判以外のことを話している時は、ごくあたり前の男で、格別鬼とも蛇とも思えない。私の虫の居所もよかったせいで、その日は、武富検事の要領のいいひきだし方、聞き上手におだてられたり、うながされたりして、つい自分の過去のみじめな数奇な運命をあれこれ話してしまった。

「ふむ、全く小説以上ですね。なるほど、そんな苦労をしたのですか」

など、武富は相槌をうちながら最後まで聞きだすと、

「こういう話を聞くのもよくよく僕たちは因縁があるのですね。あなたがもし死刑にでもなったら、僕は誓ってあなたの墓前に香華をあげにいきますよ」

などという。今になって思えばあれも、武富流のぺてんにのせられたことで、おそらく後では、自分が、強情な管野の口を割らして、ここまで聞きだしたと、朋輩《ほうばい》仲間にとくとくと自慢したことだろうと思う。

覚悟して、自分から、換金刑のために望んで入った今度の場合とちがい、去年の投獄は日がたつほど口惜しく、私は獄中で、復讐《ふくしゅう》のことしか考えていなかった。

新宮の大石宅にいってた新村忠雄とは始終、手紙の往復があり、宮下のことも連絡してあった。新村忠雄が新宮へ発つ前から、私と彼の間では日常の座談に、爆裂弾のことは始終出ていた。新村忠雄は、頭のいい、真面目な主義者で、秋水を尊敬している以上に私に心酔していた。仲間の中には忠雄が私に恋をしているのだなど囁《ささや》く者もあったし、私もそれを感じていたが、忠雄自身が、まだ童貞で、口では女についていっぱしのことをいいながら、本当は、女の肉体については何ひとつ知っていない。私への恋も、周囲の者の目に映っていても、当の本人はそれを恋だと自覚しないもののようだった。寒村より二、三歳年上の眉目秀麗な美少年の忠雄に慕われていることは、私には悪い気持のものではなく、秋水がまた不思議に新村忠雄にだけは珍しく嫉妬しないのだった。中国留学生の主義者の張継が私に夢中になった時も、坂本清馬が、私を頼りにしてきた時も、みっともないほど妬《や》いた秋水には珍しいことだった。噂《うわさ》では忠雄のことをインポテンツだなどと、無責任なかげ口が流れていたが、或いは秋水は男だけにわかる本能で、何かそんな生理的な安心を忠雄に抱いていたのかもしれない。ともあれ、私は忠雄には、何でも安心して打ちあけるようになっていた。

七月十五日、病床から引きたてられ拘引された時も、獄中から忠雄に手紙を出し、残された秋水のことを頼み、秋水が心配だから新宮から出来るだけ早く帰ってきて世話してもらうようにしておいた。

九月一日、私が七百十円という莫大な罰金を背負って千駄ケ谷の平民社に帰った時は、秋水と忠雄の二人だけが迎えてくれた。

荒れはて、広いばかりでまるで化物屋敷のようになった家に、よれよれの汗臭い浴衣をまとった男二人を見た時、私はいじらしさと情けなさと口惜しさに、獄中の疲れも忘れて、ぎりぎり奥歯を鳴らしてしまった。おそらくあの時の私の顔は、絵で見る鬼女のような形相をしていたことだろう。

「七度生れかわっても、彼等をとり殺してやる」

と私は声にだして呻《うめ》いた。

私の入監中にも宮下太吉は、明科でひたすら、爆弾の原料集めに腐心していた。これも、後に逢った時、苦心談として聞かされたのだけれど、染物屋だと称して、明科へ行く途中立ちよった甲府の薬屋で塩酸加里二ポンドを買いいれた上、尚、新宮の新村忠雄に頼んで追加を送ってもらっている。忠雄は、大石ドクトルに頼んで、塩酸加里一ポンドをもらい宮下に送った。それから間もなく、新村忠雄は私の手紙で、東京の平民社へ帰り、私の入監中の留守を、秋水に仕えてくれたのだ。もう女中もおけなくなった家では、忠雄はなくてはならない手助けだった。

私の入監中、私と秋水の恋愛問題を理由に、同志という同志がそむき去っていて、もう平民社へは訪れる者もいなくなっていた。私たちから筆を奪い、友をさき、千円近い

罰金を負わせ、兵糧責めと金責めで、自滅させようとする政府に対し、誰が復讐を誓わ

ずにいられただろうか。

これまでは、私の過激な天皇暗殺計画を遠い将来の夢物語のように聞き、

「このままの政府のやり方だと、いつかはそういうことになるさ」

程度の反応しか示さなかった秋水も、もう、私の意見にほとんど同じ激しさで共感するようになっていた。

「このままだと、どうせ、私たちはじりじり殺されるんです。どうせ殺されるなら、相手を殺してやりましょう。私たちはもう猫を嚙《か》むしかない窮鼠《きゅうそ》じゃありませんか」

「そうだ。もう、こうまでやられるなら、どんなことをしたって、正当防衛だ」

と心を決めた。その上、出獄して一週間め、九月八日、私が食料品の買出しに出かけた時、家から一丁ほど先で、倒れ、人事不省になり、尾行の刑事があわてて背負ってつれ帰るという事態がおきてからは、ますます秋水の気持も激化してきた。

秋水は病気でうわ言の中にも武富検事を呪うような私の枕元で郷里の身内あてに悲痛な手紙を書いていた。

――拝啓、皆々様愈々《いよいよ》御壮栄大慶の至りに存じます。扨《さ》て今日は少々面倒な御依頼を致したいことがありまして此《こ》の手紙を認《したた》めます。どうか御熟読の上、御相談下されて何分の御返事を願いたく思います。それは外でもありません。目下私の言渡しを受け

て居る罰金のことです。私が多額の罰金を言渡されたのに就いて、諸方ではビックリして、モウ社会主義の運動をやめよとか、そんな馬鹿なことをするなとか、色々忠告して来られます。併《しか》し今私が主義を捨て運動をやめたからとて罰金を許してくれはしないので、矢張り払うものは払わねばなりません。それで今の私の問題は、主義をやめるとか、やめぬとかいうことよりも罰金をどうするかということが目前に迫って居るので、此方の片がつかねば、あとの世渡りの方針を立てることは出来ません。外の仕事をせよとか、田舎へ引っこめとか言うても、この方がきまるまではドウすることも出来ぬのです。

今、言渡されたのは、初めの百円、次に二百十円、しまいに四百円で合計七百十円です。此の内、百円だけ極って、あとの六百十円は控訴中なのですから未《いま》だ極りませんが、併し此の上へることはあるまいと思います。尤《もっと》もそれだけ取られることになっても一時に払わずとも良いので、初めの百円は今月の始めに二十円だけ入れて置きました。是《こ》れから毎月二十円か三十円位ずつ払わねばなりますまい。控訴の方が極れば今少し沢山に払って行かねばなりません。いずれにしてもそれだけの物は半年か一年の間に払う見込を立てて置かねばなりません。

此の罰金は七十円だけは私の名義で、あとは管野須賀子の名義なので、これが払われねば私が七十日の入獄、須賀子が三百四十日の入獄をしなければならぬことになって居ます。併し名義は誰にしても、総て私の仕事ですから、私が、一切の責任を負うべき筈で、殊に病人の女子を一年内外も入獄させることは、どうしても出来ないことです。若《も》し入獄させれば必ず死んでしまうのに極って居ますから何とかせねばなりません。

それで諸方の同志も色々心配してくれ、既に先頃須賀子が拘引された時分から、集まった金は二百円余にもなりましたけれど、内のくらしや差入れやら、いろいろ物入りが多くていくらも残りません。其の上私も去年上京以来千四、五百円の入費はかかって居ます。其の中書物の売上げや何かで五、六百円は自分で儲《もう》けたのだけれど、あとは大抵友人や同志からの借金ですから、此の上同志や友人に厄介をかけるのは誠に心苦しいのです。

右の次第ですから、私は今私の名義になってる家と地面とを、相当の値段で駒太郎殿なり誰なりに引取って貰いたいのです。そして其の中で罰金を払い、残りで今後のくらしの資本にしたいと思います。尤も其の金は一時に貰わなくてもよいので、二度か三度にわけてもよいのです。

私も国にいくらかの金になるものを得て居ながらそれを其《そ》の儘《まま》にして置いて、此の上同志や友人に出してくれということは出来ないのです。またそれだけの物があるのに須賀子に入獄せよということは出来ないのです。今の世の中の人は、人間の命よりも、名誉よりも、家や地面を大切にするのが多いですけれど、私共はそれは出来ません。またそんなことをしては済まないのです。若し東京の友人や同志に相談するなら、自分の物を一切なくして裸になった上でなければ相談は出来ません。

私も段々長い病気で、医師の説では三年か五年しか持つまいとのことです。入獄すれば猶更《なおさら》早く死ぬでしょう。生きて居る間、世の中の為になることをして置けば、いつ死んでも惜しくはないのですから、ましてや家や屋敷などは何でもないのです。また今日の場合、私がそんなものを貯めて居ては、今まで沢山金を出してくれた人達にすまぬのです。

幸に此の相談が出来れば、罰金もかたづけ、キレイな自由なからだになって、残金をもとでにして何か仕事をして、三年か五年か生きて働いて見るつもりです。私は去年国許に居た経験によって見ても、どうしても東京に居なくては、食うことが出来ないので、これから田舎に居てくらすことは出来ないのですから、殊更家などは無用の物になりました。若し自分に子供でもあれば格別ですが、それもないのですから、唯世の中の多くの人の為に、少しでも自分の仕事を残して置けばよいのです。

私に取りては家や屋敷をなくすことは、何とも思いませんけれど、田舎では重大なことのように考えられますから、皆々様の御相談を願う為に、連名にして申上げるのです。此の御たのみするまでには、私も大分考えた上でのことで、是れより外に私の面目を保つ方法はないのです。

　実際私は今、日本全国を相手にして戦うて居るので、政府は金責めにして私を自滅させようとするのです。五百や七百の金で自滅するのは口惜しいけれど、此の相談がまとまらねば、政府の注文通り私は自滅させられるのです。殊に一方に多少の財産を有しながら病人の婦人を入獄させるようなことがあっては、全く世間へ顔向けが出来ないのです。どうか充分御察しを願います——

　親類の代表者四人連名宛名のこの手紙を書きあげた時、秋水はそれを私に読ませた。この話を聞かれる秋水の母の心中を思いやって私は泣いた。

　手紙のむきは聞きとどけられたけれど、田舎の相場と秋水の見込みの差異があって、秋水の空想した半値にもならず家と土地は取引された。

「代価は何程のものか、御地の相場は私には分りません。併し私はいくらでもいいのです。今のところ私の方は絶体絶命ですから代価の高い安いは言って居られません。出来るだけ金にすればよいのです」

　というようなかけあいがあって、結局予定の半額にもたりない金で、処分されてしまった。

　本当にもう、裸一貫になってしまった秋水に残されていることは、命をはって斬り込むしかないという手だてだけであった。

この頃の秋水は、訪ねてきた自由党の残党老士奥宮健之に、

「今もし、爆裂弾を天皇に投げつけるような事態がおこったら、日本ではどんな結果になるだろう」

と研究的に訊いたりもしている。かねがね私たちと奥宮のような人を味方にしたら心強いと話しあっていたのでいくらか奥宮の気をひいてみる気持もあったのだ。奥宮は、

「そりゃ、だめだ。日本では皇室への迷信が強いから忽《たちま》ち人心を失って失敗する。絶対不成功だな」

と答えたのでそれ以上は話さなかった。家を売る手紙を故郷へ出してすぐ、一度、宮下太吉の爆弾製造はどうなっているのか、偵察にいった方がいいというので、忠雄が帰郷を兼ねて、明科へ立寄ることになった。

九月二十八日、忠雄は宮下を訪ね、薬研《やげん》が必要だというので、買えば目だつからと、郷里の医者の娘西村八重治に借りることを約束した。八重治が薬研を人に貸してあったため、忠雄は兄の善兵衛に八重治から借りられたら薬研を宮下あてに送ってもらうよう頼んで帰京した。

善兵衛は何も知らず、この薬研を送ったというだけで、どうしても申し開きを聞かれず、主義者でも何でもないのに懲役八年の刑に処せられてしまったのだ。

十月の初旬、私たちは古河力作を平民社へ招き、はじめて、今度の計画を打ちあけて仲間に誘った。力作は軀は四尺にたらず、一寸法師のあだ名のあるほど背丈が小さいが肝が坐っていて、短刀で桂首相をつけ狙ったというような逸話の持ち主だったからである。私が『自由思想』の件で拘引された時も、自分から身替りに行こうとまでいってくれたし、『自由思想』の印刷人にもすすんでなってくれていた。力作は二つ返事で仲間に入った。

宮下が爆弾の製造に成功したといって来たのは忘れもしない十一月の初旬だ。十一月三日の天長節の日には松本で花火をあげるので、五里ばかりへだたっていてもよく聞えるから、それにまぎれていいだろうと宮下は考えた。

明科の背後の大足《おあし》山中で夜八時頃、宮下はこの試作品に火をつけて見た。爆弾は大音響をたてて破裂し、その音は、明科の町の家の障子をふるえさせたほどだったという。

大成功という宮下の手紙が届いた時、私は病気が重くなり、十一月一日から新宿の加藤病院へ入院していた。院長の加藤将郎は秋水の友人で、主義者には同情的なので、私たちは病気といえば、加藤病院のお世話になっている。もちろん薬代も入院費も払ったことがないのだった。

お千代さんが秋水と別れて名古屋へ発った時も、加藤病院の別荘で静養してから帰っている。

私はその頃、自覚していたよりはるかに重態だった。熱は朝から三十八度を越えたのが上りっぱなしだし、神経が上ずっていて、半狂乱になっていた。秋水は加藤さんからひそかに覚悟を需《もと》められていたと、治ってから話してくれた。

強度のヒステリーなので、刺戟《しげき》的なことは一切聞かしてはいけないといわれていたけれど、宮下のこの快報だけは、忠雄がこっそり病院へ持ってきてくれた。

秋水も忠雄もほとんど毎日、交替で病院へつめてくれていた。しかし、その時、秋水に私が爆裂弾の成功のことを喜んで話そうとすると、秋水は全く冷淡な顔付きになった。

「何をいうのだ。今は刺戟的なことを考えちゃいかんと加藤さんにあれほどいわれているのに。そんなことは病気が治ってからあとのことだ」

と、不機嫌に一蹴《いっしゅう》する。私はその時、秋水がもう、今度の計画を後悔しはじめているのではないかと直感した。秋水が殆ど私と忠雄くらいの熱情を、この計画に見せたのはせいぜい九月いっぱいのことだった。財産を失い、私の病気の看病に疲れ、収入は皆無の生活の中で、私と共に狂熱のように燃え上っていた憤りの炎が一時おさまってみると、秋水には今度の計画の無謀さが目に見えて、情熱を次第に失ったものらしい。とはいっても、これまで私たちに、革命だ天皇制打倒だと口癖のように鼓吹していた手前、頭から反対も出来なかったのだろう。更にもっと深く秋水の心中に入ってみれば、自分は手を下さないで、誰か、命知らずの人間が、一人一身を犠牲に供してそれくらいのことをあえて実行し、世間を震駭《しんがい》させることくらいは、あっても悪くはないというのが本音ではなかったか。

そしてその秋水の目には、宮下太吉の単純な熱血漢ぶりが映ってきて、太吉一人がこれを断行してくれないものかと考えていたのではないだろうか。

一カ月の入院を終え十一月三十日、私が退院して帰ってきた頃は、秋水の情熱は更に冷えきっていた。

十一月二十三日に、フェレルの処刑の報が新聞に出たことが、秋水の臆病風に一層拍車をかけたと察しられた。もちろん、秋水と一番交渉の多い忠雄は私よりも早く、秋水の心変りに気づいていた。

「結局先生は実行の人じゃないんだと思うな。それに、先生を今度のことで殺すのは、運動の上からいっても決定的な大損失だよ。やはり先生ひとりには生き残ってもらって、我々の気持も行動も後世に伝えてもらうべきじゃないだろうか」

忠雄が退院した私にそういった時、私は愕《おどろ》かなかった。病院で、私もそのことばかり考えてきたからだった。けれども秋水には、私がそれを感じていることは切りださなかった。

宮下太吉が十二月三十一日の夜、十一時もすぎて信州から上京して来て、大晦日《おおみそか》を私たちとすごした。

宮下は、爆弾の見本のブリキ罐《かん》と鉄製の罐を一つずつ持って来て、別に塩酸加里と鶏冠石も持参した。罐は直径一寸、長さ二寸くらいで小さな私の掌で掴むと、丁度掌いっぱいになった。

「こんな小さなもので人が殺せるかしらねえ」

私は軽く頼りないブリキ罐を握りしめてつぶやいた。一瞬、何故だか胸の中に冷たいすきま風のようなものがすうと吹きこみ、不吉な感じがした。

「幸徳先生が調べて下さったのは、薬の割合が四分六でしたが、強力にしようと思って、実験の時は五分五分でやってみました」

宮下は、はりきって報告した。秋水は、それに返事せず、

「まあ、のめ」

と、自分で銚子をとり、宮下の盃《さかずき》を満たしてやった。宮下は決行の日数とか手筈とか、具体的なことを決めるつもりで出京したのに、大晦日からのみはじめ、元旦はみんな酔っていて、真剣な話になどならなかった。秋水が殊更、その話をそらせようとしていることが私にはわかった。罐を投げる練習だと、みんながかわるがわる畳の上に投げつけてみた時も遊び半分で、真剣ではなかった。

「横に持った時の方が力が入るな」

忠雄が二、三度たてつづけに投げてみていった。

「人に当るように投げても駄目だ。爆発させるのは、目的物の近くの堅い物に罐をあてなきゃならんから、道とか、壁とか、馬車の胴とかめがけた方がいいんですよ」

宮下がいって、自分も鉄の罐をとり、模範を示すように畳に腰を落して投げつけた。忠雄より宮下の方が恰好がよかった。私もやってみた。うまいうまいと、宮下が浮ついた声でいい、大げさに拍手した。

「中身が入ってないから、軽くて調子がわからないわ。あなたもやってごらんなさいな」

秋水は壁にもたれた腰をあげようともせず、坐ったまま、私から渡されたブリキ罐を犬にでも与えるような気のない手つきで投げた。投げるというよりほうったという感じだった。秋水のその態度は冷笑的で、全然、真剣さも熱意もなかった。さすがに宮下は、秋水のそんな態度にあきたらず不平に感じる表情をかくしきれなかった。私は、秋水のそんな態度をおぎなうように、無闇に罐を投げては拾い、投げては拾い、くりかえした。

「もうやめろよ。餅でも焼かないか」

秋水が冷たい声で私の動きをさえぎった。

前以《もっ》て連絡しておいたのに、当日、古河力作は来なかった。

力作は滝野川の康楽園という植木屋に奉公している園丁なので普段はなかなか閑がなかった。

宮下は、私たちの態度に失望と不満を感じたせいか、一日に早々と帰ってしまった。翌二日、古河力作が来て、もう宮下が帰ったというと、あっけにとられた顔をしていた。今度の事件が全く陰謀というほど名誉な名もつけられない不確かで不充分な計画だった証拠に、最も大切な同志だというのに、幸徳、私、忠雄、太吉、力作の全員が一堂に会して相談したという機会が一度もない。しかも、宮下太吉と古河力作とは、今度の公判廷の大審院ではじめて互いの顔をあわせたという程度の関係なのだ。こんな同志、こんな陰謀がどこの世界にまたとあろうか。

秋水のあまりの不熱心さは、私にも忠雄にもいく分感染しかかってきた。秋水は正月がすぎ、二月に入る頃には、もう露骨に私を計画から外させようとした。

「死に急ぎすることはない」

とか、

「お前も、これまでずい分、苦労ばかりしてきて、人世をしみじみ味わう閑もなかったではないか。可哀そうでしかたがない。せっかくこうして結ばれあったのだから、もう少し、女らしい生活や、幸福らしい幸福を味わわせてやりたい気がする。いっそ、二人でしばらく田舎にひっこんで、からだの養生もし、時世を待ったらどうだろう」

とか、

「どうしても兆民先生の哲学を書き残しておきたい。これだけは弟子としてぼくのしなければならない仕事なのだ」

とかいうのだった。またある時は、

「母さえいなければなあ……二十すぎから後家を通して苦労しつづけてきた母に、七十すぎて、また、不孝を重ねるかと思うとたまらない」

など感傷的になって涙を浮べることさえある。

　私は秋水のそんな迷いを何を今更、女々《めめ》しいと思う一方、一々、尤もだと思う日もあった。そしてやはり、秋水を愛していたから、こんなすぐれた人を死なせるのは、たしかに私たちの損失だし、一日でも長らえさせてやりたいとも思うのだった。しかし、秋水が、自分がぬけ、私をひかせると、古河力作もまず逃げだし、最後は忠雄も私たちに従って、宮下ひとりが、決行するのではないかと計っている心を見抜くと、私はどうしても秋水の考えについていけなくなる。何といっても、この計画は秋水の思想や、文章や言動が、私たちに暗示をかけ鼓吹したことは否み難い。そして、後は私の狂熱的な復讐の情熱が、彼等をあおりたてたことも否めない。たとい秋水が、計画からぬけだしても私は、私の責任を果すしかないという思いをますます固めていった。

　小泉三申が秋水の窮乏を見かねて「通俗日本戦国史」の仕事を持ちこんでくれたのは、たまたまそんな二月の頃だ。三申に私も呼ばれて、秋水を扶《たす》け、この際、おとなしく一まず湯河原へ行ってくれといわれた。私は三申の親切と厚意にほだされもしたし、秋水への三申の男の友情に感激もしたし、一応は、三申のすすめに従うふりをした。

三月二十二日、秋水と私は、思い出のこもる平民社を畳み、荷物は増田にあずけて、一まず湯河原へ落ちついた。矢尽き刀折れ落城して都落ちという実感がした。

新村忠雄は、郷里に帰っていたが、私たちを見送りにわざわざ出京してくれた。その時、忠雄は秋水に、質問した。

「結局、今、こんな計画を実行しても、無駄なのだろうか。かえって、主義の前途のためにも損失だけ残るのではないだろうか」

忠雄としては煮えきらなくなった秋水から、最後の答えを引きだすつもりもあったのだろう。その時秋水は、

「いや、それは無駄ではない。たとい失敗したとしても、その効果は必ず十年後にはあがる筈だ」

ときっぱりいった。私も忠雄も互いに顔を見合せこそしないが、心中、秋水は自分はやる気はなくなっているけれど、誰かがやるのはまだ望んでいるのだなと感じた。

私は世話女房になって、秋水を扶け、戦国史の編纂もすると三申に誓ったものの、天野屋に行ってからは、どうしてもそんな生ぬるい生活に落ちつくことが出来ない。もともと私の心の底は、これが秋水との最後の名残りの日々だという思いがあるから、いつでも、別離の感傷が日常の動作や会話の裏づけになっていて、感情がゆれ動いている。

その上、いくら金のためとはいえ、通俗戦国史などというものは秋水の仕事ではない。本気で手伝う気にもならないのである。

第一、目前に、まだ払いきれない罰金の催促がひかえていて、落ちついてもいられない。

忠雄からは相変らず、真剣な手紙が来ていたが、私はもう次第にそれを秋水に見せることもしなくなった。

そのうち、出獄した寒村が、私たちの裏切りに逆上しているという噂が伝わって来るようになり、寒村自身からの手紙もそれを裏付けて、湯河原まで追ってくるようになった。

秋水が政府の買収に応じて主義を捨てたのだという噂まで伝わってくる。それらのすべてが私には情けなく厭《いと》わしかった。あたりの風景がのどかで、窓から見える海の表情がおだやかであればあるほど、私の心の底では、圧迫された情熱が荒れ狂っていた。まるでそれしか、互いを慰め、現実の厚い壁を破る方途がないように、私たちは湯河原に落ちついてからは、連日のように物狂おしい性愛に身を投げかけてみたが、神経ばかりが興奮して、あの恋のはじめの『自由思想』という理想の灯を必死でふたりして守りぬいていた頃のようなやすらぎや充足はもうかえって来ないのだった。私たちの性愛には日ましに頽廃《たいはい》の気が色濃くなっていく。

「やはり、私、換金刑に行きます」

軀を離した後に襲ってきた虚《むな》しさを打ち消すようにある夜私は強くいった。

秋水はだまったまま、すぐには答えなかった。

もう何度もふたりの間では繰りかえされた問答なのだ。秋水はいつでもそんな時、何とかして、戦国史を書きあげたら、金もまとまることだし、それまで、警察の方に何とか延引工作をしようというのだった。しかし、その時、はじめて、黙ったまま、寝がえりをうち私に背をむけた。

私は秋水とこういう暮しをしていたら、次第に、戦闘心が鈍り、心が徐々に頽廃に腐《ふ》蝕《しょく》されていくような怖れを感じはじめた。もうこの上は、思いきって換金刑に身を投じ秋水と離れたところでひとり自分を見つめたかった。丁度、私が前年秋、入院したことによって、秋水が私の狂熱から解き放たれ、爆裂弾計画から一歩身をひき、彼本来の筆戦によって、自分の主義を貫こうと考え直しはじめたように。私には私の道がある筈だった。

秋水と、こんな平凡な安穏な幸福の中にひたりこむならば……あれほどの苦痛を獄中の寒村に与えた言いわけも出来ないと私は考えた。

もう、秋水も私の決心をひきとめようとはしなくなった。

「いいだしたらきかない女だから」

投げだすように最後に秋水にいわれた時はさすがに自分の激しい性格がうらめしく、泣いた。

五月一日、私は上京した。上京してみるとたちまち、決心もどこへやら、秋水が恋しく、連日、日に二通も時には三通も湯河原へ手紙を書き、逢いに上京してくれとせがみつづけた。秋水は私の頼みを聞きいれ上京した。その秋水の口から、寒村が私たちを殺す覚悟でつけねらっているという警察からの注意があったと聞かされた。

秋水も私もつとめて、例の計画のことには触れまいとつとめた。

十八日入監という前夜、増田家へ見送りに来てくれた新村忠雄と古河力作とで久々に語りあい、決行の日のくじ引きをした。くじは私がつくり、忠雄が、自分と、宮下の分を最初にひき、残りを古河力作がひいた。私一、古河二、新村三、宮下四の順序になった。

一と二とだけでやれば充分だから、あとの二人は、残って、万一の次回を期すという計画だった。

決行は、私が監獄を出る秋頃ということになった。

くじ引きが終った時新村忠雄が、この春頃から、宮下太吉は、自分の部下の清水太市郎の妻と通じていて、でれでれしてなまっているというのだった。その上清水に、大切な爆弾を預けてあるという。

「そんな馬鹿なことが」

私の声は咽喉《のど》にからみついて、躯がふるえてきた。

「私なんか、愛する秋水にさえも話してもいない大切な秘密を、よくもそんな男にもらしたものだわ。そこから事件はわれますよ」

いっているうちに私の不安はますます確信的になり、私は息苦しいほど動悸《どうき》が高なってきた。

忠雄も、顔色を変え、

「実は、ぼくもそのことが不安で……心配でたまらなくて……」

という。もっとくわしく聞いてみると、いっそう話はひどかった。清水は昔壮士芝居の役者をしていたような男で、宮下は、自分の部下として伝道したつもりでいるけれどあやしいというのだった。宮下が五月から清水の妻と通じた時、今度の計画を女に打ちあけてしまっている。ふたりの仲はもう周囲の噂になって相当拡まっているのだ。

宮下は女に自分といっしょに逃げてくれというと、女はあなたとの間はあなたが明科にいる時までにしようというのだという。それで宮下は女へのみれんもあり悩んでわざわざ忠雄を呼びだし、女との事を相談したとか。

私は益々、目の前が真暗になった。

清水は警察の犬にちがいない。妻はおとりにつかわれたのだ。どうしてそんな見えすいたことがわからないのだろうか。これまで、ついつい宮下太吉を実質以上に買いかぶっていたらしいと気づいた。しかしそれも、考えてみれば、宮下が爆裂弾を苦心して作って上京した時の、秋水の冷たい反応の仕方を思うと、宮下のはりつめていた革命への情熱を持ちつづけさせ得なかった私たちの責任にもかえってくるのだった。

「万一、犬でなくったって、誰が自分の女房を寝取った男のためにつくしますか。すぐ爆弾を清水から取りかえすよういってやりなさい」

私は新村忠雄にはげしくいった。

しかし、その時受けた私の予感が適中してしまったのだ。それから二十日もしないうちに、清水に密告され、事件は暴露され、一斉検挙になったのだ。

宮下についで、新村、古河も、検挙され、薬研を送ったというだけで、忠雄の兄善兵衛も、宮下に爆薬をつくる部屋を貸し、宮下の命令で罐を作らされたというだけで、部下の新田融も検挙された。既に換金刑のため入監していた私はそのまま。

秋水は六月一日、天野屋から上京のため駅に向う途中湯河原で検挙された。

事件は日を逐うて全く思いもかけない拡大方針がとられ、拡がる限り拡げつくされていった。新宮の同志、大阪の同志、熊本の同志まで火の手が飛び、一度捕えた以上は、是が非でもこの事件に結びつけるという言語道断なやり方で裁判がすすめられていった。

この事件はいつのまにか幸徳事件とか、大逆事件とか呼びならされているようだけれど、とんでもないことだ。真相は、秋水、私、忠雄、太吉、力作の五人だけが識っていることであり、それも、秋水と力作は、全く罪がなく、強いていえば、私と新村忠雄と宮下太吉の三人の服罪だけで充分の事件なのだ。勿論、私は最初から死刑を覚悟でやったことだから、いささかの悔いもないけれど、この無法野蛮な裁判を受けてみると、だまって死刑にされるのは実に口惜しい。私も、新村も、宮下も、せいぜい不敬罪くらいで充分の罪にすぎない。一審にして終審。はじめから、裁判の結果は決められてあり、形式だけだったのだ。

公判になって、はじめてこの国家的裁判の陰謀を識り、私はあいた口もふさがらない想いだった。本当の暗殺者、本当の殺人鬼は、私や、忠雄や、太吉などの、浅慮、軽率な小人ではなく、もっと、偉大な悪魔だったのだ。血も涙もない平沼検事たちであり、あの温容の仮面をかぶった鶴裁判長であり、この裁判の黒幕になって、すべての糸をひく、山県や、桂等であり、彼等の報告を疑いもしない人なのだ。

十二月十日から連日つづいた公判の席にあらわれた相被告たちの、一人一人の陳弁を聞いていると、人間のあわれさ、いとしさ、浅ましさ、見苦しさがすべてそこにさらけだされ、私は毎日獄中に帰って、泣かずにはいられなかった。

最初から、最後まで主義者として節を守りぬき、一瞬も乱れなかったのは、秋水と、忠雄と、私だけだった。

秋水に対して、私はつきない恨みを抱く自分にはなっていたけれど、公判廷の秋水の堂々とした態度には、心底頭が下り、この男を短い期間にせよ、自分の情夫となし得たことだけでも、三十歳の女のわが命栄《は》えあるかなと秘《ひそ》かに慰められた。

秋水がはっきり、今度の事件から手をひいていたにかかわらず死刑を覚悟で終始、自分を弁護せず相被告の救出だけに弁じたことは、私にとっても最後の慰めであった。秋水の書いた「兆民先生」の「人物」の一節に、

——予曽《かつ》て曰《いわ》く、仏国革命は千古の偉業也《なり》。然《しか》れども予は其の惨に堪えざる也と。先生曰く、然り予は革命党也。然れども当時予をして路易《ルイ》十六世王の絞頸《こうけい》台上に登るを見せしめば、予は必ず走って剣手を撞倒《つきたお》し、王を抱擁して遁《のが》れしならんと、此の一語、以て如何に先生の多血多感、忍ぶ能《あた》わざるの人なりしかを知るに足る可《べ》し——

とあったのを思いだす。所詮《しょせん》は、秋水は情の人だったのだ。

忠雄の見事さには目をみはった。彼はこの事件を通して、わずか一、二年の間に急速

に人間としての成長をとげたのだと思う。前途有為の青年の青春を、若葉のままつみとったことを私は獄中で何度か後悔していた。しかも忠雄をひきいれ、最後までひっぱってきた私の中には忠雄自身気づいてはいない私への恋心を多分に利用していたことを告白しなければならない。それを思い彼を思い、忠雄を見る度心が痛み、善兵衛の傷ましい姿を見る度、その足許にとりすがってわびたいと幾度思ったことか。

けれども今はもう、忠雄には許してもらおう。彼こそはこの事件の栄光を、いつの世か、五十年先、百年先で、私とただふたりわけあうべき人間になるだろう。歴史が幸徳秋水の名をとどめる限り、人々はその両脇に脇侍《わきじ》のように管野須賀子と新村忠雄の名を記憶しつづけるであろう。

公判廷で、鶴裁判長は被告に向って、いいたいだけのことを追加して陳弁せよといった。私たちは、それをこの上ない公平で温情ある処置と誤解し、口々に最後の思いのたけを口ばしった。後で考えれば、どうせ、殺すに決った雛《ひな》たちに、最後に鳴きたいだけ鳴かせてやれという程度の温情だったのだ。

その後弁護士たちの弁論が三日にわたって陳開されたが、彼等の要求した証人はひとりとして認められなかった。

宮下太吉は最後に自分で自分の顔に泥をぬりつけてしまった。虚栄心のため爆裂弾をつくったものの、最後は怖ろしく川へでも投げたく思っていた。こんなもののためにこれほどの犠牲をつくり、死んでも死にきれないと叫んで、法廷で嗚咽《おえつ》した。あわれなユダよ。

　風邪でもひいたのだろうか。急に軀に震えがくる。私は眠っていたのだろうか。額が火のように熱い。

　いつのまに、こんなに昏《く》れてしまったのだろう。いったい今日は、どういう日なのか。森閑として物音という物音が聞えない。まるで海底の中に、監獄全体が沈みこんでしまったようだ。

　空腹なのに気づく。立っていって報知機を思いきりひっぱってやる。足がふらつく。カタンカタンという報知機の木の板を打つ音だけが無気味にひびく。

　癪《しゃく》にさわって、むやみにひっぱってやる。

　ようやく靴音が近づいてきた。私が覗《のぞ》き窓に顔を押しつけていたら、廊下から覗いた看守が、

「ひいっ」

と悲鳴をあげ飛びすさった。

「どうしたのよ」

　私が声をかける。まだ、正気にかえらず、目をみはり、頰をひくつかせたまま、看守

が、操り人形のように声にならぬ口だけをあえがせる。

「おなかがぺこぺこよ。いったいどうしたの。監獄にもストライキがおこったの」

私は冗談をとばしながら、自分の声が、妙に凄《すご》い反響になって壁中からかえってくるのを感じる。

「す、すみません。つい、今日は朝から取りこんでしまって……つい、まだ……」

「とりこみ」

私はそう口にしたとたんに、覚悟していた筈なのに全身の血が凍ったように動きを止めたのを感じた。

「今日だったのね。やっぱり今日、だったんですか」

看守の全身がわなわなと震えだした。

「私は、これからですか」

看守はまだ口がきけない。

「私は……いつ」

「みんな、今、終って……もう暗くなってしまって……管野さんだけは明日に」

看守は自分が何をいっているのかわからないらしい。あえぎあえぎつぶやいた。いい終ったとたん、また、ふひいっとも、ふえっともつかない笛の破けたような声をあげて、廊下を走り去ってしまった。

目が覚める。昏《くら》い海底から徐々に持ちあげられるように、軀がふわっと軽くなる。夢もみなかったと気づく。熟睡出来たかと、自分の手足の先に力をみなぎらせてみる。足の指を思いきり反らせる。まるで奇術のようだと、私の足の拇指《おやゆび》の反りかえるのをみて秋水がよく不思議がったものだ。

全身に、力がみなぎっている。安心する。昨夜の熱っぽさもひいて、起き上って立つと、すっきりとする。

ふとんを畳み、最後の掃除をする。

鉄窓に明け星がひとつきらめいている。宇宙は美しい。今日を限りの見おさめと思って見ればいっそうしみじみと美しい。暗い空の奥にほのかな紫色の光がさしそめてくる。

顔を洗い、丁寧に髪を結う。この日のためにとっておいた新しい元結いでしっかりと黒髪の根を結ぶ。くびられて落ちる瞬間、ほどけないようにと、念を入れる。髪の冷たさ、なめらかさ。寒村の胸にひろがり、秋水の首を巻きつけた私の黒髪。もう涙は出ない。安心する。

おもだかの紋の羽織は、形見わけにすると書いたので着ない。秋水と最後に写真をとった時に着た、紫に白のたてわくのお召の着物を着る。

食事がさしいれられる。昨日と同じ、小さな鯛がつく。たべないでおく。くびられた時、胃の腑《ふ》から何か出るのは厭だから。

看守が迎えに来る。げっそりやつれ、目のふちが黒ずんでいる。眠らなかったのだろうか。私の顔を見ない。泣いている。

「いろいろお世話になりましたね」

看守は返事もかえせず、肩をすぼめて私の横を歩く。

「最後だから、聞かせて下さいな。みんな、どうやって……」

「りっぱでした、みなさん、りっぱでした。宮下太吉が首に縄のかかる時、無政府主義万歳を叫びました」

ああ、ユダがまた回心したのか。私は太吉の霊もこれで浮ばれただろうと思う。

「幸徳先生は、昨日、この時刻でした」

「何かいいましたか、知っていたら教えてちょうだい」

「部屋にかえって原稿の書きかけがちらかっているから片づけてきたいとおっしゃって」

「それで」

「許されませんでした」

「ありがとう」

それで充分だった。特別つくったらしい教誨室《きょうかいしつ》に入る。検事、教誨師、医者、典獄がひかえる。机の上に蜜柑《みかん》が出ている。最後の浮世の味に咽喉をしめせというのか。

典獄が、今日の処刑を言い渡す。

教誨師が、

「何でも言い遺したいことを言いなさい」という。

「目的を果せずこうなったことが地獄の底まで残念です。一刻も早く、ゆかせて下さい」と答える。

物干のような断頭台の上に立つ。背をのばし、首をしっかりとあげる。震えていないことが自分を安心させる。ここを歩いていった十一人の相被告の顔がいっせいに浮ぶ。目を閉じる。背後から布が閉じた目の上を結ぶ。

「もっときつくしばって下さい」

布に力がこめられる。

秋水が目の前に立つ。私にだけしか見せない笑顔でうなずく。手をのばし恋のはじめのような優しさをこめて私の手をとってくれる。果物のくさる時のような、あの甘い秋水の体臭がはっきりとあたりを包む。

私の手に秋水の手の温かさをなまなましく感じる。いつでも熱っぽい掌だった。

「すぐすむよ」

秋水が私にささやく。首に冷たいものがまきつく。細い蛇のような感触。軀が宙に飛ぶ。虹《にじ》が廻る。無数の虹が交錯して渦を巻く。秋水と飛ぶ。ふたり抱きあって、強く。更に高く虹を負って飛ぶ。

いってまいります　さようなら

いよいよお出でなすったな。それにしてもずいぶん思いきって早いものだ。まあ、あれだけの裁判の後では、政府だって寝覚めのよかろう筈はないから、厭《いや》なことは出来るだけ早く片づけたいだろうし、二十四名死刑という古今東西に例のない裁判だから、たとい翌日、十二名の減刑をしたところで、当局者たちにとっては自分の首筋や背中の方がうそ寒かろうというもの、一日も早く、ばっさり片づけてしまいたいところだろう。とはいうものの、やっぱり早い。一月十八日の判決の日からまだ六日目じゃないか。

今日は明治四十四年一月二十四日だ。晴れ。寒気厳しけれど、二、三日前に比べてやしのぎよしというところか。独房の鉄窓からつくづく青空を仰ぐ。ここに入った当座は、毎日首が痛くなるほど見上げていた四角い小さな空だけれど、人間という動物は狎《な》れるという恩寵《おんちょう》だか刧罰《ごうばつ》だかしらないものを与えられているとみえて、いつのまにか、一度も空を仰がない日さえあったようだ。

しかし、今日は、格別に空の青さが目にしみわたる。今年一月の元旦に、あの小さな空に、ふわっと凧《たこ》があがってきた時の感動を思いだす。粗末な赤い凧は二本の紙の細い尻っぽをつけて、ふらふらと頼りない恰好で舞い上り、しばらく僕の鉄窓の枠《わく》の中で遊んでいた。時々力がぬけ、今にも落ちそうにすうっとかたむいてしまう。気がついたら僕は、そらっ、しっかり、もっと、引っぱるんだ。そうそう、もっとひけなど、夢中でひとり言をいっていた。どこかの原っぱで、凧をあげている男の子の真赤になった頬っぺが目に浮ぶようだった。正月なので、その子は銘仙の絣《かすり》かなんかのいっぱい綿の入った着物や羽織を着せられているだろう。白い毛糸の衿巻《えりま》きを首に巻きつけているかもしれぬ。餅のようにふくらんだ赤い頬には、毎日寒風の中で遊ぶので、ひびがわれているだろう。凧の糸を握る小さな掌も指も、しもやけで、火鉢の上の餅みたいにふくれ上っているにちがいない。僕の空想の中の少年は、いつのまにか弟の三樹松の小さい時とそっくりの顔や姿になっていた。弟は正月になると、いつでも僕に凧をつくってくれとせがんだ。買ってくる凧より、器用な僕のつくる凧の方がよく上ると信じきっているのだ。僕の家では長男の僕の後の兄弟はみんな育たず、末の方の三樹松と綱だけが残っている。綱などは、今年で二十八歳になった僕の子供といっていいくらい小さい。

ふたりとも、僕のことをどう聞かされているのだろうか。片仮名ばかりの下手な字でたどたどしいよせ書きの手紙をくれた時は泣いてしまった。

「オショウガツニハカエッテクダサイ」とあった。せめて、こんなことになるなら、一度でもふたりを東京につれてきてやって、上野の動物園でも見せてやるんだったとくやまれる。何ひとつ兄貴らしいこともしてやれず、今度の事件のため、おそらく彼等の運命にも、逆徒の弟妹、死刑囚の身内という汚名がついてまわるだろうと思うと、不憫《ふびん》でならない。しかし、もうそれも後の祭の後悔だ。命は風前の燈《ともしび》となった。

朝食の膳をいつものようにドアの下方にある差入口から受けとった瞬間、いきなり、鉄槌《てっつい》で脳天をなぐられたように感じた。万事休す。この衝撃は、十八日、死刑の判決を聞いた瞬間よりはるかに強烈だ。やはり覚悟は出来ていなかったことを悟る。つい、二、三日前も、岡野辰之介にあててはがきを出し、その中に「今日か明日かとビクビクしながら待っている。時のたつのが早いこと、死ぬのはいやなものです」というような暇乞いを書いたものの、内心では、まだ、そう、十日や二十日ではやられないだろうと、あの時は、どこかで空頼みしているところがあったのだ。これまでの死刑人の執行の例を見たって、判決から一週間もたたないうちにやるなんていうことは、まあなかった。判決から執行まで、五年や十年捨てておく例だってざらなんだ。まして、今度の事件の裁判は、明らかに政府の陰謀なんだから、裁判に関係した裁判長以下、検事だって、判事だって、そのことを誰知らぬ者はない筈だから、少しでも良心というものが彼等に残っているなら、執行日くらいは、のばすのが人情ではないかと、甘い計算をしていなかったものでもない。実に馬鹿な甘えた考えだった。我ながら自分の大甘ぶりに愛想も尽きる。

今朝の朝食には、貧相な鯛《たい》がついていた。羊羹《ようかん》の一切れさえあった。異例のことだ。朝からのこの豪華献立。意味は一目瞭然である。

死出へのはなむけの膳というわけか。看守は何時も、僕が陽気で冗談をいうので、必ず、覗《のぞ》いていくのに、今朝にかぎって、逃げるように、物もいわないで駈け去ってしまった。さすがに胸が突きあげてきて、箸《はし》をとる気にならない。

ここへ入って以来、父が弁当の差入れをしてくれる度、僕は胸がつまってかえって痩《や》せる思いがした。昨年十一月の中頃から差入れの規則が変更されて、弁当は十銭以下の物に限り、一週一度以上差入るるを得ずとなったので、そのことを父に手紙で伝えた時も、

——実際弁当等は高いもの程損です。三十銭の一本より、十銭の三回の方が遥《はる》かに得で、貰う方でもその方が有難いのです。高い弁当が来る度に差入れ屋が太って私は痩せるのを覚えます。監食が一番よく肥えるようです。私は餓えと凍えにふるえる父母の膏血《こうけつ》に舌鼓を打つ勇気はありません。滋養物はどうかそちらで召上って下さい。そして私の事は一切お構いなく、只全力を挙げて一家設計の基礎を確定遊ばされん事を望んで居ります。これが私の最も滋養ある美味なる食物で、又最も温かき衣類です——

と書いてやった。それでも父はやっぱり、度々差入れをしてくれて、それも、差入れ屋

から来ているものとばかり思っていたら、父がその都度、自分で持参してくれていたのだった。それとわかった時、僕は差入れ弁当の上に、涙をこぼし、思わず、独房で、弁当の前に両手をついてしまった。本来なら、一家眷属《けんぞく》を養うべき立場にありながら、かえって、こんな嘆きを両親にかけ、弁当まで運ばせるかと思うと、とても勿体《もったい》なくて喉《のど》にも通らなかった。どうぞ、なるべく私に費用をかけず、そちらでみんなで滋養物をとって下さいと、何度となくいってやったのに、老いた両親は、やはり弁当を差入れてくれたものだ。これを死出のかどでの膳にせよと、つけられた小さな鯛を見ていると、それからそれへと、差入れ弁当のことが思い出されていっそう心がかき乱されてくる。

一口もほしくないので、そのまま捨てておいたが目障りなので、便所へなげこんでしまう。後で見つかればことだが、どうせ、今日殺されてしまうんだから、後のことなど糞《くそ》くらえだ。

全神経を耳に集めて様子をうかがう。まず、今朝の看守たちの靴音が、いつもよりあわただしいのがわかる。ドアの覗き窓に顔を押しあてていると、幸徳秋水が七時半すぎ、看守につきそわれて歩いていった。声をかけたくなったが、喉に声がひっかかって出ない。秋水がもう一度、この廊下を戻ってくれば、執行されなかったということになる。しかし、おそらく戻ってくることはないのではないだろうか。こざっぱりした綿入れを着ていた秋水の痩せた青白い顔が目に焼きついている。どれほど、そこにそうして立っていたか覚えない。さっきとはちがう看守がやってきて、今度は大石誠之助がつれていかれる。胸を張って堂々と歩いていくが、酒に酔ったように赤い顔をしている。この男は公判廷でも興奮すると、すぐ顔が娘のように赤くなるのを度々見た。あるいは、やはり、今日の運命を直感しているのだろうと、その顔を見て思った。僕は大石とはまだ口をきいたこともない。大石だけではない。大石に逢ったのは、昨年十二月十日からはじまった公判の時が最初だった。今度の事件で相被告となって法廷に並んだ自分も含めて二十六名のうち、互いに顔も名さえ知らない者がほとんどなのだから呆《あき》れかえる。僕が識《し》っているのは幸徳秋水と、管野須賀子と、新村忠雄だけなのだ。

今度の事件では最も中心人物ともいえる爆裂弾の製造者宮下太吉とさえ、僕は法廷ではじめて顔を合わせたくらいなのだ。こんな馬鹿げた、むしろ滑稽な関係の同志があるだろうか。

裁判では、この事件に連座したすべての人間が熱烈な無政府共産主義の信奉者で、この主義者は国家組織を否認、破壊するのを目的とし、為に爆裂弾で元首を斃《たお》そうと計画したから、刑法第七十三条の「大逆罪」の規定中、「天皇ニ対シ危害ヲ加ヘントシタル者ハ死刑ニ処ス」とあるに該当すると判決され、死刑を宣告されたのだ。

大逆罪事件を裁判出来るのは大審院だけど、これまた法律で決められていて、大審院はただ一つの最高裁判所だから、ここで行われた裁判は「第一審ニシテ終審」と決められていて、これ以上、上告の道は閉ざされている。こんなことも、自分が捕われてみて、大逆罪人と銘打たれて、はじめて識ったことなのであった。一国の元首の命がそれほど大切なら、われわれ平民の命だって、やっぱり虫けら同様に扱われるのはあまり差別がありすぎると憤ってみたところで始まらない。これが天皇制というものなのだ。天皇の名に於《おい》て行われる裁判の正体だ。

七十三条にいう「危害」とは、生命、身体、自由にたいする実害または具体的危険を意味し「危害ヲ加ヘントシタル」とは、危害を加うべきいっさいの計画、すなわち、予備、陰謀、教唆《きょうさ》、幇助《ほうじょ》等までを含む、したがって大逆罪では教唆も幇助も、処罰は死刑ただ一つ、無罪か、死刑に峻別《しゅんべつ》されてしまう。

検事に謂《い》わせると「振古未曽有《みぞう》、大逆無道」の事件となり、われわれは一人残らず、至尊暗殺を謀った「逆徒」であると判決されてしまったのだ。しかもこの僕は、幸徳秋水、管野須賀子、宮下太吉、新村忠雄と共に主謀者ということになってしまった。何という滑稽、そして今や数時間後、いや一時間、あるいは三十分後かもしれぬ、まさに風前の燈の危うさで、絞首台の露と消えはてる運命になってしまった。

頭の中に花火が次々はじけているようで、全身が熱くなり、何も考えられない。死ぬ寸前には一生のことが一時に浮ぶとか聞いたが、まだ首に縄のかからない今は、そこまで精神が統一しないらしい。

とにかく、何かいっておきたいことはなかったか、いいのこしたことはなかったか。十八日の判決を聞いて以来、今日あることは覚悟して、時間のあるかぎり、自分のことを書き残しておきたいと思った。それでも、家族が面会にきて最後の別れに泣いていったりした日は、筆を持つ元気もなくなって、ぼんやり、膝《ひざ》をだいて坐りつづけていたものだ。

ようやく書き残したのが、「余と本陰謀との関係」という和罫紙《わけいし》八枚つづりの物と、「僕」と題した告白的感想録、和罫紙二十一枚のもの。それに、ここへ入るまで働かせてもらっていた園芸店、滝野川の康楽園の主人印東熊児にあてて書いた園芸の改良案「定価表について」と題してあるものだけである。「定価表について」は親切にしてくれた主人に、今度のことでも迷惑をかけっぱなしなので、少しでも恩に報いようとして、昨夜、書きあげたものだ。書いておいてよかった。

僕の生れは福井県の田舎の百姓家だが、二十の春上京して以来、滝野川の康楽園に住み込んで園芸見習になり、ひきつづき、康楽園にやとわれていた。園芸でも康楽園は花専門なので、僕の青春は花の栽培に明け暮れていたのだ。花造りは僕の性分に合ったのか、僕はこの仕事が心から好きだった。三、四年たつうち元来研究熱心なので、たちまち花造りの様々な秘法も会得して、一人前の園丁になったし、主人の知らない新智識も仕込むようになって重宝がられていたのだ。月給は二円だったが、客からの心づけなんかもあり、大体四円になっていた。食事付き住み込みだから、それでも暮せた。しかし貧乏にはちがいなかった。ああ、好きな花だけを造ってさえいたら、こんなことにならなかったのに。いつ読んだか、或る犯罪学者の統計によると、植木職から犯罪人を出すことは、極めて稀《まれ》だという。植木職は日々自然に親しむせいで、気持も柔和になり、おとなしくなる。園芸労働者のストライキというような事は、我が国にはもちろん、外国にだってその例を見ない。殊に園丁も僕のように花専門となると、これはまた優雅な商売で、毎日花に埋もって暮すのだから、気持も和《なご》んで、優しくなってしまう。残虐な社会制度を憤り、猛烈な反抗心をかきたて社会を破壊しようなど思うより、悲惨な人生に泣く方が性に合っている。こういうことを、公判の時、自分ではいえなかったので弁護士の今村力三郎あてに手紙で申し述べておいたが、何の役にも立たなかった。

昨夜は、康楽園あて「定価表について」を書いていたら、自分の造った花々の幻が目の中にも軀《からだ》のまわりにもあらわれてきて、本当に陽光の明るい花畠の中に坐っているような気分になった。蜂《はち》のうなりや、蝶の翅《はね》の影が、耳にも目にもよみがえり、鼻は、甘い花の香でみたされた。絞首刑で殺されても、僕には真実罪はなく、こんな非業な無念な死に方をするのだから、あるいは天国に行けるかもしれない。天国にはおそらく、年中、花が咲いていることだろう。僕の造る畠もあるだろう。そこじゃ、貧困もなければ階級もなく、差別もあるまいから、僕は終日花造りだけにいそしんでいればよいのだ。

僕の死体に花は供えられないけれども、僕の軀には花の香がしみついている。僕は死んだら、解剖するよう、死んでせめて人の役に立つよう遺言しておくつもりだから、軀にメスが入った瞬間、僕の内臓からは花の香が馥郁《ふくいく》と匂いだすのではないか。

「定価表について」を読み直してみる。

一、美麗で作り易いよく売れる花は、年々不変のものとして一まとめにし、ステロに取らして置いたら印刷費が大分省けると思います。

二、珍奇なものや、新種や、第二流に属するものは、其《そ》の年の都合によって変るものですから、これ等は其の都度別に挿入《そうにゅう》しなければなりますまい。

三、ダーリアは、毎年不変とする事は出来ますまいから、致し方ありませんが、各種の番号、花形、大小、色、用途、開花の多少、形容、丈《たけ》、及び写真等を正確にカードに記して保存したら、一々原稿を書く手間が省けると思います。例えば上図の如く。(図面)番号は、畑も定価表も同一にして、一定不変とすれば間違いがありません。尤《もっと》も印刷の時、文字の排列は必ずしもこの索引カードと同一でなくても、紙面の都合のいい様にし、只文句さえ変らなければ宜しゅう御座いましょう。(このカード式は、罪人に用いられる所から思いついたのです)

四、注文規定の中に振替手数料一銭云々《うんぬん》は省きたいものです。二銭だと左程にも思いませぬが、一銭となると余りケチな感じがします。種の分で加減したら如何《いかが》でしょう。それから博文館の注文規定の中に「一時に金五円以上の御注文の方は館友証を呈し、向う五カ年間何品に限らず一割引とする」と云う事があり升《ます》が、この正否は私には分りませんが、御参考迄《まで》に申上ます。

五、不変の草花は、私の考えでは左記位のものと思います。

アクロククニューム・アクッサム・アマランタス・アンチルヌーム・アキレギア・アルクトチス・アスパラガス・バルサム・ベリス・ブラヒユメ・カカリア・カンパニユラ・カリオプシス・カンナ・カーネーション・セロシア・シネラリヤ・コレウス・コンボルブールス・コスモス・シクラメン・デイアントウス・ヘッデウィギ・エーデルワイス・フォーゲットミーナット・ゼラニューム・グロキシニヤ・ゴーデチア・ギプソヒラ・ヘリクリズム・ヘリオトロップ・レプトジホン・ロベリア・ルピヌス・メゼブリアンセマム・ミニヨネット・ミナロバタ・ナスターシャム・ネモヒラ・パンジー・パパベル・ベントステモン・ペツニア・フロックス・ボルチュラカ・スミラックス・ストックス・スイートピー・ローダンテ・タゲテス・パーベナ・ジンニア、其の他忘れました。

六、康楽園の三特色と題して、

1、品質に比し価格の稍《やや》低廉なること

2、種子球根、発芽等の精確なること

3、種類の優等正確なる事

と毎期の定価表に大書し、而して名実共に偽《いつわり》ならざる事を知らしめたら、天下の顧客は、皆蟻《あり》の蜜《みつ》につくが如くやって来るだろうと思います。

七、而して価格は、外国と大差なき事を認識せしめ、殊にダーリアの如きは、是非率先断行大改革あれば、繁昌疑いなしと思います。

康楽園の主人がこれを読んだら、あの人は素直な人だから、この通り実行してくれるだろうと、わずかに心が慰まる。二十の春から八年も暮したうちには厭なことや辛いこともずいぶんあった筈だが、ここに入って以来、あそこを思いだすのは、楽しいことばかりだ。毎日の運動に引き出される時、ほんのわずかの雑草を見つけても、僕は胸がしめつけられるように思った。

欄外に、康楽園へ御送付を乞うと書きこんだついでに、思い出したことを書き加える。

(何時かの写真器械は、誠に相済みませんでした。もう四、五日したら私にお譲りを願うつもりだったのです。誠に残念でした)

(昨夏は少し活動して大に儲けてやろうと思って、種なども少し余計に蒔《ま》いたのですが、さぞ始末にお困りになったろうと思っています)

そうだ、もうひとつついでに、両親に遺言を書いておかねばならないと思う。毎日、書こう書こうと思いながら、それを書いてしまうと、すぐさま、処刑を迎えるような縁起でもない気がして、ついのばしていたのだ。

硯《すずり》の水を足し、墨をすり直す。また、足音がする。とんでいって廊下をのぞく。内山愚童の番だ。足音は出ていくばかりで、幸徳も大石も帰っては来ない。一人殺すのに、四十分か、五十分かかるようだと計算する。今日じゅうにやってしまうつもりなのか。自分はいったい何番めだろうと胸騒ぎが押えられない。まさか部屋の順番でもあるまい。いや、しかし、あの三人は奥から順に並んでいるから、部屋の順番かもしれない。同じひとしなみの死刑といったところで、一人一人の罪を数えあげれば、そこには自ずから、軽重がある。たとえば爆裂弾をつくり、信州の山中で破裂の実験までしてみた宮下太吉が、まず最初にやられていい筈である。次に、最初から最後まで、断固として、元首暗殺の必要を述べ、新村忠雄や僕を仲間にひきいれ、宮下を励ましつづけた管野須賀子だ。それから管野のいうままになり、宮下と連絡をとり、爆弾のつくり方を伝え、鶏冠石や、塩酸加里《カリ》や薬研《やげん》の入手に手をかした新村忠雄だ。管野と新村は、法廷でも、終始一貫、無政府共産主義者として押し通し、ころばなかったばかりか、どんな場合も自分の主義主張をまげなかった。まことにお見事なものだった。彼等は法廷で、久々に顔をあわせた時、なつかしそうな目をして僕を見てうなずいた。新村とは席が並んでいたから、特に私語もしようと思えば出来た。しかし、僕が法廷の訊問《じんもん》で、あっさり主義を捨てると宣言してからは、明らかな軽蔑《けいべつ》の目をして、もう出来るだけ僕の顔を見まいとした。新村は腹の底から、見下げたという表情を露骨に示した。管野はあわれむような目をして、あわてて目があうと僕の顔から視線を外した。幸徳秋水は僕がころんだ後もちっとも表情が変らなかったが、心の底では一番軽蔑していたのかもしれない。いや、秋水ははじめから、僕をさほどあてにしていたのではないのかもしれない。

内山愚童の足音がもう聞えなくなった。無気味な静寂が監房内におしよせてくる。連れ去られた人々のくびられた姿を想像しようとするが、幻がまとまらない。絞首台の上で震えたり、気絶したりするのはいやだ。この上、恥を千載まで残すことになってしまう。何としてでも、勇敢で大胆不敵な面がまえというやつを演じなければならない。どうせ僕はピエロだ。裏切者のユダだ。最後の最後まで人や歴史をあざむいてやれ。

僕のような臆病者の弱虫が、大逆無道の極悪人にされる世の中だ。

そうだまず、辞世の句だ。やっぱりあれにしよう。十八日以来、毎晩眠る度に考えているのだが、あまり気取って、少しでも立派そうな自分を辞世に遺《のこ》そうと助平根性を出すものだから、只さえ腰折れが、いっそうふにゃふにゃしてまとまらない。今朝、ふっと寝床の中で起きる瞬間浮んだのは、

只今から行ってまいります　さようなら

というのだ。これはなかなかすっきりしていて、図々しくて、いいのではないか。悲壮感のないのが宜しい。人はこの辞世を見たら、僕のことをまた大胆不敵とびっくり

するだろう。さあ、お次は遺言だ。

「遺言

父上、母上、何卒《なにとぞ》御身体を御大切に被遊度《あそばされた》く、若《も》し霊あらば御健康を護って居ります。一日も御心を安んじ奉らざる内に死する事、是《こ》れのみ残念に御座いますが、今更致し方御座いませぬ。もうこれで御免蒙《こうむ》ります。左様なら。ミキちゃん、ツーちゃん、サヨウナラ。力作。

どうか私のことはおあきらめ下さい。余り御嘆きになって御健康を損する様の事があってはなりませぬから、どうか私に安心さして死なして下さい。

左の件御願い致し置きます。

一、私は非墳墓論者ですから、墓は建てて欲しくありませぬ。法事も入りませぬ。其れ等の費用で何かおいしいものでも食べて頂いた方が、私は嬉しゅうございます。

二、印東氏へ永々と御世話になりし事、厚く礼を御伝え下さい。

三、屍体《したい》は大学へ寄付して解剖して貰っても宜しい。何か医学上の参考にでもなれば結構です。

四、園芸に関する書は、皆印東氏の書生用に返して下さい。英語等の書は、敬吉氏か再造氏にでも上げて下さい。社会主義の書は、府下滝野川村五〇二川田倉吉宛発送を乞う。

五、親戚《しんせき》、知人一同へ宜しく御伝えを願います。

六、三樹、綱等に宅下金《たくさげきん》の中で何か買ってやって下さい。

七、「余と本事件の関係」「僕」「辞世」等は、御一覧の後は四谷南寺町六堺利彦氏へ送って下さい。尚在監中書籍や、弁当や種々差入れ物を貰った礼状を出して下さい。

八、私の時計か探険電燈か、どちらでも望まれる方を康楽園の大きな坊ちゃんに上げて下さい。

九、三樹松等に出来るならば、一、二カ国の外国語が達者に操れる様にしてやりたいものです」

これを読む老いた両親を思い浮べると、また泣けてくる。何という不孝者だろう。そのくせ僕は、長い間、自分のような畸型《きけい》、大人になっても身丈四尺にも足らぬような小人に産んでくれた、あるいは育ててしまった両親を恨んでいたものだ。ふたりとも大きい方ではない。しかし、まあ人並というところだ。弟妹たちも、どうやら人並に育ちそうにみえる。僕だけ子供の時からひときわ小さかった。いつでも一寸法師とか、福助とかいうあだ名がついてまわった。今でも足袋は八文半がだぶだぶするくらいなのだ。道を歩けば、必ず、すれちがった人がはっとしたようにふりかえる。僕の性質なり、人生観なりひいては、思想や主義などというものも、僕の軀が人並外れて矮小《わいしょう》だということをぬきにしては生れなかった筈だ。身体的劣等感から、僕はかえって自分の小さいことなど全く気にかけないふりを装うようになりだし、小男なのに豪胆だと人にいわすよう振舞うようになっていった。

思えば思うほど、すまなさがつのるので、両親のことを忘れるため、書いたものの手入れにとりかかる。いつ、刑場に呼びたてられるかと思うと、やはり、背筋がぞくぞくして気持のいいものではない。大きな口も利いていたが、新村なんどだって、本心は怖いんじゃないのか。管野はもう、骨の芯《しん》から革命家気どりが身にしみついてしまって、刑死をむしろ、光栄だくらいに考えているように思える。公判廷で逢った彼女くらいきれいに見えたことはなかった。あの不器量のどこがよくて、荒畑寒村といい秋水といいああまで惚《ほ》れるのかと不思議に思っていたが、公判廷でむさ苦しい男どもの中に一輪の百合のようにまじっている姿は、なるほどと思わせられた。あの女はもともと顔にくらべて姿はよかったのだ。社会にいた頃は、今はやりの二百三高地によく結っていた髪を、ここに入ってからは、自分で結うのか、あっさりしたひっつめの、銀杏《いちょう》がえしのようなまとめかたにしているのが、あの女にはよく似合った。

肺病特有のすき通るような膚がますます白くなって、あの病の三期の症状だと聞く頬に紅をさしたような血色になっているのが妙になまめかしかった。

二十六名の被告中、最も激烈で勇敢な言辞を弄《ろう》するのが須賀子なのだ。秋水はさすがに終始落着いていたが、須賀子はいつでも興奮状態だった。

法廷で喋《しゃべ》りはじめると、須賀子のきゃしゃな頭の上から、白い炎がめらめらと燃え上っているように見えた。結局、全員の申し立てたことを聞いてしまうと、誰の胸にも、最初、この計画を心に描いたのは、須賀子であり、須賀子が秋水に打ちあけ、秋水が共鳴し、そこへ信州の宮下太吉が同じ考えを持って秋水の許《もと》にあらわれたので、仲間に入れ、三人では心細いので、その頃、紀州の大石の所に手伝いにいっていた新村忠雄と、日頃、豪胆で誠実の男と見なされていたこの僕が仲間に誘われただけであり、その他の人と、紀州や、大阪や、熊本から、次々検挙されてきた連中には、さっぱりわけがわからなかったということが判明してきた。気の弱い臆病な連中は、こんな思いがけない目にあったのも、須賀子という身持ちの悪い、ヒステリー女の軽挙妄動《もうどう》のとばっちりをくったのだとわかり、法廷でも、彼女が立って何かいいはじめると、いらいらして憎悪を顔にあからさまにする者も少なくなかった。

膝の拳を、憎らしそうに握りしめて、自分の膝をまるで須賀子の頭ででもあるように叩く者も、腹立ちのため、おさえきれず、上体をふる者も、ほとんど足ぶみせんばかりの者もあった。そんな憎悪を一身にうけているのを識ってか知らずか、須賀子はいつでも、胸を張り、背を真直ぐのばしていた。

公判の調べが一通り終った後、鶴裁判長は最後に被告に、いいたいことをいってもいいという許可を与えた。いかにも恩情にみちたようなやり方も、後になって考えれば、どうせ、一思いにばっさり殺《や》ってしまう連中だから、勝手に喋らせてやれというくらいのもので、何を願おうが、何をわめこうが、裁判長は右の耳から左の耳へ吹きぬけさせていたにすぎない。何ひとつ取り上げてもらえたわけでもなかったのだ。しかし、その時は、めいめい、これだけはという思いをこめて、言い残したことや、いいたりなかったことを必死におぎなおうとして喋った。

その時も須賀子の喋ったことが誰のよりも印象的だった。彼女はその期《ご》に及んでもまだ、

「計画が水泡に帰し、思いの万分の一も遂げなかったことが、かえすがえすも口惜しくてなりません。それが私の恥辱です」

と叫んだ。つづけて、

「私は潔く死にます。これが私の運命ですから。犠牲者はいつでも最高の栄誉と尊敬とを後代から受けます。私はたとい、今、死刑されても、いつの時代にか、必ず、私の志のある所が明らかにされる時代が来ることを信じていますから、何の心残りもありません」

といった。まだ、いいたりないと見えて、坐ろうとはせず、彼女はいっそう情熱的に叫びつづけた。

「私はいいのです。はじめから死刑は覚悟です。でも、ここに並んだほとんどの人々

は私共とは何の関係もありません。今度のことは全く四人っきりの計画です。四人っきりの犯罪です。こんな犯罪は多数を語って出来るものではありません。それなのに、多くの連累者があるように、検事廷でも予審でも、お調べになった。誤解です。あまりひどい誤解です。この連日の公判廷でも、この人々の陳述を聞いていると、無実の誤解のために、どんなにこの人たちが苦しみ悩んでいるか、もうあなた方もよく御存じの筈です。この人たちには年とった親もあり、幼い子供もあり、若い妻もあります。何も身に覚えのないことでもし殺されるようなことになりましたら、本人の悲惨は固《もと》より、肉親や友人が、どれほどお上《かみ》を恨みましょうか。私どもがこんな計画をたてたばっかりに、罪のない人が殺される。そんな不都合な結果を見るようになりますと……私は……私は……死んでも、死にきれません……」

声の終りは涙をしゃくりあげ、とぎれがちになっていた。その時は、僕も須賀子の心の優しさに感激して、思わず、目頭が熱くなった。内心、この女に誘われたばっかりにと、恨んでいた心も、その瞬間は完全に忘れていた。みんな泣いていた。顔色もかえなかったのはいつでも面をかぶったような裁判長だけだった。

もちろん、彼女の血涙と共の嘆願などひとつとして聞きいれられはしなかった。管野須賀子は不思議な女だ。いつでも、居る場所で主役になってしまう。はじめは、僕の劣等感から屈折した虚栄心と同じように、彼女も、きりょうが悪く、不幸せな生いたちをし、男運も悪かったから、ひがみが虚栄心にすりかわって、命を張った大芝居が打ちたいのかとかんぐっていたが、どうやら、彼女の場合は、芯から、革命家きどりになっているらしい。

最後に逢った十八日の劇的な判決の日の幕切れも、彼女の一世一代の派手な演技で幕がおりたのだった。

白っぽい着物に藤色の紋付の羽織を着て、髪を例の銀杏がえしに結った須賀子は、われわれの中で最後に入廷したから、出る時は最初に引きだされた。看守が、いつものように須賀子の頭上に編笠をのせ、退廷をうながすと、須賀子は手錠の入ったままの両手で編笠をとりのけ、素顔で相被告をみまわした。白い顔は紅潮し、やや吊《つ》り上った目はらんらんと輝いて、全身から白光が閃《ひらめ》き出すように見えた。息をのむほど美しかった。

「みなさん、さようなら、みなさん、さようなら」

須賀子は、すきとおった、高い美しい声で絶叫した。誰かが、夢中で、

「さようなら」

と応じ、つづいて、口々に、

「無政府党万歳」

の声が法廷にこだました。秋水の高い鋭い声がひときわ強く冴《さ》えかえっていた。何ということだろう。あれほど、公判廷で、自分は臆病で、本心で彼等に加わったのではない

といい、あっさり、主義を捨て、踏み絵に足をかけたころび者の僕までが、声をかぎりに、無政府共産党万歳を叫んでいようとは。しかし、あれは、われわれにとっては、主義をたたえるというよりも、無法な判決、二十四名死刑という古今未曽有の判決に対する衷心よりの怒りであり、むなしい抗議の雄叫《おたけ》びであったのだ。

あの須賀子のことだから、絞首台に上っても、ロシアの女革命家をきどって、また何か目の覚めるような大芝居をうつのではないか。秋水はどんな死に方をしただろう。人間というものは息の根の止る瞬間まで心配や取越苦労がついてまわるものだと、我ながらおかしくなる。死刑囚にもまだ、最後の死に様の悩みが残っている。どこまで虚栄心につきまとわれているのか。人間と他の動物のちがいは、人間には見栄があり、動物にはないというところかもしれない。

「余と本陰謀との関係」は、十八日の判決を聞いた上で書きだした。これは枚数にすれば「僕」より短いのに、ずっと長くかかったし、書きづらかった。

——余は幸徳、管野、新村等諸氏に煽動《せんどう》、誘発せられたるものにして、共に死刑に処せらるるに至りしなり。然れども余は、最初より彼の人々は余と宮下とに決行せしむるに非ざるかと疑い居りしを以て、彼の人々の用いる巧妙なる手段は、余において少しく幼稚なりき。陰謀の漸《ようや》く進むに従い、余の邪推は不幸にして適中せるものの如く思われ、抽籤《ちゅうせん》に臨んで愈々《いよいよ》深く疑い、其の変更に及びて遂に恐らくは我邪推は誤りなからんと思惟《しい》するに至れり。故に余は最早《もはや》この陰謀より脱せんと欲し一の計略を用いし所、計らざりき、本件は既に発覚し居らんとは。余の計略は却って反対の有力なる証拠となり、終に無限の恨と堪え難き悲痛を以て絞首台に上れり。余は人を欺き自己を欺きて死するを欲せざれば其の真相を記し置くものなり——

何という仰々しいしゃちほこばった文章だろう。時間があったら、もっとすなおな文章で気どらず書き改めたいところだけれど、もはや仕様がない。まだ判決の興奮が残っていたから、こんな文章になったのだ。あのこちこちの、でっちあげの、下手くそな判決文の、むやみに長たらしい理由書の文章とどこか調子が似ているのも笑わせる。ところがこの調子は、あと三行もつづかず、たちまち、口語体の気楽な調子になっている。こっちにくらべると、「僕」の方は、ずいぶん筆が馴れて、自由自在に書いているから面白い。文体もこだわらず、勝手に自己流に文語、口語ちゃんぽんでかえって、いきいきしている。しかし、大切なのはもちろん「余と本陰謀との関係」の方だ。

僕は明治四十二年十月はじめ、管野から呼びだされて平民社へ行った。幸徳と、管野と新村の三人がいつものように僕を迎えてくれた。いつも秋水が書斎にしている奥の部屋で、三人から宮下が爆裂弾の製造を研究していることを聞き、話は思いもかけないことになって、元首暗殺の陰謀を計画していること、僕にもその仲間に入れということになった。内心、愕《おどろ》いたものの、面と向って、お前は勇敢で頼もしい、主義者としてもしっかりしているから、仲間に誘うといわれれば、すぐには断われない。体裁屋で、人によく思われたいのは僕の悪い所だけれど、性質はそう急に直るものでもない。僕はふたつ返事で、よし、やろうといってしまったのだ。日頃の大言壮語がたたったなと、内心青くなっていた。僕は軀が小さいけれど胆力は大きいと人に見られたいばっかりに、いつでも、大言壮語をはくのだ。いまや同志の間では伝説になってしまっている桂首相暗殺計画がそれだ。四十一年の九月頃、第二次桂内閣が成立って間もない頃だ。雨つづきで、園芸の仕事もさっぱりなので、暇をもらって東京に出て、飛鳥山《あすかやま》の春日新二郎という鍛冶屋《かじや》で白ざやの短刀を六十銭で買った。そのさやの両面に「替天誅逆賊」「由義断奸臣頭」と書いてそれを懐ろにして霞ケ関へむかったのだ。

赤旗事件の判決が予想外に苛酷《かこく》だったのに、同志という同志は憤っていた頃だ。堺枯川はじめ、大杉栄、荒畑寒村たち目ぼしい同志がほとんど赤旗事件で投獄され、社会主義は手も足も出ないようになっていた。たまたま、事件の時、土佐の中村へ帰省していたから幸徳秋水だけは難をまぬかれたものの、西川光二郎の主幹していた『東京社会新聞』、大阪の『日本平民新聞』、熊本の『熊本評論』など、すべて発行停止を命ぜられていた。政府が社会主義を根だやししようとして企んでいるのは一目瞭然だが、それに甘んじているのもあまりに情けないと思い、大芝居を打ってやろうと考えたのだ。僕はその前年頃から、社会主義の本や新聞を読んで主義を理解しかけていたし、四十一年五月頃からは滝野川の川田倉吉主催の社会主義クラブ「愛人社」に入社もしていたので、自分ではいっぱし、主義者気どりであった。同時に、自分も誰かに認めてもらいたくてならなかった。

僕はその時、既に、無政府共産主義者だと自認していたし、将来は当然、私有財産制主義の廃滅した無政府共産の世界になることを確信していた。死刑を目前にひかえた今も、正直いってその考えは変っていない。しかし法廷で主義を捨てるといったのは確かだ。自分の命が助かりたいと思うと、主義を捨てますなど、同志の前でもいえる僕なのだ。とても主義のために命を捨てるようなことをやる勇気などはない。

霞ケ関の首相邸の前へ、短刀を持って出かけたのは、本気で桂首相を倒そうなんて大胆な決心をしていたわけではないのだ。官邸の前をうろついていたら、必ず巡査に見とがめられるにちがいない。その時、首相を狙っているといえば、警察で取調べを受けることは必定だ。そこで僕は、社会主義に対する取締りがあまり苛酷だから桂首相を暗殺するつもりだったと申立てる。すれば、政府でも今後、いくらか取締りを考え直すのではないか、くらいの甘い考えでうろついたにすぎない。実は官邸の前へ近よるどころか、あの森閑とした通りを、ドイツ大使館の前までいったら、もう足がふるえてきて怖くてたまらなかった。首相官邸の前とおぼしいあたりを駈足で通って逃げ帰っただけだったのだ。ただし、滝野川へ帰ってからは、川田倉吉の所へ出かけ、総理をやるつもりで行ってきたなどと、大言壮語した。仲間の福田武三郎などもそこにいて、川田は正直な男だから僕のホラを真《ま》に受けて、もっと慎重でなければならんなど忠告したが、福田はすれていて、僕に短刀を出させ、一瞥《いちべつ》するなり、ふん、こんななまくらで人が刺せるかと皮肉な口調でいい捨てた。福田は僕のホラを見抜いていたと思う。それでも、その話が人から人に伝わる間に尾鰭《おひれ》がついて、古河力作は一寸法師にしては豪胆だという伝説が出来上ったのだ。

幸徳の平民社へ出入りするようになってからも、こんな話がどこからか伝わっていたらしく、管野須賀子から、ある日、真面目な顔で、

「あんた、桂を刺そうとしたんですって」

と訊《き》かれたことがあった。僕はわざと、にやにやして、ごまかしておいたのが、かえって本当らしく、如何《いか》にもそんなことは物とも思っていないふうに見られたらしい。どうせ、人間なんて、誤解と誤解の反映のくりかえしみたいなものだ。

とにかく、そんな伝説も、僕が今度の事件の仲間に誘われた遠因にはなっていただろう。誰を恨むわけにもいかぬ。すべて自業自得、つまらない幼稚な僕自身の見栄の報いだ。

勧誘された時の話はほとんど管野がした。時々、新村が管野を扶《たす》けて説明をおぎなう。秋水は終始腕組みして、ほとんど喋らなかった。管野が話の合間合間に、

「ねえ、そうですね」とか「そうだったわね」などと短いことばで秋水の同意を需《もと》めると、うんと、うなずくだけだった。僕は、これは大変なことになったと内心うろたえたが、何となく、この時の会合の模様も芝居じみていて現実感がなく、半信半疑だった。元来、彼等三人とも、弁は立つが、果して実行力のある人物かどうか、僕は信用していなかったので、こんな大陰謀も、本気で彼等が手を下すとは信じられなかった。時期はまだ決めていないということだし、いざ逃げる時はまた機会もあろうと、とっさに判断し、全く彼等の一味に与《くみ》したふりを装った。もしかしたら、この三人は田舎者の宮下太吉と僕をおだてあげて、最後は二人にやらせるつもりなのではないかと、とっさに疑惑が頭をもたげてきた。とすれば、彼等はこんな大きな口をきいた以上、どうやって、実行から抜けるだろう。たぶん、抽籤という方法だろう。あるいは僕が、「いえ、そんなことは僕ひとりでやります。宮下の爆弾さえ成功したら、それを僕が投げます。何もあなた方のような立派な方の命を危険にさらすことはありません。あなた方は、主義のためにこの世にまだまだ頑張って闘ってもらわなければなりません」と、そういうのを待っているのかもしれないと考える。何しろ、僕は管野須賀子が『自由思想』の件で入獄した時、僕が身替りに入ろうと申込んだ実績があるからだ。そんなことを決して秋水や須賀子がさせる筈はないと思っていたからいったまでで、やっぱり一種の見栄、義侠心《ぎきょうしん》の強い犠牲的精神のある男と見られたいポーズにすぎなかったのだ。しかし、純情な須賀子は僕のそのことばに、涙を流して感激して、まんまと、僕の芝居にひっかかってしまった。今度の件はその祟《たた》り、あの罰なのである。

それ以後、格別のこともなく日がすぎていった。僕は一カ月に一、二回、平民社を訪ねるようになっていたが、用がなければわざわざ出かけることもしない。一番よく行ったのは、『自由思想』が発禁つづきで、名義人に困った頃、僕が例の見栄から名義人になろうと申し出て、そうなった頃である。あの時は、発送の帯封書きから、角袖をまいて、発送する仕事などもよく手伝った。一番、秋水と身近になったのもあの頃だ。僕は仲間という仲間を赤旗事件で失い、管野との恋愛問題で残った同志からも見限られ、孤軍奮闘している秋水の傍につき従い、何となく落城真際の城主を守る唯一の生き残りの忠臣のような気分になっていた。また時々はキリストに仕えるユダのような気分の日もあった。秋水は僕の行くのを喜んではくれていたが、それはあくまで、仲間という仲間に管野との恋愛事件でそむかれてしまったからで、もっと頼もしい同志がいれば、僕などはろくに口をきくことも出来ない立場だったのだ。時々、思いだしたように、康楽園のことや父母のことなどを訊いてくれるのだが、そんな時にかぎって、秋水の心がそこにないのが僕にはよくわかるのだった。

新村忠雄のような若僧や、僕のような半端者しか、寄って来ないということが、どんなに秋水には淋しく、情けなかったことだろう。僕が時々、秋水の気持を思いやると、いっそう、僕の立場が惨めになってきてやりきれなかった。

その後、管野が神経をやられて一カ月近く入院したりしたため、陰謀の件は沙汰止みのように見えて、内心ほっとしていた。

信州明科で、宮下太吉が爆裂弾の製造に成功したと新村が通知してきた。それではやっぱり、あの件はつづいているのかと考えた。あの件に心ならずも加盟して以来、いつでも胃の中に石でものんでいるようで気分が重い。その頃縁日で刑法注釈書という本をみつけたので買って帰ったら、天皇に危害を加え、または加えんとしたる者は死刑とあったので、水を浴びたような気分になった。

十二月も半ばをすぎて、一月一日に宮下が信州から上京してくるから来いという便りを新村からもらった。一度も宮下太吉に逢ったことがないので、一度逢っておこうと――何しろ死刑を覚悟の同志なんだから――正月二日の午後、平民社に行ってみたら、宮下はもう今朝帰ったという。本当に来たのか怪しいものだと思ったが、たしかに三十一日に来て、大晦日《おおみそか》を平民社ですごし、元旦に帰ってしまったというのだ。何かまずいことでもあったのかと勘ぐった。秋水も須賀子もいたが、あまり正月らしい顔もしていない。餅くらいしかなく、正月らしい喰い物もない。その晩は新村とひとつふとんに寝た。夜ふけて、管野が、玄関脇の自分の部屋から、足音をしのばせて、秋水の部屋に行く気配を聞いた。

眠っていたのかと思ったら、新村が、寝がえりをうった。その動き方で、新村も、今の足音を聞いたのだとわかった。

「いつもああなのか」僕は声をひそませて訊いた。

「うん」新村が天井に顔をむけていった。

「管野さんも可哀そうだ」

「でも、ふたりは愛しあっているんだろう」

「まあ、ね」

新村は妙に含みのあるいい方をして、つづけた。

「あれで管野さんは情熱家だからね、ふたりとも軀が弱いのだから心配だよ」

「僕は、前からそう思ってるんだが、あのふたりの関係を別に弁護もしないけれど、他の同志のようにむやみに攻撃するのもどうかと思うんだ。愛しあっているならいいじゃないか。とやかくいうのは畢竟嫉妬《ひっきょうしっと》だよ。しかし、大きな声でいえないけれど、秋水に離縁されたお千代さんと管野を寝取られた獄中にいる荒畑君は気の毒だよ」

新村は、それには返事をせずしんねりと黙りこんだ。僕はその時、新村は管野に惚れているんではないかと思った。それならば納得がつく。新村自身自分でも気づいていないが管野に恋をしていて、管野と共になら死んでもいいと思いはじめているのだ。それなら、毎晩、管野が真夜なかになると足音をしのばせて秋水の寝床に通う気配を聞きながら、こうやってせんべい蒲団にくるまっている新村の心中はどういう構造なのか。そんなことを考えていると新村が、鼻にかかったような声でいった。

「古河、きみは、童貞じゃ……ないだろう」

「御想像にまかせるよ」

「うん、きみはたしかこの正月で二十七の筈だものね。僕よりずっと年上だもの、僕は二十四になった」

「きみは、まだしらないのか」

新村は答えなかった。しかしその沈黙の重苦しさは、新村が童貞だということをことばより強く語っていた。僕は新村に関して、誰かから聞いたことのある妙な噂《うわさ》をちらりと思い浮べた。たしか岡野辰之介だったと思う。あいつはだめなんだそうだと、酒をのんだ時、いった。確か、新村が美男だとか何とか、噂に出た時のことだ。だめって。僕が間ぬけた質問をすると、岡野は酔って、黄色く濁った目でにたっと笑い、立てた拇指《おやゆび》を妙な具合に折って見せた。新村が僕にそんなことを訊いたのは、僕のような一寸法師は女に惚れられまいと思っているからだと思う。僕は一度も女の肉を金で買ったことはない。一方に愛がないのに媾《まじわ》るのこそ姦淫《かんいん》だと僕は自己流に貞操を定義しているからだ。それなら愛しあった女と経験したのかというと、したと白状しよう。いやそれも見栄坊の負けおしみだろうと疑われるだろう。願望はあんまり切望しつづけると、それが現実の体験のように記憶されてくることもあるものだ。

元首暗殺の下相談に出かけ、わざわざ泊って、話したことはこんな下らない話題だった。

新村は翌日、秋水や管野のいるところで、宮下が持ってきた爆裂弾の空罐《あきかん》をこの部屋で投げてみたことなどを話したから、来たことにはまちがいないらしかった。管野も、

「想像より、ずっと小さいものなのよ、掌の中に入ってしまうの、中身がないから軽すぎて頼りないったらなかった」

などといった。秋水はいつもの薄笑いを浮べただけで、格別興味も示さなかった。この日の秋水は終始正月らしくない憂鬱な表情をしていた。

一月二十三日、僕はもう一度平民社を訪れた。その日秋水は病気で、奥で寝ていたので、新村の部屋で話した。管野は銭湯に行っていて留守だった。新村はその晩、

「秋水は決心が鈍っていてもうだめだ。昨年十一月のスペインの無政府主義者フェレル死刑の事件で、母親や妻子にまで罪が及んだのを知って、急に郷里の老母のことなどいいだしている。正月の時も、熱心でなかったので、宮下もがっかりして一晩で帰ってしまった。その後も、計画をちっとも進行させようとしない。年寄りは駄目だ。もう相手にしないで僕等だけでやろう。そう決めたからには僕等は秋水からだんだん遠ざかろう」

という。僕はそらきた、この手だな、なかなか巧妙に抜けていくわいと、内心おかしかったが、何くわぬ顔で答えた。

「うん、いやになった人はよすがいいさ、やりたい者だけでやればいい」

新村はその時、鉛筆で紙ぎれに、

　　　丙　　乙
道路―［馬車］
　　　甲　　丁

と書いて、爆弾を投げる順序だといい、

「こうやればどうだろう。きみはどう考える」という。

「そんなことは実地踏査した上でないときめられないよ」

と答える。大体、天長節の行幸の馬車を狙おうという話は漠然と決めてあったので、馬車の通る道を実地踏査しなければならない筈であった。

「実地踏査はきみがやってくれるか」

というので、それはいいと引き受けておいた。さあ、秋水はうまく抜けた。今後は管野と新村がどんな口実で抜けるだろう。僕はわざと新村の気をひいてみるようにいった。

「幸徳さんがやめたら管野さんは気が変ることはないだろうか。女は何といっても惚れた男に従うからな」

「そんなことはない。管野さんが一番熱心だよ。秋水の煮えきらない態度を一番怒っているのは彼女なんだから。あの人は、秋水と別れてもやるよ。もちろん、僕はやるさ」

と、語気を強めて力説した。この調子では二人が抜けるには口実を設けて抽籤でもするしかない。その時は余程注意しないと下手を見ると考えた。

そのうち、いきなり秋水から、葉書がきて湯河原に管野と来ているという。平民社は落城したから、当分湯河原に引きこんで著述するつもりだというのだった。引越しの話など藪《やぶ》から棒であっけに取られた。管野も、おめおめ秋水について湯河原などへ行くんでは愈々、大事の決行なんて考えられないと思った。これでうやむやになるならそれでいいと思っていた。そのうち、秋水が政府に買収されて主義を捨て、湯河原でのんびりしているという噂が伝わってきたりした。愈々これでは管野も腐ったなと思っていたら、突然、管野が、五月十八日に換金刑のため入獄するといってきた。その準備で上京し、もとの平民社の前の増田家に投宿しているという。暇乞いと、様子をさぐる目的で五月十七日の夜、増田家へ訪ねて見た。管野は思ったより元気で、新村も来る予定だから待っていろという。湯河原では小泉三申から金を貰って、秋水は「通俗日本戦国史」を書いているという。管野の話では別に政府に買収されたのでもないとわかったが、秋水と管野の仲は湯河原滞在中、すっかりこじれた様子がうかがえた。僕が、秋水にはもう、全然、実行の意志はないのかと訊くと、管野はいい辛そうな表情で、ないといいきり、

「先生はやっぱり残ってもらいましょう。あの人は所詮学者だし、万一、私たちが失敗しても成功しても、それを外国に伝えてくれるのはあの人より外ないでしょう。主義の上でも、中心人物だから、のこって貰うのがいいのです」

という。そして、自分が出獄してくるのは秋だから、決行はその頃だなどという。その顔付きは真剣で、嘘をついているとも思えない。そこへ新村もやってきた。ところが新村の話は愕くことばかりだった。爆裂弾の再実験をしようというので、約束の時間、宮下を停車場で待ったが彼はとうとうやって来なかったという。

「この前逢った時、五月のはじめから、自分の部下の清水という者の女房と出来てしまって、それを悩んでいるというので、僕は怒りつけてやったのだ。清水は壮士芝居なんかしたことのある男で渡り者だというし、彼自身身持も悪いというから、そんな男の女房のことでくよくよすることはない。清水の女房が惚れて身をまかせたのなら自由恋愛じゃないかといったんだが、どうも、周囲に気づかれたらしいとかで、すっかり気に病んでいたんですよ。それに、清水の機嫌とりか、脅しのつもりか、爆裂弾を、清水に預けてあるというんだ」

「何ですって」

管野が顔色をかえた。

「とんでもない。私はもう、先生にさえ、この件のことはきっぱり打ちあけないほど秘密を守っているんですよ。清水夫婦が警察の犬だったら、どうするんです。女房をおとりにして秘密を嗅《か》ぎ出されているにきまっています。ああ、私心配で、動悸《どうき》がして気分が悪くなった」

管野は、本当に真青になって、額に脂汗を滲《にじ》みだしている。しかし僕はまた疑ってかかった。

最初から僕の考えでは、宮下と僕だけにやらせるつもりなのだろうと思っていたから、今、宮下を抜けさせるようなこの話は合点がゆかないのだ。あるいはふたりは口ではこういっても内心、おじ気ついて、何とか内部崩壊という形で、なし崩しに計画をとりやめようとする腹になったのか。

管野は、宮下のことでまた散々怒ったあげく、入獄前に、当日の役割だけでも決めておこうといいだした。四人も一度にやる必要はない。二人で充分だから、後の二人は万一の予備に残そうというのだ。さあ、そうこなくっちゃと、僕は腹の中でせせら笑いながら、わざと気をひくようにいった。

「いっそ、宮下と僕にまかせませんか、後にあんたたち二人が残ってくれた方がいい」

「それはだめよ」

管野が言下に否定する。

「みんな、自分がやりたいと思ってるんだから、抽籤がいいでしょう」

あんまり想像通り、事が運ぶので、笑いだしそうになる。ここで誤魔化されるものかと、僕は注意力を集中した。管野はわれわれに背をむけて紙に抽籤の図を書き、

「さあ、おひきなさい」

とさしだした。新村が妙にはしゃいで、

「抽籤は神聖だよ。文句いいっこなしだ」

などひとりで喋りながら、大急ぎで自分のをひき、ついでに宮下の分も代理にひいてしまった。残った二つのうち一つを僕がひいた。残りは管野の分とした。開けて見ると、管野一、僕二、新村三、宮下四と出た。僕が注意して見ていると、気のせいか新村は管野が紙を押えている拇指の上の線をひどくあわてて自分のとしてひいたように思う。さあおひきなさいといった時、管野と新村は意味あり気な目くばせをしたようにも思った。そう思ってみるとすべてが怪しい。しかし、それなら、なぜ宮下に四をあてたのか。僕と宮下にやらせるつもりなら、一、二は、ふたりにくるようすべきではないか。その疑惑は後になって氷解した。結局、僕一人にやらせるつもりだったのだ。

新村ははしゃいだ声で、頭など掻《か》きながらいう。

「や、三番か、残念だな。しかし、気が狂ったらお先へやるかもしれないぜ」

「だめよ。そんなこと、くじは神聖だと、あなたいったばかりじゃないの」

管野も浮き浮きした声でいう。

一番になった管野を外すため、どうせこの抽籤は破棄を申したててくるだろうと僕は考えていた。その時は予想外に早く来た。

翌十八日に、突然、新村が僕の所へ訪ねてきた。

「あの籤は御破算にしてくれないか。実は僕は、今はその日の為だけに生きていて、身辺の整理もしてきたから、後に残る気にはどうしてもなれない」

という。僕はあっさり答えた。

「いいじゃないか。籤なんか。どうせ、やりたい者だけがやりゃいいのさ」

僕は内心自分の邪推がかくも適中したことにいささか得意にも絶望的にもなっていた。新村は破棄は申しこんでも、ひき直しをしたいというのではなく、順序はあのままで、決行の時、自分にもやらせてくれというのだ。つまり僕の二、彼の三の順序は変えない。

それから、話のついでのように、管野は軀が弱ってるから、今から暑さに向って百日も入獄すれば、必ず病気になるだろうという。管野が出獄するのは八月の末だから、決行までには日数がない。たぶんその頃はまた入院でもしていて、実際には事に参加出来なくなる。それで、この僕がひとりやる、なるほど、うまく仕組んだものだ。新村は意気込んでいるくせに、僕にかわって先頭に立たしてくれとはいわないのだ。かえって、全国の同志へその時の次第の通信をポストしなければならぬなどいいだす始末。そんな大切な時に一人でそんな芸当が二つも出来るものか。

この調子では、僕も早く抜けだす方法を講じなければならない。しかし、何とか自然にやる手段はないものか。色々思案の揚句、その日のため、罐の投げ方の練習をしたが、うまくいかなかった。だからおろしてくれというつもりにして、新村に手紙を出した。

「秋季の開業には大いに腕を振いたい。ついては練習の必要があるから、中身はいらぬが殻丈三、四個送ってくれ。開店は可成《なるべく》盛大にやりたいから、店員のいいのがあったら周旋してくれ。一攫《いっかく》万金だ。小児の健康診断しっかり頼む云々《うんぬん》」

これで爆弾の殻を送らせて、体よく断わればよいと考えた。この手紙を出す二、三日前、新村から警察で自分を捜索しているらしいというハガキが来たのが、不安だったが、思いきって出してしまった。

以上のことが、裁判記録では、四十二年十月初旬、幸徳、管野、新村等は、僕を招き大逆罪の事を話し、僕は直に之に賛同し、一月二十三日、新村、管野と僕と三人で甲乙丙丁の画をかいて凝議し、五月十七日の夜抽籤し、翌夜新村は、僕にこの抽籤を破棄して更に引直さん事を申込み、其の後僕があの手紙をやった事になっているのだ。

僕が新村に手紙を出したのが五月二十六日、すでに事件は、信州の清水の密告で発覚していたのだ。やはり管野の推察通り清水は警察の犬だったのだ。二十七日の夕刊「やまと」に本事件の発覚の記事が出ていた。その時逃げるなり、証拠物を隠すなりいくらでも方法があった筈なのに、僕はあんな空中楼閣のような謀議が犯罪になるという実感がわかず、のんびり構えていたものだ。

取調べの時、はじめから、僕の本心や、彼等の謀議に対する疑惑の気持を、正直に告白していたら或いは助かったかも、いや、どうせ同じ事だろうが。何《いず》れにしても原田、潮の予審判事等は一応さも親切ごかしに優しい態度でのぞんでいう。

「きみは律儀一方の人間だから、幸徳等のために煽動せられたのだ。無罪とはいかなくても煽動した者とされた者では自ずから罪の軽重もちがう。酌量減刑だってあり得る」

「親のある中《うち》の孝行だよ。きみのお父さんに会ったが、気の毒で涙がこぼれた。お父さんのためにも、出たら社会主義は止めるんだね」

「きみは商売にも熱心で、真面目だったというじゃないか。そのうち資本家も付く。そのうちには自分の財産だって出来るというものだ」

生れてはじめて警察にひっぱられた僕は、すっかりだまされ、なるほど被告に対してもこんな丁重で親切な扱いをするのだから、日本の文明も開けたもんだなど他愛なく感心してしまった。執行猶予か、悪くて二、三年くらいこめば済むとたかをくっていたので、真相を正直に語っては、幸徳たちが煽動罪で重くなるのも気の毒だし、人から馬鹿にされるのも嫌なので、またしても見栄で、予審でも公判でもせいぜい勇ましいことをいっていた。予審では、出来るかぎり、秋水をまきこまないように、どんなに執拗《しつよう》な誘導訊問されても秋水だけは外そうと、九日めの予審までがんばり通した。

――爆裂弾で元首に危害を加えるということは、そもそも誰が言いだしたのか。

――誰が言いだしたというのでもありません。昨年の秋の末、少し寒くなった頃、私が平民社に行ったとき、管野、新村と私と三人で主義実行のことについて話しあっているうちに、自然そういう話が出たのです。皇室というものに対する日本人の迷信を醒《さ》ますには、元首をやらねばならぬ。また無政府共産の主義を実行するには、どうしても皇室は邪魔になるという話もあり、しかしまだ時期が早い、いまそんなことをすれば、かえって迫害がひどくなり、主義の実行が困難をきたすという論もありましたが、やはりどうしても日本人の迷信を醒ますには、元首をやるのが利益になるという結論になったのです。このとき、宮下が爆裂弾の準備をしているということをききました。

――宮下が爆裂弾をつくっているということは、その前から被告は知っていたのだろう。

――それはきいていました。宮下が爆裂弾の発明をしたという手紙を幸徳によこした、ということでした。

——それはいつ、誰からきいたのか。

——やはり昨年の夏、平民社で幸徳からききました。

——幸徳伝次郎からきいたのか。

——さようです。

——幸徳は、そのような秘密を被告に対してきかせたのか。

——別に秘密ではありません。

——大秘密のことではないか。

——幸徳が私に話したのは、私を信用していたからでしょう。

——宮下が爆裂弾を発明したというのは妙な言葉ではないか。

——宮下が発明したというわけではないのですが、幸徳は発明という言葉で申されました。私は宮下が何か新しい薬品を発明したのかと思っていましたが、後にきくと鶏冠石と塩酸加里というのですから、あえて発明というものではなかったのです。

——爆裂弾をもって元首に危害を加えるという計画について、幸徳の意見をきいてみたろうと思うがどうか。

——それはありません。今回の計画は管野、新村、宮下、私の四人限りときめてあったのですから、はじめから幸徳を除いていたのです。

——なるほど幸徳は実行に加わるわけではなく、また加わらないほうが人物経済上利益があるから幸徳を除くというのは道理かもしれぬが、しかしとにかく先輩だから、その意見だけはきいてみるべきだろう。

——幸徳の意見をきく必要はありません。幸徳が賛成しても反対しても、それは関係がありません。私は幸徳の指図をうけてやるのではありません。

——幸徳に意見をきいても、到底賛成が得られないと思って、意見をきかなかったのか。

——幸徳がよいと言おうが悪いと言おうが、かまいません。

——しかし先輩としての意見をきいてみるほうが安全ではないか。

——無政府共産という主義ですから、元首をやるのは当然です。特に幸徳の意見をきく必要はありません。

——それでは幸徳の意見をきくまでもなく、当然幸徳の意見をひきうけて実行するという考えなのか。

——私はそのように思っております。

——主義の目的からいえば被告の言う通りであるが、実行の時期や方法などについては、一応先輩の意見をきいてきめたほうがいいのではないか。

——幸徳は国元に母もあることであるから、今回の計画から幸徳を除くということに四人できめてあるのですから、私は幸徳の意見などはききません。

——しかし管野や新村が、幸徳に意見をきいたと言っているではないか。

——それはどうか知りませんが、二人が幸徳から意見をきいたということは、私はきいておりません。

——被告が平民社で管野や新村とこの計画について相談したとき、幸徳は在宅したか。

——幸徳は奥の座敷で寝ており、私共は茶の間の方で秘密に話しました。

——幸徳に秘密にする必要はどうもないように思うが、どうか。

——幸徳に話をすると幸徳がまきぞえを食うことになるから、この計画から幸徳を除くということに固く約束がしてあったことは間違いありません。それで相談がきまった以上は、あまり幸徳方へ立寄らないようにしようと話してあったのです。

——どうも理屈がわからぬ。幸徳の意見をきいたからと言って、同人がまきぞえになるわけは決してない。むしろ幸徳に計画を知らせて、同人がまきぞえにならぬよう注意させたほうが安全ではないか。

——それはそうかも知れませんが、私はそこまで考えずに、幸徳には話しませんでした。

——宮下から幸徳や管野にきた手紙を、被告にみせたことがあるか。

——今年になってから、爆裂弾の試験は自分がひきうけてやるという宮下の手紙を管野からみせられたことがありますが、そのほかにみせられたことはありません。

か。

──昨年二月中、宮下が巣鴨の平民社に幸徳を訪ねてきたことも、被告は知っているか。

──いっこうに知りません。

──そのとき宮下は爆裂弾をもって元首に危害を加えるのが主義実行の上で早道だと話し、幸徳もそれに賛成し、新村にも宮下の計画を話して用意させたということだが、被告はそのようなことをきいたことがあるか。

──いいえ、少しも知りませんでした。只今はじめて承りました。

──そのようなわけで宮下が爆裂弾の発明をしたということを幸徳に知らせ、またその後爆裂弾の試験をやったということも知らせているのだから、幸徳も今回の計画を知っているに違いないではないか。

──そのように承ってみれば、昨年二月宮下が今回の計画を幸徳に話したのかも知れません。そして幸徳がわれわれの計画を黙認していたのかも知れません。

──それでは被告から幸徳に計画のことを話さなかったとしても、幸徳はすでに知っていて黙っていたものと思うか。

──そうかも知れませんが、よくわかりません。また管野や新村が今回の計画について幸徳の意見をきいたということも、果してどうか私にはわかりません。しかしとにかく、私は幸徳に話したことは決してありません。

なぜああまで、幸徳をかばおうとしたのか今になるとわからない。

公判廷では自分は本当は臆病で、胆力があると人に思われたのは、臆病な犬がむやみに牙《きば》をむくのと同様なものだとか、この計画に対してははじめから疑惑があったが虚栄心と好奇心とにかられて同意したにすぎないと、申し立てたが、一笑に付されてしまった。判決の間際になってからも、今迄《まで》判官諸公に偽りを申し立てていたのは悪かった。もう真実を自白したいから呼出してくれと上申書を出したが相手にされなかったのだ。いくら七十三条があったって、爆弾を投げて当らなかったとか不発だったとかいうならともかく、今度みたいにあやふやな、頼りない、まだ固まってもいない計画くらいで、まして自分は本気にやるつもりもなかったのだから、まさか、こうまでとは。

死刑の宣告を聞いた時は、正直、あっけにとられてぽかんとしてしまった。こんなことなら、はじめから、気取って偉そうなことをいったり、義人ぶったりせず、何もかもぶちまけてしまえばよかったのだ。あまりの馬鹿馬鹿しさに、つい愚痴も出ようさ。

「余と本陰謀との関係」にこれだけは書き残したかったことは末尾の所だったなと、今読み直して改めて思う。

——裁判官は一方に甚だ親切にして被告を安心さしておいて、一方に罪になる様、罪になる様するのだ。予審調書などでも被告のいわない事を書くのだ。不利益に潤色して書くのだ。一、二の例を挙げれば、大石誠之助氏の事を問われた時の如き、こうだ。

問『君は大石誠之助を知って居るか』答『知りません。会ったこともありません』問『何か文章を見たか。如何なる事を論じているか』答『新聞、雑誌でよく読みました。主に道徳とか宗教とか家庭とかに関したものです』問『無政府主義者か』答『ええ学問もあり、外国語も達者だそうです。然し政治家運動をやる人ではありますまい』と

——

すると「有力なる無政府主義者です」といったと書かれた。それから抽籤して三と四とは只後に残るというだけであったのだが「更に後の計画を為すため」と書かれた。それから理責めにあって、其の時初めて解って成程そう聞けばそうですという様な事が、直に書かれるのだ。例えば「君等の革命は暴力的革命と同一方向に進むものなるや否や」と問われて、僕はそんな事考えた事も何もないから、知らない。解らない。で其の旨答えると「けれども君等がやると、それを機として紀州・熊本・大阪辺より一斉に蜂《ほう》起《き》するという計画だ。然らば同一方向に進むのではないか」と。「そう聞けば成程そうです。然し紀州方面の計画は、予審廷で初めて知った事ですから、知らなかったのです」と答えた。これが直に「暴力革命と同一方向に進むものです」と言った事になるのだ。こんな有様だから、実際堪《たま》ったものでない。

まあ畢竟僕が愚かであったのだ。自己の臆病、怯懦《きょうだ》をおおわんと常に熱烈・過激の言辞を弄し、猛烈な事を書いていたからだ。おさんどんの名を呼ぶさえきまり悪がり、来

園者の花をむしるのを制止するの勇なかりし僕は、「軀《く》幹《かん》矮《わい》小《しょう》にして豪胆なる革命家、無政府党員」として絞首台に上ったのだ。僕は寧《むし》ろ非常な名誉だ。これで見ても、歴史というものはあてにならないものだ。

眼あれども節穴の如く、耳あれども木耳《きくらげ》の如く、血通えども鬼畜の如き裁判官を、被告に利益の事は赤でも淡紅色と書く、事実を申立てても弁解となし、被告に不利益の事は淡紅色でも赤と書き、嘘でも誠とする裁判官を、政府より月給を貰って居る裁判官を、公平無私、公明正大なるものと思っていた僕はよっぽど馬鹿だった。

珍無類の滑稽な陰謀。

女にひょろついて、鈍っているものを抽籤に加えたり、変心してもへこたれても自由思想だ。嫌な者は止すがよし、やりたい者はやるがよしと放任して置く。古今東西何処にこんな陰謀があろうか。事発覚を知りながら、証拠物すら隠さざりし大胆無比の人間が企てたる陰謀は、真に未曽有のものだった。——

足音が近づき、足音が遠ざかり、永久にそれは帰ってこない。もう何人死んでいったか。看守の靴音が近づくたび、自分の番かと思うが、それは僕の部屋を素通りしていた。どうやら、部屋の順につれていかれるらしい。と、すれば、幸徳秋水の部屋から数えて十一番めの部屋にいる僕は、十一番目の処刑者というわけだ。管野が、秋水より先でなかったのなら、管野が一番最後だろう。

一人にどうやら四、五十分はかかる模様だが、これで今日中に終るのだろうか。十二人も一日に殺さなければならない絞首係りもさぞ骨が折れることだろう。発狂しないでいられるのだろうか。

死ぬのはいやなものだ。死は悲しい、情けないものだ。キリストだって、ソクラテスだって死に際は泣いている。僕のような凡夫が死を怖れ、悲しむのは当然だろう。実際、貧乏で年老いた父母のことを思うと、今、死の間際になっても腸《はらわた》がちぎれそうだ。頭が狂いそうなので、自分の原稿を読む。

「僕」という原稿も今読みかえしてみると、結局今度の裁判への恨みつらみでみちている。

——不忠者非愛国者を養成するは裁判官なり。昔は英雄・豪傑の虚栄のため戦争を生じ、今は資本家の得意場の取合いから戦争となる。平民こそ災難なり。

政府と革命党の喧嘩《けんか》を政府より月給貰っている人が裁判するのだ。今更怒るだけ野暮だ。予審が本審で、公判はただ世間への申し訳なり。被告に弁護士の付かざれば裁判が構成されないと言うのも、世間体を繕うためなり。露西亜《ロシヤ》のように一審もせず死刑にしてしまう方が露骨で正直だ——

法律は僕の仇敵《きゅうてき》だ。法律は僕の仇敵だ。法律は人を改悛《かいしゅん》せしむるためでなく復讐《ふくしゅう》だ。人を殺したものを殺して見た所で殺された者が蘇生《そせい》するではなし、何の益もない。まして犯人が真実改悟して居るに拘《かか》らず之を殺すのは、誠に人道を没却せる者だ。而して何らの危害を加うるの意志なき者を、また衷心より悔悟せる者を殺すに至っては、暴と言わんか虐と言わんか評する辞がない。宮下如きは本心より悔悟して居る事は裁判官自身も認めて居る。殊に紀州、熊本、大阪、神戸組の如き、只話を聞いて、そいつぁ面白いと言った位の者を直に死を決して賛成したとて尽《ことごと》く殺すに至っては余りに惨酷だ。まあ不敬位なら仕方がないが、死刑とは実際酷に過ぎると思うも法律の苛酷、峻厳《しゅんげん》は羊をも猛獣たらしめ、法律の寛裕は猛獣をも羊たらしむ。法律と金銭は人道の敵なり。法律と金銭を地球より一掃せよ。権力・武力・暴力の社会を智識道徳の社会たらしめよ。天国は自ずから出現せん。

僕の好きなものと嫌いなもの。

好きなもの。自然・恋愛・自由・正義・赤旗・天真・安楽・美術・温暖・春・旅行・航海・園芸・読書・天文・地理・理・工・化学・大言壮語・瞑想《めいそう》・研究・鯛《たい》・鰈《かれい》・鮎《あゆ》・鰻《うなぎ》・めばる・鰉《ひがい》・牛肉・豚肉・鶏肉・鴨《かも》・豆類・南瓜《かぼちゃ》・西瓜《すいか》・林檎《りんご》・葡萄・栗・梨・桃・蜜柑《みかん》・やまもも・棗《なつめ》・枇杷《びわ》・菓子類・汁粉・あんころ・団子・小豆飯・御飯で西洋料理を食う事・茶漬飯。

嫌いなもの。死・圧制・金銭・貧困・法律・国旗・宗教・道徳・勤倹貯蓄論・人格修養論・品行論・名士・識者・教育家・政治家・大臣・軍人・英雄・豪傑・商業・寒

気・冬・空腹・飯の遅い事・油濃いもの一切・慈姑《くわい》・蓮根・里芋・冬瓜《とうがん》・人参《にんじん》・ごぼう・高野豆腐・酒・煙草・毛虫・蛇・青虫一切。

好きな人。佐倉宗五郎・基督《キリスト》・大塩平八郎・山県大弐《やまがただいに》・赤穂四十七士・南朝の忠臣・足利尊氏・幕末の勤王攘夷《じょうい》の志士・長髄彦《ながすねひこ》・熊蘇《くまそ》(字を忘れた)・華盛頓《ワシントン》・古今東西全世界の革命党員・社会主義者・美人。

嫌いな人。平将門《たいらのまさかど》・源頼朝・徳川家康・ナポレオン・二宮尊徳・貝原益軒・山県有朋《ありとも》・桂太郎・伊藤博文・現今の名士識者・教育家・宗教家・資本家・偽忠君愛国者・軍人・政治家一切。

悪《にく》い奴。鶴丈一郎裁判官(鶴の一声は成程恐ろしいものだ)。

可哀そうな人。紀州・大阪・熊本・神戸組の人々・僕の父母弟妹・及び本事件で殺されたり入獄した人の家族一同・罪人・穢多《えた》・淫売婦・工女・おさんどん・奥様・労働者の子女・金のない人・正直な人。

尊敬すべき人。不幸にして僕には一人もない(尊敬の意味を僕は解し得ないのだ)。

羨《うらや》ましい人。白痴。

然し強いて言えば全世界の全人類。

「僕は無政府共産主義です」という文章で始まり「白痴」という語で筆を止めたこの感想録に、僕は今、ほぼ満足している。表紙に力をこめて「死刑囚・古河力作」と書きいれる。これで終りだ。すべては終った。

何もすることはない。康楽園の主人にもらった聖書でも読んで時間をまぎらそうとするが、文字が目を素通りしていく。

窓から見える空をみつめる。太陽が歩いて空の色がやや、弱まってきた。冬の日は短い。午後の陽の足の何と早いこと、絞首台の下に黒々と並ぶ死体が目に浮んでならない。青空をみつめつづける。いつまで見ても見飽きない。僕は星を仰ぐのが大好きだった。

満天の星座を見つめていたら、死後の霊魂や浄土を信じていないくせに、死ねば、あの星のひとつになりたいとセンチメンタルな気持に捕われたものだ。ああ、しかし今夜の星はもう見られないのだ。こんなに晴れた冬の夜は、星がひときわ美しいのに。今夜もまた、星は凄《すご》いほど冴《さ》えてきらめくだろう。夜空いっぱいに輝けばいい。僕たちの涙の量ほど輝いてくれ。しばらく頭をかかえて泣く。

空が暮れかかってから看守の靴音が近づいて、止まる。遂に来た。僕の扉の外だ。鍵《かぎ》音《おと》が重くきしんで扉が開く。毎日、見馴れた看守の顔がそこにある。今日一日で何だかすっかり老けた顔付きになっている。僕はにやりと笑ったらしい。看守がぎょっとしたように肩をひく。

「どうしたんですか」

僕の方から訊く。

「ちょっと散歩に出ましょう」

看守の声が弱々しい。散歩の時間なんかとうにすぎている。

「わかりました」

僕は住みなれた部屋を見廻した。さっきまた念入りに掃除し、整頓《せいとん》したので整然と片づいている。満足する。

看守について歩き出す。足がしっかりいつものように廊下を踏みしめているので安心する。胸も張ってみる。僕はまた何だか笑いたくなって、自分でも愕いた。どうしてこんな時、そんなことを思ったのか。もう一尺背が高かったらなあと考えたのだ。この看守も高い方ではない。それでも僕は看守の乳くらいしかないだろう。もしあと一尺背が高かったら、こうして屠所《としょ》にひかれていく時の歩き方も、もっとちがったふうではないかと妙な考えが頭をかすめたのだ。

何だか広い部屋に通される。むやみに大きな机がおかれていて、数人の人々が並んでいる。典獄から執行を申しわたされる。いつもは優しい表情の典獄の顔に糊《のり》がはりついたようだ。判決の時より落着いている。これはやせがまんでないなと自分の平静な心を見る。しかし、あんまり強烈な事態なので、ぼんやりしているのかもしれないとも考える。ふいに胸がむかつく。ここで吐いてはみっともないと、あわてて力むと、腹が鳴った。朝から食べないので腹が減っていたのだ。

「何かいいたいことはないか。何でもいっていいし、何でも伝えますよ」

顔見知りのおとなしい沼波政憲教誨師《きょうかいし》がいってくれる。この人は僕が聖書をよく読んでいたので何とかして神を信じさせようとして果さなかった人だ。木無瀬典獄が蜜柑を出してくれる。この世での最後の食物を食えという恩情のつもりか。僕は看守の方へむいていった。

「まだ夕食を頂戴しませんでしたね」

看守が顔色を変えた。

沼波教誨師が顔色の悪い顔に血を上らせてとりなすようにいった。

「今日はお前も薄々知っていたと思うが、非常に忙しかったので、つい、夕食まで気がつかなかった」

テーブルの背後に、仏壇をつくってあり、線香が上っている。なるほど死刑にするにはこんな体裁も整えるのか。

「どうも腹が減っては元気よく死ぬことも出来ないように思います。どうか阿弥陀《あみだ》様に供えてあるお菓子でもいただけませんか」

僕はもうどうでもいいという気持になっていった。

教誨師は落着いた動きで仏壇の前にいき、短いお経をあげてから、羊羹を二本持ってきてくれた。それを見ると急に食欲がなくなったが、これが最後の見栄の張り所だと観念して、羊羹に手をつけた。一口食べてみると、朝から何も胃の腑《ふ》に入れていないので、結構うまくて、ペロリと平らげてしまった。僕は下戸だから、二本めも食べられた。蜜柑はちょっと旧《ふる》かったが、一房のこさず食った。きちんと皮の始末をする。最後の礼儀作法のみせどころだ。もうこうなれば、絞首台で首に縄のかかる瞬間まで、「軀幹矮小なるも豪胆なる革命家」を気取りぬいてやれ。

「御馳走でした。もう腹も充分です。僕は何もお願いすることもありません。長々お世話になりました。では、すぐ出かけようじゃありませんか」

僕は自分で椅子から立ち上った。

只今からいってまいりますさようなら。辞世の句もまあいいだろう。いや、「只今から」より、「では」の方がいいのじゃないか。しまった。書き直しておくんだったな。ではいってまいりますさようならだ。

参考文献

「幸徳秋水の日記と書簡」塩田庄兵衛編(未来社)
「大逆事件記録第一巻、第二巻 上・下」神崎清編(世界文庫版)
「幸徳秋水選集」(世界評論社)
「幸徳秋水全集」(明治文献)
「大逆事件」絲屋寿雄(三一選書)
「幸徳秋水研究」絲屋寿雄(青木書店)
「革命伝説」神崎清(中央公論社)
「寒村自伝」荒畑寒村(筑摩書房)
「ひとすじの道」荒畑寒村
「反体制を生きて」荒畑寒村(新泉社)
「宇田川文海古稀記念文集」
「秘録大逆事件」塩田庄兵衛、渡辺順三編(春秋社)
「社会主義者無政府主義者人物研究史料」社会文庫編(柏書房)
「風々雨々」師岡千代子(隆文堂)
「定本平出修集一、二巻」(春秋社)

「兆民文集」　中江兆民（文化資料調査会）
「週刊平民新聞」　史料近代日本史社会主義史料（創元社）
「社会主義文学集」（講談社）
「幸徳一派大逆事件顚末」　宮武外骨編（竜吟社）
「法廷五十年」　今村力三郎（専修大学）
「十二人の死刑囚」　渡辺順三編、江口渙解説（新興出版社）
「大逆事件」　尾崎士郎（雪華社）
「一無政府主義者の回想」　近藤憲二（平凡社）
「アナーキズム」　松田道雄編（筑摩書房）
「死の懺悔」　古田大次郎（春秋社）
「留日回顧」　景梅九（平凡社）
「牟婁新報抄録」　関山直太郎（吉川弘文館）
「石川啄木全集」（岩波書店）
「平沼騏一郎回顧録」（学陽書房）
「大逆犯人は甦る」　飛松与次郎（学陽書房）

［解説］

神は死んだ

栗原　康

夢をみながら現実をあるく

ＬＯＶＥ寂聴、いくぜ！　目下、コロナ大流行のまっただなか。パンパパン、パンデミックだ。じつはこの四月、寂庵をおとずれ、寂聴さんと対談を予定していたのだが、さすがにもしものことがあってはいけないということで、延期させていただくことになった。お会いしたい、残念だ。おお、コロナ。しかし、こんなときこそ文学だ。恋のはなしをむさぼり読みたい。

人間というのはおそろしいもので、どんなにおだやかなひとでも、テレビをつけてアベノマスクよろしくお上がやっていることをみてしまうと、ふざけんじゃねえとイラだってしまう。目がさえて、もうバッキバキだ。たえずオンライン状態。もっとああしなければいけない、こうしなければいけないと、よりよい統治をもとめてシャカリキにさせられる。人間の思考が社会の役にたつことだけに括りつけられる。無用なものは切りすてろ？　自粛しないやつはウイルスだ？　みんなの迷惑をとりしまれ？　警察的思考だ、統治者目線だ。世のなか、支配と命令でガッチガチ。

だけど、文学はそのすべてを一瞬で変えてしまう。ひとたびのめりこめば、ポンッと警察的思考をとびこえてしまうのだ。恋におちるようなかんじといってもいいだろうか。本を読むのはもちろん好きでやることなのだが、しかし夢中になってむさぼり読むというのは、自分の意志で計算してやることではない、できることではない。もちろん他人にいわれてすることでもない。

たとえ終始、不倫のことしか書いていなくて、とくに自分の人生にとって役にたつものではなかったとしても関係ない。やめられない、とまらない。役にたつとか、たたないとか、そんなことはもうどうでもいい。なにかこの世ならざる力に駆りたてられて、まるで夢でもみているかのように、おもわず本に恋してしまう。おのずとやってしまうのだ。そういう「自発」の力を手にしたとき、ひとはほんとうの意味で、統治者目線からぬけだしているのだとおもう。恋がしたい。夢をみながら現実をあるく。

この本は危険だよ

わたしにとって、本書はそういう存在だ。テーマは恋と革命。明治時代のアナキスト、管野須賀子の評伝小説である。一九六八年から雑誌『思想の科学』で連載され、一九七〇年に単行本として刊行された。時期的に、日本でもそろそろウーマンリブが産声をあげようとしていたころである。いまでも根っこは変わっていないが、まだ女性が性的なことをかたること自体がタブー視され、ふしだらだといわれていた時代。セックスの主体はあくまで男であり、女は一方的にかたられる客体にすぎない。主人と奴隷だ。女は男の所有物なのだから貞操をまもらなくてはならない、おしとやかにしなくてはならない、それをやぶる女は賤しいんだ、汚らわしいんだと。「良妻賢母」か「淫売婦」か。子どもを産むための機械となるか、性処理の道具となるか。便所かよ。

そんななか、寂聴さんがとりくんだのが管野須賀子だ。文筆家としても名をはせながら、性に奔放で、ときに妖婦、毒婦とディスられてきた女性闘士。ほとばしる情熱を武器にして、天皇を爆破してやろうとおもいたち、官憲にバレて大弾圧をくらってしまったアナキスト。魔女的なイメージをもたれ、ネガティブにかたられがちだったかの女を、寂聴さんはそっくりそのままひきうけて、ポジティブにとらえかえしていく。客観的に評価するとか、そういうことではない。どこかしらで自分とかさねていたのだろう。独白だ。寂聴さんが須賀子になりきって、セックス、セックス、性的なこともふくめ、これまで自分がやってきたことを滔々とかたりだす。ド迫力だ。

せっかくなので、須賀子がどんなひとだったのか、かんたんにまとめておこう。須賀子は一八八一年、大阪生まれ。お父さんは事業家であるていど裕福だった。もともと元気いっぱいの子だったのだが、一二歳のときお母さんが死んで生活が激変してしまう。かわりにはいった継母にイジメられたのだ。一六歳のとき、継母のてびきで家に鉱夫がおしいり、レイプされてしまう。継母は、おまえがはしたないからそうなったのだとでもいわんばかりだ。ひどい。なんでわたしだけこんな目に。これがトラウマになってしまう。わたしは賤しいのだ、汚らわしいのだと。一九歳のとき、結婚して上京。花の都大東京だ。しかしすぐに夫がイヤになって家をとびだし、大阪へ。小説でもかこうか。弟の紹介で、宇田川文海に弟子入りする。文海は当時、有名な作家で、須賀子よりも三〇以上年上のひとだったが、もう須賀子にメロメロだ。こいよこいよということで愛人になった。不倫だ。一九〇二年、文海の推しで『大阪朝報』の記者になる。ジャーナリストだ。

当初、須賀子の関心は廃娼運動にあった。キリスト教の洗礼をうけ、その先頭にたっていた婦人矯風会にもはいっている。だがこのころ、批判の矛先は、女性の性奴隷化を公認していた政府ではなく、娼婦のほうだった。矯風会は「賤業婦」「醜業婦」ということばをつかって、あの恥ずかしい仕事をひとまえにみせるなといっていたのである。須賀子もその例にもれない。なぜそんなことをしてしまったのか。本書では、それをこうえがく。須賀子は廃娼運動をつうじて、これまで賤しいとおもわされてきた自分を自己否定していた。そして、おお、神よといってみずからを洗浄し、その一方で道ならぬ恋をして性的快楽をむさぼってしまう。その背徳感がさらに弱い者への攻撃となり、またさらなる性的快楽をむさぼり喰らう。自分、サイテイです。というか、そんなことをつづけていたら、精神が破綻をきたしてしまうだろう。オーマイガー。

そんなとき、ひきつけられたのが社会主義だ。こんなダメなわたしでも救われるのだろうか。キリスト教でいきづまった問題関心が、社会の不条理をうつ社会主義へとむかっていく。東京の平民社をおとずれ、堺利彦とあった。須賀子が自分の退廃っぷりをすべてはなすと、堺はジッとはなしをきいてくれて、ご苦労しましたね、あなたはなにもわるくないですよといってくれた。そうだったのか。わたしはなにもわるいことをしていないぞ。むしろ、わたしは賤しい、ダメだとおもわせるこの社会がおかしいんだ。須賀子の社会主義はそんなところからはじまっているのだとおもう。

一九〇五年、須賀子は堺のすすめで、和歌山県田辺にあった『牟婁新報』の記者になる。社会主義に好意的な新聞である。翌年から田辺に移住。その道中、船のなかで娼婦が男たちにひどい目にあっているのをみたという。このとき、須賀子ははげしい憤りをおぼえた。もはや「醜業婦」という認識はない。そういうものの見方自体に怒りをおぼえたのだ。人間が人間をモノとしてあつかう、奴隷として支配する。男が女をモノとしてあつかう、妻として娼婦として支配する。資本主義にしても家父長制にしても、ひととひとのあいだにヒエラルキーがある、それがあたりまえだ、自然なことだという認識がある。それがより弱い者たちをみくだす態度をうんでいく。それをたたかなくてはならない。『牟婁新報』にはいってから、須賀子はふたたび廃娼運動にたずさわっていくのだが、その視座はもうかの女なりの社会主義になっていたのだとおもう。

さて、田辺時代、須賀子は肺結核をわずらっていた妹をよびよせ、めんどうをみる。でも、そのうちに自分も結核になってしまった。たいへんだ。しかしこのとき絶望的にはなっていない。荒畑寒村がいたからだ。須賀子がやってくるすこしまえ、平民社からは若手のホープ、寒村が派遣されていた。須賀子よりも六つ年下の男の子。ともに記者をやり、親しくなった。最初は恋愛というよりも姉と弟のような関係だ。妹ともなかよくなり、三人でよく遊びにでかけた。本書を読むかぎり、須賀子にとってはこのころがいちばん穏やかでしあわせだったようにおもわれる。

やがて寒村は東京にかえり、それをおうようにして一九〇六年、須賀子も『牟婁新報』を辞めて東京にでる。寒村と結婚していっしょにくらすようになった。でも、ふたりの仲はすぐに冷めてしまう。いや、須賀子のほうが冷めてしまったといってもいいかもしれない。このへんのくだりは史実をたどるよりも、寂聴さんの文章をみてもらったほうがぜんぜんしっくりくるとおもうので、ぜひゆっくりと読んでもらいたい。そしてむかえた一九〇八年だ。赤旗事件がまきおこる。歴史上有名な事件だが、ほんとうはたんに、寒村とその親友であった大杉栄が街頭で赤旗をふっただけのことだ。これで大弾圧をくらい、その場にいた社会主義者全員が逮捕されてしまう。ムダに刑もおもい。寒村は一年半、大杉にいたっては二年半も監獄にぶちこまれてしまった。

このとき須賀子もつかまり、裁判にかけられている。さいわい無罪となったが、ひどいとりしらべをうけ、おまえはブスだとかなんだとかディスられまくる。ああ、これが官憲か。そして、仲間たちがどうみても法外な懲役刑をくらっている。国家そのものがクソなのだ。須賀子はアナキストになった。なにかしたい。でも寒村も堺も大杉も、おもだった仲間たちは監獄にいる。そうおもっていたら、体をこわして故郷の高知県にひっこんでいた幸徳秋水が東京にもどってきて活動をはじめた。社会主義のスーパースターである。いっしょに雑誌をつくろうという。ガッテン承知。

しかしたいていのことはうまくいかない。雑誌をだしてもだしても発禁処分。どんなに工夫をこらして、法律にひっかからないようにしても、権力はかまわず発禁にする。言論活動すらままならない。そしてともに苦難をのりこえようとしているうちに、秋水と須賀子が親しくなる。ネンゴロだ、燃えるようなセックスだ。監獄にいる寒村は、それをしって大激怒。のちにピストルをもってふたりをつけまわすようになる。シャバにいた社会主義の仲間たちからも総スカン。須賀子のせいだ、あいつの淫乱のせいで秋水がダメになってしまった。あの妖婦め、毒婦めと。そうやってひとをみくだす態度こそが、あらゆる支配の温床になっているのに。秋水と須賀子が孤立していく。

もうこんな世界どうでもいいね。腐った社会に未練はない。仲間うちのくだらないしがらみだってまっぴらごめんだ。いま死んでもいい、いまこの一瞬で燃えつきてしまってもいい。そんなセックスをふたりでかわす。情死のロジックだ。じつはふたりとも結核をわずらっていてあと何年生きられるかわからない。そして、ちょうどそのころ須賀子と秋水が読んでいたのが、ロシアニヒリズムの本だったというのもあるだろう。ロシアの若者たちが爆弾をもって、命がけで皇帝をやっつけにいく。こんなクソみたいな世界で、自分の損得を考えるのはもうやめにしよう。身を捨てて、ただひたすら決起。秋水はいう。理屈じゃない。ひとが本気でたちあがるとき、それはおのずとうごいてしまうものだ。自分の意志ですらコントロールできない「自発」の力に身をまかせよう。秋水はそれをインサレクション、「蜂起」とよんだ。

じゃあ、どこをやろう。天皇制だ。日本では、人間による人間の支配があたりまえだと考えられている。資本家と労働者しかり、男と女しかりだ。奴隷が主人にしたがうのはあたりまえ。なぜならご主人さまは偉いから。その大元にあるのが天皇制だ。現人神である天皇が庇護してくれたから、赤子である臣民は生きてこられたのだ。ご恩を返せ、税金をはらえ、死んでもはたらけ、戦争にいけと。そんな迷妄から民衆たちをときはなたなくてはならない。いちどみんなの目のまえで、天皇をこっぱみじんにふっとばし、あいつはただの人間だとみせつけてやらなくちゃいけない。

須賀子はもうシャカリキだ。やめられない、とまらない。そんなとき、愛知から宮下太吉という青年がやってきて、オレ、爆弾をつくりますよというので、信頼できる友人の新村忠雄、古河力作といっしょに天皇爆破計画をたてる。とちゅうで秋水が、やっぱりオレは文筆をやりたいといいはじめたので、秋水にはしらせずに自分たちだけでうごきだす。クジ引きでだれがはじめに爆弾を投げるのか、それだけきめた。しかし一九一〇年、宮下が爆弾をあずけていた友人のつれと不倫をしてしまう。その痴情のもつれから計画が発覚し、イモヅル式につかまっていく。秋水もつかまった。マジでなんの関係もない秋水の友人たちも続々ととらえられた。ぜんぶで二六人。検察によってものすごい計画があったかのようにフレームアップされ、大逆罪で一二名が死刑、一二名が無期懲役。大逆事件だ。前代未聞のデッチアゲ事件である。

須賀子はこの事件のきっかけをつくったことから、「魔女」のイメージをもたれているのだが、しかし寂聴さんの本を読みかえしていてあらためてヤバイとおもったのは、秋水とのセックスから天皇爆破計画までの熱量とスピード感がハンパないということだ。いま死んでもいい、いま死ぬつもりでやってやる。その情熱がパンパン、パンパン爆発し、理屈ぬきでダイレクトにテロリズムにつながっていく。むろん恋と革命はべつものだ。だけど、そのちがいを読み手にまったくかんじさせない。恋は人間を爆弾にする。それがまるであたりまえであるかのように、おのずとやってしまうかのようにおもわせていく。寂聴さんが「魔女」になる。寂聴さんの筆が「蜂起」になる、「自発」になる。誤解をおそれずに、こういってもいいだろうか。この本は危険だよ。

不合理なことだけ信じてゆきたい

どうだろう。女性は一方的にかたられる存在だという考えかた自体が圧倒的な力で粉砕されているといえないだろうか。性の主体である男が、女を客体としてコントロールする？　主人と奴隷だ？　それがひとの世だ？　すくなくとも須賀子はみずからの性の欲望を爆発させ、その爆風でもって、ひとがひとをコントロールしようとする支配の枠組みそのものをふっとばそうとしていた。

そして秋水の思想をまなび、その意図をかるがるととびこえて、みずからの思想を実行にうつしていく。もはや奴隷ではない。客体としての、モノとしての女性ではない。かといって、男になろうとしているわけでもない。主人でもなく奴隷でもなく。主体でもなく客体でもなく。そのあいだにスッとうまれてきてしまうような、この世ならざるものに化けていく。そうしてポンと昇天してしまうのだ。

しかもこれは物語の内容ばかりではない。本書の叙述のしかたにもかかわってくることだとおもう。さっきもすこしふれたけれど、寂聴さんは死刑直前の須賀子になりきって、自分の人生をふりかえっていく。独白のスタイルだ。これがほんとうに効いている。

じつは評伝的なものをかくとき、むずかしいのは現代にちかづけばちかづくほど、歴史的事実がはっきりとしてしまうということだ。登場人物がたくさんいても、だいたいどんな性格をもっていて、なにをやらかすのか、その結果として最終的なゴールがどうなるのかもすでにわかっている。

それでももし第三者目線で客観的にえがこうとしたら、かならず失敗してしまう。すべてをしっている作者が登場人物という駒をうごかして、ゴールにむけて動員するだけになってしまうからだ。物語が閉じてしまう。そんなのクソつまらないし、なにより主体であるわたしが客体であるモノをコントロールするということをやっているだけなのだ。ぜんぜん夢をみていない、この世界を突破していない。どんなにいい内容がかいてあったとしても、それでしらずしらずのうちに他人に植えつけてしまうのは、かたる側がかたられる側を支配する認識フレームそのものだ。

だけど、須賀子の独白はそれをピョンととびこえる。主語はきほん「わたし」なのだが、とちゅうでそれがだれなのかわからなくなっていくのだ。だれのまなざしなのか、それがときどき不分明になっていく。たとえば、寒村にたいする姉のような、恋人のようなやさしいまなざしだ。それが異様にリアルである。もちろん死刑をまえにして須賀子は寒村の消息をきいていたくらいだから、ひどいふりかたをしてわるかったというおもいもあっただろうし、気にはなっていたのだろう。でも本書では、そのおもいがあきらかに過剰である。須賀子本人よりもやさしくてあたたかい。

きっとこれは寂聴さんが寒村と親しかったのもあるのだろう。祇園の料亭で芸者をあげて、いっしょに食事をする。そしたら酒を飲めない寒村が日本酒で煮込んだスッポンのスープを飲んでひっくりかえってしまったり。あるいは、九〇歳にして四〇歳の女性に恋をして、こっぴどくフラれて号泣している寒村をなぐさめたり。そんな姿をみせられたら、年下でも姉のようなきもちになってしまうだろう。でもそうかといって、寂聴さんの寒村へのおもいがそのままつづられているわけでもない。どこか寒村が須賀子にこうおもわれたかったことがかかれているようにもおもえる。だれがかたっているのか。かたる側とかたられる側の区分がとっぱらわれていく。その声をきいたとき、ひとはおもわず物語の外にとびだしてしまう。解放だ、きもちいい。

考えてみると、本書から二十数年後、寂聴さんは『源氏物語』を訳すことになるのだが、ここでもたまにおどろかされるのは、主語がだれだかまったくわからなくなるということだ。それこそ、この世ならざるものがみんなを衝きうごかしているかのようにおもえてくる。本書にもそういうところがあるだろう。物語のラスト、さきに逝った秋水があらわれて、須賀子を断頭台にいざなう。「「すぐすむよ」。秋水が私にささやく。首に冷たいものがまきつく。細い蛇のような感触。軀が宙に飛ぶ。虹が廻る。無数の虹が交錯して渦を巻く。秋水と飛ぶ」(二九八頁)。どんな力に駆りたてられるのか。ぜったいにあらがえない力がある。お化けだよ。こわすぎだ。

　では、最後にもういちど内容にもどろう。本書でふれられているわけじゃないが、わたしが須賀子でいちばん好きなのは、死刑を目前にして自分の死をイエスの犠牲になぞらえていたことだ。恋人だった秋水が『基督抹殺論』をかき、天皇をキリストにみたてて、あらゆる権威を抹殺しようとしていたのとは対照的である。でもじつのところ、いいたいことはおなじだったのではないか。イエスは最期、弟子たちみんなに裏切られ、神にも見捨てられて、絶望のどん底におちていた。なんでオレだけこんな目に。人間どもには悪意しかない、虚偽しかない、裏切りしかない。ああ、こんな世界終わってしまえ。しかしなんにも報われず、なんにも信じられなくなったそのときに、やっぱりひとには善が宿っている、信じようとおもってしまう。ふとつぶやいてしまうのだ。おお、神よ。根拠はない。だがうたがう余地はない。なぜという問いなしに。不合理ゆえに我信ず。聖人だ。

　須賀子もおなじだ。神も仏も救ってくれない。社会主義の仲間からもつまはじきにされた。信じていた秋水でさえ、元妻によりをもどそうと手紙をかいていた。裏切りだ。だれもなにも信じられない。なんでわたしだけこんな目に。こんな世界は終わってしまえ。しかしそうおもったまさにそのときに、いま死んでもいい、セックス、セックス、テロリズム。秋水と燃えつきようとした瞬間がおもいおこされる。いいことなんてない。

ただ悲惨な目にしかあっていない。でも、なんどおなじ状況になったとしても、なんどでもおなじことをくりかえすだろう。たとえ自分が死んだとしても、後世のひとがまたおなじことをくりかえす、くりかえしてしまうのだ。なぜじゃない、理屈ぬきでうごきだす。あらゆる権威を抹殺しよう。ただしい根拠はひとつもいらない。不合理なことだけ信じてゆきたい。須賀子が聖人になっていく。この世ならざるものになっていく。本書の魅力は、そういう須賀子のすごみがまるごと表現されていることなのだとおもう。おまえとならばどこまでも、市ヶ谷断頭台のうえまでも。神は死んだ。須賀子とぶ。

（アナキズム研究者）

「遠い声」は『思想の科学』一九六八年四月号〜一二月号に連載され(原題は「遠い声—管野須賀子抄—」)、「いってまいります さようなら」は『文藝春秋』一九七〇年一月号に掲載され、あわせて七〇年に新潮社より『遠い声』として刊行された。本書は七五年刊行の新潮文庫版を底本とした。また、「管野須賀子」の副題を付した。

なお、本文中に今日からすると社会的差別にかかわる表現があるが、描かれた時代および執筆当時の歴史性を考慮して、そのままとした。

遠い声 ── 管野須賀子

2020 年 7 月 14 日　第 1 刷発行

著　者　瀬《せ》戸《と》内《うち》 寂《じゃく》聴《ちょう》

発行者　岡 本　厚

発行所　株式会社 岩波書店
〒101-8002 東京都千代田区一ツ橋 2-5-5
案内 03-5210-4000　営業部 03-5210-4111
https://www.iwanami.co.jp/

印刷・精興社　製本・中永製本

ISBN 978-4-00-602325-6　Printed in Japan

岩波現代文庫創刊二〇年に際して

二一世紀が始まってからすでに二〇年が経とうとしています。この間のグローバル化の急激な進行は世界のあり方を大きく変えました。世界規模で経済や情報の結びつきが強まるとともに、国境を越えた人の移動は日常の光景となり、今やどこに住んでいても、私たちの暮らしは世界中の様々な出来事と無関係ではいられません。しかし、グローバル化の中で否応なくもたらされる「他者」との出会いや交流は、新たな文化や価値観だけではなく、摩擦や衝突、そしてしばしば憎悪までをも生み出しています。グローバル化にともなう副作用は、その恩恵を遥かにこえていると言わざるを得ません。

今私たちに求められているのは、国内、国外にかかわらず、異なる歴史や経験、文化を持つ「他者」と向き合い、よりよい関係を結び直してゆくための想像力、構想力ではないでしょうか。

新世紀の到来を目前にした二〇〇〇年一月に創刊された岩波現代文庫は、この二〇年を通して、哲学や歴史、経済、自然科学から、小説やエッセイ、ルポルタージュにいたるまで幅広いジャンルの書目を刊行してきました。一〇〇〇点を超える書目には、人類が直面してきた様々な課題と、試行錯誤の営みが刻まれています。読書を通した過去の「他者」との出会いから得られる知識や経験は、私たちがよりよい社会を作り上げてゆくために大きな示唆を与えてくれるはずです。

一冊の本が世界を変える大きな力を持つことを信じ、岩波現代文庫はこれからもさらなるラインナップの充実をめざしてゆきます。

（二〇二〇年一月）

B307-308
赤い月（上・下）
なかにし礼

終戦前後、満洲で繰り広げられた一家離散の悲劇と、国境を越えたロマンス。映画・テレビドラマ・舞台上演などがなされた著者の代表作。〈解説〉保阪正康

B309
アニメーション、折りにふれて
高畑勲

自らの仕事や、影響を受けた人々や作品、苦楽を共にした仲間について縦横に綴った生前最後のエッセイ集、待望の文庫化。〈解説〉片渕須直

B310
花の妹 岸田俊子伝
―女性民権運動の先駆者―
西川祐子

京都での娘時代、自由民権運動との出会い、政治家・中島信行との結婚など、波瀾万丈の生涯を描く評伝小説。文庫化にあたり詳細な注を付した。〈解説〉和崎光太郎・田中智子

B311
大審問官スターリン
亀山郁夫

自由な芸術を検閲によって弾圧し、政敵を粛清した大審問官スターリン。大テロルの裏面と独裁者の内面に文学的想像力でせまる。文庫版には人物紹介、人名索引を付す。

B312
声の力
―歌・語り・子ども―
河合隼雄
阪田寛夫
谷川俊太郎
池田直樹

童謡、詩や絵本の読み聞かせなど、人間の肉声の持つ力とは？ 各分野の第一人者が「声」の魅力と可能性について縦横無尽に論じる。

岩波現代文庫［文芸］

B313
惜櫟荘の四季
佐伯泰英

惜櫟荘の番人となって十余年。修復なった後も手入れに追われ、時代小説を書き続ける毎日が続く。著者の旅先の写真も多数収録。

B314
黒雲の下で卵をあたためる
小池昌代

誰もが見ていて、見えている日常から、覆いがはがされ、詩が詩人に訪れる瞬間。詩人は詩をどのように読み、文字を観て、何を感じるのか。〈解説〉片岡義男

B315
夢十夜
近藤ようこ漫画
夏目漱石原作

こんな夢を見た——。怪しく美しい漱石の夢の世界を、名手近藤ようこが漫画化。描き下ろしの「第十一夜」を新たに収録。

B316
村に火をつけ、白痴になれ
伊藤野枝伝
栗原康

結婚制度や社会道徳と対決し、貧乏に徹しわがままに生きた一〇〇年前のアナキスト、伊藤野枝。その生涯を体当たりで描き話題を呼んだ爆裂評伝。〈解説〉ブレイディみかこ

B317
僕が批評家になったわけ
加藤典洋

批評のことばはどこに生きているのか。その営みが私たちの生にもつ意味と可能性を、世界と切り結ぶ思考の原風景から明らかにする。〈解説〉高橋源一郎

2020.7

B318
振仮名の歴史
今野真二

「振仮名の歴史」って？　平安時代から現代まで続く「振仮名の歴史」を辿りながら、日本語表現の面白さを追体験してみましょう。

B319
上方落語ノート 第一集
桂米朝

上方落語をはじめ芸能・文化に関する論考・考証集の第一集。「花柳芳兵衛聞き書」「ネタ裏おもて」「考証断片」など。〈解説〉山田庄一

B320
上方落語ノート 第二集
桂米朝

名著として知られる『続・上方落語ノート』を文庫化。「落語と能狂言」「芸の虚と実」「落語の面白さとは」など収録。〈解説〉石毛直道

B321
上方落語ノート 第三集
桂米朝

名著の三集を文庫化。「先輩諸師のこと」「不易と流行」「天満・宮崎亭」「考証断片・その三」など収録。〈解説〉廓　正子

B322
上方落語ノート 第四集
桂米朝

名著の第四集。「考証断片・その四」「風流昔噺」などのほか、青蛙房版刊行後の雑誌連載分も併せて収める。全四集。〈解説〉矢野誠一

B323
可能性としての戦後以後
加藤典洋

戦後の思想空間の歪みと分裂を批判的に解体し大反響を呼んできた著者の、戦後的思考の更新と新たな構築への意欲を刻んだ評論集。〈解説〉大澤真幸

B324
メメント・モリ
原田宗典

死の淵より舞い戻り、火宅の人たる自身の半生を小説的真実として描き切った渾身の作。懊悩の果てに光り輝く魂の遍歴。

B325
遠い声
―管野須賀子―
瀬戸内寂聴

大逆事件により死刑に処せられた管野須賀子。享年二九歳。死を目前に胸中に去来する、恋と革命に生きた波乱の生涯。渾身の長編伝記小説。〈解説〉栗原　康

B326
一〇一年目の孤独
―希望の場所を求めて―
高橋源一郎

「弱さ」から世界を見る。生きるという営みの中に何が起きているのか。著者初のルポルタージュ。文庫版のための長いあとがき付き。

2020. 7